范晓波——

著

夜晚的

微光

百花洲文艺出版社
BAIHUAZHOU LITERATURE AND ART PRESS

图书在版编目（CIP）数据

夜晚的微光 / 范晓波著 . -- 南昌：百花洲文艺出版社，2019.6
ISBN 978-7-5500-2255-3

Ⅰ . ①夜… Ⅱ . ①范… Ⅲ . ①散文集 – 中国 – 当代 Ⅳ . ① I267

中国版本图书馆 CIP 数据核字（2019）第 028834 号

夜晚的微光

范晓波　著

出 版 人	姚雪雪
责任编辑	赵　霞　凌　云
书籍设计	黄敏俊
制　　作	何　丹
出版发行	百花洲文艺出版社有限责任公司
社　　址	南昌市红谷滩世贸路 898 号博能中心一期 A 座 20 楼
邮　　编	330038
经　　销	全国新华书店
印　　刷	江西千叶彩印有限公司
开　　本	720mm×1000mm 1/16　印张　18
版　　次	2019 年 6 月第 1 版第 1 次印刷
字　　数	223 千字
书　　号	ISBN 978-7-5500-2255-3
定　　价	38.00 元

赣版权登字　05-2019-32

邮购联系　0791-86895108
网　　址　http://www.bhzwy.com
图书若有印装错误，影响阅读，可向承印厂联系调换。

自序：我执迷于高能耗低产出的散文写作

当今的散文写作观念多元面貌驳杂，我个人尊崇的是那种高能耗的散文写作。

之所以高能耗，与散文这种文体的先天体质有关。各种类型的散文写作理论都有相应的好作品支撑作者的信心，不过在我的阅读和写作体会中，最具肌理质感和精神光照度的散文还是在一手生活经验里炼金的作品。

那种有体温、有呼吸的起伏感和思想的锐叫声的散文是离人心最近的文字。

我阅读这样的散文时是幸福的，写作这样的散文时是痛苦的。因为我愿意且只愿写作这样的散文。二十年前刚开始写作时是如此，二十年后依然如此。

这样的散文，不仅大量消耗生活积累（如同用粮食酿酒，基本是一百比一，一千比一的产出率），还会大量消耗荷尔蒙和思想资源。

也像存硬币买电器，积攒的过程是琐碎和漫长的，挥霍的过程是奢侈和简短的。

你的现实人生是否能为持续的写作提供源源不断的资源与热能？你的内心是否经得起写作的尖锐拷问与损耗？

二十多年来我只出版过四本散文集（另一本书是长篇小说），它们却几乎把我掏空。

我从来都不是产量很高的写作者，第二本散文集之后，我写得越来越少，发表作品的间隔越来越长，每年能有一两个特别想写的东西就觉得十分庆幸。

　　近些年参加创作座谈和研讨，总有善意的评论家指出：你写得太少了，很容易被淹没。

　　我早知道，可一点办法都没有。高能耗是散文写作的瓶颈，却也是散文品质的必要保证。

　　对于那种可以批量产出不携带内脏的热度的文字，我一点兴趣也没有。许多二手和三手生活资源，我更愿通过小说或诗歌来处理。

　　我觉得好的散文就是这样一种东西，你可以等待、酝酿、诱导，却很难策划和炮制。那等待的过程，有时如稻谷的有机生长，需要耗费几个节气，有时如煤和石油的形成，要耗费的是几个世纪。

　　我想说的是，尽管我目前写过的文字大部分可以归类为散文，但我并没有成为职业散文家的想法。就如同我们有时会遇上爱情，却不想成为恋爱家，我们不时会遇上友谊，却并不想成为交友专家。

　　我唯一的奢望是，当日常生活渐趋自律化之后，能让自己的嗅觉更细腻些，听觉更灵敏些，眼力更锐利些。当生命的虚无感日趋显现时，能让自己的头颅更高昂些，筋骨更坚实些，心灵更自由些。

　　倘若能做到这些，那么，当一个散文家的身影变得模糊时，一些以散文的名义发表的温热文字，还会偶尔闪烁在少数朋友们的案头上和记忆里。

　　它们寥若晨星，也暖若晨星。

　　我想，作为一个散文写作者，这是很低的定位，其实也是很高的理想。

2017年于南昌

目　录

第二辑　夜晚与生长

第三辑　理性与抒情

第一辑

春天
与故
乡

描绘上帝

我意识到父母即上帝，是因为近些年来，周边一直有人在唠叨"发福"这个词而我充耳不闻，似乎它离我的距离，比月亮离我的距离还远。

有人揭露我晚上吃得比较少，近年还坚持游泳。我咪咪笑着认错，其实我做这些并非要和"发福"这个词过不去，我有时也乱吃乱喝不锻炼，和发福也没扯上任何关系。

有次在饭桌上被朋友夸张的演绎弄得难堪，就辩白了一句：我不多吃肉不是怕长肉，是不爱吃。就是天天吃肉也不会发福的。我爸就这样，活到七十岁还是标准身材。

然后，就从一圈人的眼神里发现了话语里的骄傲。

正是在那瞬间，我第一次明白中年不发福也是一种令人愤恨的天赋。

忽然意识到，我爸我妈在我身上贮藏了不少这样的天赋。

比方说身高。在平均身高不到一米七的南方，我从来没为身高犯过愁。每见一些矮个男生被内增高皮鞋弄出怪异的走姿，就庆幸我妈当初选择了我爸这样的高个子而没嫁给某个矮个子远亲。比如说，我也庆幸我爸当初爱上的是能歌善舞的我妈而不是某个憨厚朴拙的农村姑娘，否则我这个羞于言谈的人怎敢当众放歌？

不不不，不能用这种颂歌体语言与逻辑罗列父母留给我的私货。

我必须多运用一点我爸的理性以及我妈的自省，因为不少私货也令我自卑且难堪。

很显然，我身上的自私和粗暴一点不比我爸少。即便在恋爱期间，我也是爱自己胜过爱他人，就算是当了父亲，学会了不时充当"爱"这个动词的主语，但迄今为止，我仍没看见自己在这方面有质的飞跃，还总是试图以中性化的"自我"和"自爱"掩盖自私的本质。

如果有人觉得我貌似谦逊温和，那一定是在公共场所。走进过我的私人空间的人都知道，这厮自负得粗暴，缺少倾听的热情，缺少对不完美的包容和耐心，并因此喜怒无常，常因小小的不悦破罐子破摔毁掉一些大好局面，负面情绪总是比正面情绪多一秒钟。

更多的是无关优劣的气质型遗传。

敏感而文艺，这毫无疑问是我妈给的，我高中刚在报刊发表作品时，她主动认领了这份功劳：这点像我，如果像你爸，你一个字都写不出来，写出来也是干巴巴的。

我只是略有些困惑，我小学和初中写作文都极像我爸，怎么高中后突然就像我妈了呢？

可见遗传的线路是复杂而多变的，有时还会重叠和融合。

比如非主流择业观，比方说爱体面，这是我爸和我妈最一致的地方，恐怕也是他们吵了一辈子也没分开的症结。我妈做了一辈子教师，我爸兜兜转转许多年还是把职业固定在讲台上，还成为县里当年唯一的物理特级教师。

我虽没坚持当教师，履历表貌似驳杂，谋生法则其实和他们并无二致：以不求人为体面，以不被人求为自在。

我爸的幼稚和我妈的成熟在我这得到互补和融合。我有着很长的浪漫和幼稚期，中年后对人性的幽深与社会的繁复却豁然开悟。因为两种力量的相互掣肘，我没有从一个极端走向另一个极端。

比例搭配得不够好的是我爸的简单和我妈的多思。

我爸五六十岁后还会张着嘴看《西游记》《水浒传》之类的电视剧并自得其乐，我妈就撇着嘴说：你爸头脑简单得像个小学生。

作为中学教师，我妈很少接触深奥的哲学和社会学原著，但她对人间事却有着极深邃灵敏的洞察。这让她的性情不可遏制地一步步走向忧郁和悲剧感。

最初我曾跟着我妈一起嘲笑我爸的简单，在我妈的多思多虑毁掉了她的健康后，我本能地向往起我爸的简单。

我近年最大的快乐，是不断在言行中找到我爸简单而乐观的影子，我要靠这心理暗示帮着自己远离心理的黑洞。

上帝造人的故事是基督徒的信仰，对于非教徒们而言，这上帝其实就是自己的父母。

意识到这点后，也理解了许多事。

比如励志者总爱说：三分靠先天禀赋，七分靠后天努力。可实际呢，成功者永远是十分之三或更少的那些人。

三七分的不妥之处是，把先天的禀赋和后天的努力二元对立起来。其实，凡能做到后天努力的人，也是基因里有了促成这努力的性格与能力基础，能努力本身也是一种重要天赋。它们实际上是一体的，就像一个药方里的两种不同成分。

懂教育的人都心知肚明，好学生大多不是被老师和家长管出来的，需要管和逼的，很难学到特别优秀的程度。

话说到这份上就太不心灵鸡汤了，甚至有点残酷。

基于对上帝造人手法缺乏全面了解，也基于我妈遗传给我的自我反思习惯，我必须给自己的观点留点活扣。作为上帝的作品，我们无法改写基因，却可以依据外部环境编写适合自己的运行程序。

这也是基因图谱相近的双胞胎却走向完全不同命运的缘由。

尊重上帝的基因设置，对人生进行合理规划是每个人都可能做到的事。那样，就能最大限度地削平上帝的不公平给每个个体带来的痛苦。所谓成功者和幸福者，不过是程序编排得最高效最恰当的人。

但是，这世上的矮个子想当篮球巨星的肯定很少，雄性资本不足却执意风流倜傥的男人却比比皆是。

这说明，读懂上帝的编码，仍是大多数人需要认真面对的课题。

从已翻译出的基因密码来看，我的程序编写难度远大于其他人，运行难度也是如此。我出生时难产三天三夜，差点害了我妈性命似乎就是警醒。这几年中年危机来势汹汹，不断把我逼向暗崖以探测终极底线，也是一种佐证。这使得我发自内心地羡慕大多数发福忧患者。

但我仍会对上帝的关照心存感恩。

上帝给了我漫长的青春期，给了我绵延至今的对抗孤独的骄傲，给了我对美与爱的强烈感知与渴望。

上帝让我即便在最深的绝望中，眼底也有隐隐的热泪。

2016年

本命季

我对春天的情谊有着某种玄秘的原因。

很小的时候，我只爱春天这一个季节，大概20岁左右，从绘画和摄影的角度发现了秋天之美，秋天的红枫林和蓝天之间的色差令我的画笔在颜料的泥泞里无法自拔；接着从电影的角度爱上夏天，电影里的夏天往往光照过剩而情绪迷惘，夏天把人的身体和欲望大面积暴露出来，夏天的光线使人很容易看到自己的阴影。阴影在夏天是凉爽诱人的；大概在二十四五岁之后，我连冬天都不反对了。在我们潮湿的南方，没阳光的冬日像阴冷的囚笼，而一旦出太阳，春天就似乎要提前从地表以下冒出来。晴暖的正月，拜年的人牵着花花绿绿的小孩走在红壤质地的阡陌上，这样的场景能把我的目光拧出水分来。

但是春天对于我的特殊，还是一年比一年清晰地凸显出来。生于春天这个简单的事实变得不那么简单，它一点点地显露出宿命和寓言的意味。

在朋友们的谈笑中，我知道自己是个容易情感萌动的人，或者讲得更难听些，是一个多情的人。我认可这个多少有点不怀好意的判断。读书时，总是激情澎湃地做各种学习计划，对于怎么实施它却兴趣索然；参加节庆活动，只在开始的时段感受到巨大的陶醉，进行到一半时便开始为结束时的人去楼空而伤感。20多岁时，我对爱情的理解主要集中在一见钟情的心动，而不能在对结果的追问中得到幸福。社交更是如此，我迄今很难做到出于理智去和一个完全没有感觉的人讲10分钟的话。

你是一个靠激情推动的人，没有激情，什么也做不成。有朋友对我下过这样的定义，我想，这可能是春天给我的个性铺上的底色。

生于春天的人很多，但这个季节在我生命源头留下的笔触似乎特别粗重。春天一到，我脑子里就会萌生许多虚幻的意义和热爱。我很容易被黄昏时微熏的暖风感动，甚至荆棘上的迎春花、一场深夜的细雨、村路的绿荫间一瞥短促的阳光。桃花、李和杏的花期是摆在田野上的流水宴，她们的颜色和味道对我有着迷魂剂的效力。我流连其间，不愿回到人的居所。有时我居然像妖冶的女人那样，用脸亲着桃花的面颊合影，如此恶俗的动作，在其他任何季节我都没勇气做出来。在春天，我的种种表现接近于一个堕落的花痴。

我成年后的春天，主要在鄱阳和南昌度过。

"小城之春"这个老电影的名字对我有着不可抵挡的美，它把"小城"和"春"这两个我很偏爱的词搭配在了一起。小城之春，在我看来就是春意盎然的寂寞。我先后看过黑白和彩色两种版本的电影《小城之春》，我喜欢它们就如同它们是我心灵自传的某个诗化的章节，它们唤起我许多沉睡了多年的身体和心理记忆。1996年以前的春天对我而言是不折不扣的小城之春。我在许多文章里回忆过鄱阳县城的春天，喋喋不休地描述那里的藜蒿、油菜花、桃花和李花，以及我在春天寂寞的游逛。

那几年，由于年轻和孤独，春天不断加重的气温和色彩日益加剧我的狂躁不安。我每天骑着山地车，在县城和郊外窜来窜去。不知道自己要做什么。办公室、家里，在哪里都坐不住。只有下雨的夜晚能让我安静下来。在县城，我似乎能听到雨落在鄱阳湖水面上的声音，我缩在干爽被窝里想象鄱阳湖在雨水的浇淋下拱起肚皮的过程，那是一种面积庞大的交合和受孕。这样的想象使我的睡眠不断下沉，直到沉入湖水的最深处，连早起的鸟都叫不醒。

春天我愿做的事是和朋友吴去女孩子家里炒菜喝酒，我不懂烹饪，坐在桌边一边等吴做好吃的，一边抱着琴唱歌。如果女孩的父母出去旅游了，我们就在那里喝到半夜，唱到半夜。我和吴都是唱歌的好手，那时候，一开口就是《我的太阳》和《茶花女饮酒歌》，连流行歌曲都不屑哼。吴的个子不高，但嗓音可以唱到high C。到了午夜，他的情绪会上升到顶点，唱着唱着就泪水滂沱，把女孩们镇得不知所措。她们打开音响，播放笛子和箫演奏的《姑苏行》《苏州河畔》，一种春光明媚的乡愁。在凌晨2点钟左右的黑暗中，一位个子比他还高的女孩接受了吴的眼泪和爱情，并最后成为他的妻子。

我认识的女孩比吴还多，但缺乏在县城待下去的信心。春天让我徒劳地损失激情和泪水，我厌弃着县城又在它的春光里沉迷不已。

现在回忆县城的春天，总是想起《小城之春》，还有贾樟柯的电影《站台》，它们的情节和我的经历相去甚远，某种内在的韵律还是相似的，那种特殊的属于春天的韵律。我们县城的古城墙早就形迹漫漶了，但我总是莫名以为自己在上面徘徊过许久，在那里和心爱的姑娘约会。我坐在黄昏金箔色的微光里抽烟，青草和刺花在千年的青砖之间迅速蔓延。

南昌不算特别大的城市，但城市有了一定规模以后，就会在其内部形成小的生态，与自然界的季候有所疏离。因此，南昌人对四季不如县城的人敏感。当然我除外，如果春天到了，即使蒙上眼睛关在屋里我也能用鼻子和皮肤感受到。

有几年，我住在孺子路的抚河边。一年四季，我都会在傍晚去河边的绿地上散步。河对岸也是城市，所以无法养成远眺的习惯，远眺变成近眺。一排迎春花把绿地和马路隔开，绿地上站着两株身材矮小的成年桃树，河边则有许多垂柳。对于我，它们就是南昌的四季。

春节一过从老家回到南昌后，气温持续升高，我没事就到河边去转悠，绿地上的秋毫变化都逃不过我的眼睛和鼻子。先是青草纷纷换嫩装，然后是柳树的瘦枝上有了绿色的偏旁。一场雨之后，桃枝就轻佻起来，又一场雨，黑枝丫爆出红疙瘩，再一场雨，黄昏被染成了水红色，清淡、粉嫩的香气四处萦荡。到了四五月份，黄亮的迎春花模仿蔷薇的模样开得到处都是，街道上的香樟树也发散出绿色的光雾。

住在滨江宾馆边上时，我每天经过省委大院附近的林荫道去上班，头顶是香樟树撑起的绿色穹顶。穹顶的颜色由嫩绿到青绿到深绿地日日演变，像电脑屏幕的自动更新。由于在要害单位周边，那几条小林荫道非常安静，人迹罕至，鸟的鸣唱却很稠密。我骑着山地车在香樟愈来愈浓的香味里穿行，根据气味、声音和眼角余光里的色彩判断着季节的深度。那时衣服已穿得比较少了，温润的凉爽令我总想像小青年那样放开车龙头，把双臂伸展成滑翔的翅膀，令我在双目微阖间联想到春天的许多美好事情。

南昌以北十几公里处有一座叫作"梅岭"的山，风景不算坏，我却怎么也爱不起来。我去过那里，一到春秋两季，山上的人似乎比树还多，而且到处都是人造景点，所以春天时我宁愿猫在市区也不去那里。

在南昌，我春天能做的事比在县城还少：一是带着小女儿去公园和江边散步；二是闷在家里想象野外的风景；三是画油画风景。我通常会在四五月猛画一阵油画，在其他季节，连画笔放在哪里都不知道。

2001年秋天，我怀着壮士一去兮不复还的决心离开江西，投奔广东顺德的一家国际化的大企业，但是只坚持到2002年春末，又回到了南昌。为什么那么快就回来，我在其他文章里有过一些阐释，其中很重要的一条，因为那里没有四季，没有冬天，因此也没有合格的春天。

"5个月来，我承受了有生以来最销魂的相思，不管是在办公室没完没了地忙碌，还是在珠江并不清澈的支流边散步，眼前悬挂的都是南昌和老家的种种画面。（3月份时）有次打电话问一个老家的朋友最近过得怎样。他用有着阴雨天那种潮湿阴晦的气息的声音说，那边天天在下雨，郁闷得很。但他的叹息给我打开的是一幅湿意和诗意都很丰沛的江南画卷：无边的油菜花和几株烟柳笼罩在凉丝丝的雨雾里；水田里禾苗在噗噗地喝水，青蛙和鱼在水沟里悄悄怀孕；一头在栏里憋了一冬的水牛，抖动着枯涩体毛尖端的雨星咯吱咯吱啃啮着汁液横流的新草……"这是我当时写下的一段日记性的文字。

顺德到处是工厂，没有油菜花，甚至没有垂柳和野生的小草。到了四五月份，我想江西想得夜夜失眠。广东半年，我知道了慢节奏对于心灵的重要，也知道了春天对于我的必需。

许多人都觉得我对春天的强调太夸张了，只有我自己清楚，事实就是如此。

我不过生日，每年都假装4月25日只是一个普通的日子，而不是属于我一个人的节日。我老是有意无意把那一天淹没在办公室的笑谈或采风的旅途中。它的长度毕竟只有24小时，有意忽略是能办到的。但是对于孕育了我生命的春天，我没法假装它不过尔尔。作为一个季节，它漫长而丰富，沿途有许多重要的驿站：立春、情人节、惊蛰、清明、谷雨……对于全年的年景，每个驿站都是别具意味的。春天的状态往往决定我一年的状态，春天幸福就一年幸福，春天痛苦就一年痛苦。一年当中，立春之后的一两个月是我写作的黄金时期，气场特别饱满。在我个人的成长史上,最美好的事件都发生在春天或与之相关,我现在的爱人就是某年春天带来的礼物。而记忆里最糟糕的事情也大多与春天有关。我越来越热爱这个季节,惧怕这个季节,最终还是热爱这个季节。

2003年以后的春天,我过得格外珍惜和享受,不断地从南昌外出,让心情混迹于油菜花、桃花和李花丛中。几年来,我几乎跑遍了江西那些春色最美的角落。

2004年3月,有一个星期,我住在婺源,每天和几个搞摄影的朋友开着车寻找中国最美的春色。这次旅行对我影响深远。婺源对我既是个地理概念,也是时间概念,同时也是一种心理概念。在婺源的郊野,我仿佛回到童年,那里春色的野生程度有如20多年前我的家乡:山是青而深的,而且林相很好,随处可见100岁甚至1000岁以上的古树;水是绿的,随处可以捧起来喝。从2月到4月,整个婺源被金黄的油菜花簇拥,似乎那里是黄金铺路的乐土。在婺源的村落,我仿佛回到古代,到处是白墙黛瓦的明清建筑,人们的生活节奏似乎也沿袭古代,日出而作,日落而息,不关心山外到底已进入后工业时代还是信息时代。

一个中午,同行者在一个老宅的庭院里拍照片,我在二楼旧时小姐的绣楼里听寂静在耳郭里发出的玄虚之声。凭窗远望,对面的山坡浓绿耸动摇曳,山脚下,油菜花在阳光下铺了十几里远。更近处的水田里倒映着破碎的蓝天,一条耕田的黑色水牛,在桃花的映照下愉快地耕作,从泥浆里翻耕出土地深处的生机。

那个中午,时间几乎是静止的,我心里非常安宁,靠着窗想:这才是真正的春天,这才是值得借鉴的日子。

近两年,春天已经比较严重地影响到我的生活方式和对人生的态度。我有意把春天过得像吉祥而虔诚的庆典。就像许多人对本命年有着特殊的敬畏和期许，我把春天当作本命季来尊崇。

春天我不与人结仇，不玩世故和虚伪的人际游戏。春天我不关心事业得失成败，只渴望掏心掏肺的交谈。春天我心肠变软，对每个卑微的生命满怀悲悯与呵护，对他人和自己的缺点也尽量原宥。像许多比我还聪明百倍的前人一样，我想不清楚生命的源头和终点到底在哪里，更弄不懂在这个过程中奔忙的意义究竟是什么。但是春天既然来了，我还是要像花朵那样绽放点什么，并且还要以最美好的心情期待剩下的那些个春天。

春天多美色和异香，也多细菌和疾病。不知道这个季节，最后将怎样决定我一生的运势。我想，××年以后，那些喜欢我或讨厌我的人均会因为同一个原因理解我这一生，他们会点着头或摇着头说：

呵呵，这是个生于春天的人。

2006年

正版的春天

于淑贞唱《我们的生活充满阳光》时，1981年的阳光就会如潮水般从天边漫来，淹没我的头顶。还有《甜蜜的事业》，我一听这些歌心里就要起鸡皮疙瘩。"心爱的人哪，携手前进，携手前进……"你不要嘲笑我的感动，在这样弱智的歌词面前我就是一摊稀泥，扶也扶不起来，而且脸上无限憧憬，只不过憧憬的不是未来，而是身后遥远的1981年。

1981年我才十一岁，跟着我妈住在鄱阳县柘港中学。我妈在中学教书，我在两里外的小学读书。我的学生时代主要是在县城里度过的：幼儿园、初中、高中，还有一年级和五年级。我在柘港只读了二、三年级和四年级的一个学期（另一学期在奶奶那里混），可是我对许多事情的看法就是在1981年左右形成的，包括春天，未来，当然还有爱情。

1981年的柘港，其实并不具备特殊的抒情元素。如同那个年代所有的公社所在地，有一个以村为基础建设起来的小集镇，有一个玻璃柜台乌黑发亮的供销合作社，柜台上方悬挂着柘港中学美术老师张继旭用水粉画的印着红鲤鱼图案的脸盆、带玻璃罩的煤油灯、黑亮的高筒雨靴等日用品，闪着80年代的商店广告画特有的笨拙亮光。张老师个子很高，曾在杭州美专师从刘海粟大师学画，后因父辈的地主成分中途退学返乡。我成年后回忆他的模样，发现他很像徐悲鸿。这个永远一张旧知识分子笑脸的人，辅导过中学里的不少学生以及我画的"猛虎下山"和"鲤鱼戏水"。但时至今日我仍画不出那种80年代的招贴画独有的木木的光泽。我对供销社印象最深的是一种用印着红字的白纸包装的玉露糕，味道很像贵溪特产灯芯糕。我大概每过一两个月才能得到买一包的钱，它因此成了记忆中最美味的糕点。

把集镇一分为二的景湖公路上的灰尘覆盖着我对1981年的记忆。我常听见路两边的木头电线杆哼着嗡嗡的小调。公路边手工业社的二层楼房是集镇最高的房子，它的一楼被用来做简易车站。车站没有始发的客车，但可以卖过路客车的票，因此常聚散着一些扛着绘有外滩的万国建筑群和车流的上海牌背包、拎着大蒜和阉鸡旅行的人，大厅里因此长年杂烩着皮革、烂大蒜、汗臭等种种难闻的味道。出没在那里的人一个个都神气活现，他们身上残留的城市的气味使他们成为民间话语的中心，他们是神秘远方的新闻发言人。

我的主要活动范围是从中学到小学的那1000米的地带，这条南北走向的线路和集镇的马路平行，两条线相距不足500米。中学在枞树环绕的山坡上，两三排火车形状的教室前是开阔的黄泥地面的操场，孤零零地立着几副木质篮球架。操场边上是农民的豆地、小麦地和油菜地。油菜到了三月就是金黄欲滴的一大片，汹涌的金黄被远处的几片小树林阻隔一阵后，一泻千里似的四处铺展，与七八里外的村落的油菜地连成一片。

从中学往北，依次要经过卫生院、榨油坊、公社露天电影放映场，然后才到达小学。卫生院的垃圾堆在春天会蒸发出令人头晕的热力，我每天都要在那里耗费大量的时间，寻找注射器和大量未使用就丢弃的避孕套。注射是那个年代的孩子都很着迷的动作，也许是因为它可以转移和释放儿童期积聚的对于被注射的恐惧？我注射的对象是青蛙，用水把青蛙的肚子注射得如同孕妇尔后放行，避孕套则被吹成粉白的气球伪造节日气氛。1981年左右，为了配合计划生育国策的实施，避孕套被大量免费发放，这一举措并未从根本上阻止精子和卵子无节制地会师，白色的气球却到处飘荡，让一些年轻夫妻的羞愧心无处躲藏。

榨油坊的工作方式也是极其迷人的，三四个赤膊的工人喊着号子，奔跑着用巨大的油槌撞击油榨，每一声闷响都能让油榨里的菜籽幸福地流出油来，简陋的榨油坊因此长期弥漫着菜油的浓香，就连那些掺杂着稻草的黑枯饼也芳香诱人。我每天路过那里都要停下来让鼻子饱餐一顿。露天电影场的银幕画在大队部的一堵墙上，石灰刷成的白底上窝着几撮黄泥，这是村里孩子的作品，但没有人去清洗它，因为它一点也不妨碍这块白墙向方圆十几里外的地方辐射魔力。我不愿多提的是这个线路的终点柘港小学，关于它我想不出与春天有关的太多印象。这个学校保留着我迄今为止最低分考试记录：数学27分；还有四年级的一张留级通知书，我转学到县城才逃避了厄运。柘港小学里没有春天，它好像是专门用来呈现我过度热爱春天所造成的恶果的。

我之所以不厌其烦地描绘这些场景，主要是想告诉你，一个特殊的时代怎样让一个普通的乡村集镇成为一个人生命中元气和真气最充沛的场，它不仅决定了我对1981年的印象，也影响到我对此后许多年代的适应性。

活到现在的三十三岁，我才发现一个问题，人对季节的敏感其实很像大多数人面对爱情时的状态，一辈子也许只会出现一次高峰体验。

我住的宿舍窗外是一株桃树，它似乎永远开着那种水红色的花朵。水红在民间是种色情的颜色，这种颜色的花瓣也是粉嫩的色情味道。春天的早晨我被这样的花香唤醒，血液里就流窜着莫名其妙的躁动。上学路上，我还要路过一片冬小麦和更大的一片油菜地。我折断小麦的秆子做口哨时，它浓绿的血液会发出甜甜的腥味。正午，油菜地被阳光烤得能刺伤婴儿的视网膜，亮亮的黄色中升腾起嗡嗡的蜂鸣和花粉浓艳的体香，当地寡居的少妇这样形容它：香破了鼻子！

　　植物和卫生院遗弃的避孕套的气息迷魂剂一样浮泛着，上下学的路因此变得特别悠长。大人五分钟的路程，我至少要走上二三十分钟。如果刚下过雨，路侧低洼的草坑里会奇迹般地出现几尾怀孕的鲫鱼，它们在暴雨的掩护下从油菜地边的水渠上溯到这里，如同太平洋里的潜水艇误入小淡水湖，雨一停就搁浅在水底嫩嫩的青草地毯上。这样我的步行又要延长十几分钟。那以后我再也没有在三四月份赤脚下过水。水的清凉一层层地漫上来，带着新鲜青草的生气，顺着经脉一路上升，漫溢到五脏六腑中。

　　有一天，在县城当厂长的外公来柘港出差住在公社，我傍晚吃过饭从中学出发穿过一片枞树林去看他。我特意换了件一年难得见两次的爸爸从景德镇买来的黑格衬衣和米黄色的小斜领外套，一面小跑着一面用右手的食指旋动着一圈新到手的镀铬钥匙圈，一身崭新的行头和即将见到外公的愉悦使我的脚步异常轻盈，我感到春天黄昏的风温暖凉爽地摩挲着脸部和双手的皮肤，我双臂伸展成羽翼，浑身有一种麻酥酥的陶醉，轻浮而感动。时隔二十年，我仍清楚地记得那个春天傍晚的全部细节。我想我这辈子再也不会找到那种单纯的沉醉。

　　我的头已经被春天的风和花粉弄得很晕了，大人们又开始刺激我脆弱的脑膜。当然这些大人主要是指中学里的高中生。

　　不知是错觉还是事实，那个年代的高中生比此后的历届高中生更具有成年人的味道：四个口袋的蓝布中山装，三七分的发型，黝黑的脸堆积着火山坑般的粉刺。更有意思的是，似乎每个人眼里都燃烧着火焰。他们最爱研究《人民日报》和《中国青年报》上的世界局势和国内经济增长指标实现的情况，谈论1985年的中国会怎样，憧憬着"四个现代化"实现的遥远的2000年。这些话题使他们每天都处在迎接美好未来的亢奋里。他们动辄围成一圈，用笛子和口琴伴奏合唱《年轻的朋友来相会》等歌曲："再过二十年，我们再相会，伟大的祖国，该有多么美……"唱完歌，他们就分散到学校附近的油菜地里去读书，为了考大学以获取一张通往未来的门票而努力。1981年左右的中国大地到处都飘扬着类似的歌声。不知那些成年人唱这些歌时的心情，我每听一次都会激动、感动、冲动得心尖发痛，虽然那时我才是个刚系上红领巾的少年。

　　每年春季，中学里总有一两个身体好的学生验上飞行员提前拥抱理想的蓝天。这样整个学校都会增加一个节日。庆祝节日的方式是在操场上放一两场战斗电影，未来的飞行员戴着大红花羞红着脸坐在最中间的位置，校领导和老师们分坐两厢簇拥着他们，用母亲话别临出嫁的女儿的表情叮嘱着什么。昨天还是学生的他们在老师突然变得温和客气的声音抚摩下显得更加窘促不安，勾着头身体钟摆似的左右扭动。有一个夜晚，放过广西边防部队用火箭炮还击越南侵略军的纪录片，在第二部电影开映前，我潮红着脸问一个戴红花者：如果上战场，你真的一点也不怕死吗？他怎么回答的我一点也记不清了，总之他让我陡然受到了强大的震撼并深深自责居然问出了如此可笑的问题。那个时候，在单位和国家利益面前考虑自己是十分可耻的事。

　　中学周围的油菜丛里除了躲着许多读书的人，也隐现着一些埋头私语的男女，他们和我在公社放映场上看到的《小字辈》、《甜蜜的事业》一起，加剧了我在春天的头晕。《甜蜜的事业》里有一个李秀明扮演的女主角和她的憨男友托腮跷脚趴在草地上谈恋爱的镜头。这个镜头严重影响了我对爱情的认识。直到十八岁我真的开始恋爱以前，我都认为恋爱就必须和一个长得像李秀明的姑娘去草地上追逐一番，累了就趴在一起衔着草叶歪头畅想许多年以后的事，或者像《小字辈》里那样，买上一大把冰棍坐在街边等一个假装生了气的穿连衣裙的城里女孩。

80年代初成年人的爱情风格不只是培养了我对爱情的偏见，在春天热烘烘的气息的熏染下，我经历了许多人直到十七八岁才体味到的对爱情的幻想性焦灼。

我的爱情启蒙老师是中学一位体育老师的妹妹，而辅导老师则是一个比我大三岁的教工子女，他喜欢的是另一个教师的女儿。通过曲折惶恐的互相试探发现彼此的秘密后，我们成了最好的朋友。共同的秘密促使我们一有空就一起去中学四周的野树林里散步，我们猴着身子蹲在油茶树上，望着天边的流岚与金色晚霞交流恐惧和甜蜜——当然更多的时间是他在辅导我。我们的恐惧源自对早熟所带来的种种恶果的担心，而甜蜜仅仅由于和某个女孩的一次其实没有任何交流的邂逅。我老对他这样感叹：我们要是兔子就好了，不用读书考大学，平常和好朋友住在干爽的山洞里，每天在草地上捡捡蘑菇晒晒太阳，想干什么就干什么。

我第一次见到她是在她哥哥房里，我从门口路过，忽然发现里面多了个用蝴蝶结装饰小辫子的女孩。我只见到背影，但直觉告诉我背影反面的脸庞一定好看。我心跳律乱，急迫地期待着证实。第二天终于看到了她的正面，皮肤白皙洋气，脸形偏丰满，类似李秀明，嘴角略有些娇气地歪着，这个印象让我呼吸困难。让我陷入长久头晕的是，她不是来做客而是来我们小学插班读书的，比我高一个年级。

　　我在每天上学和放学的路上远远地跟踪她，盼望着和她四目对视一次，并不时为此付出耐心和体力劳动。我努力观察总结她的行动规律，在她放学穿过麦地中的一条小路时，装作去学校拿件忘掉的文具迎着她走去，而真到了交会时，却突然失去了抬头的勇气，心脏因骤然狂跳供氧不足而出现幸福的窒息。

　　那个春天我经常性地处在这样的窒息当中，以至于当我十八岁真的开始接触女孩时，心脏平静得像个沧桑的老人。我开始恋爱不久就具备了情场老手收放自如的冷酷风度，一切痴迷与慌乱似乎都在1981年透支掉了。

　　十二岁离开柘港以后，我对春天再也没有敏感到头晕窒息的程度。我成年后曾多次去过那里，一切都像老照片，只能怀想，不能到达。由于青壮年男女大多外出打工，柘港街头走动的大多是老年、儿童和一些懒散的狗，柘港中学变成了初级中学，榨油坊和公社的露天电影场也失去了原有的功能挪作他用，那种每个人眼里都装着美好明天的氛围也被务实的市场经济抽空了。我们县里的农民早就不种冬小麦了；油菜和桃花依然按期盛开，只是不再像1981年能香破我的鼻子。当然，依据一个三十三岁的写作者的经验，记忆也常常欺骗热爱回忆的人。也可能柘港的春天其实并没有发生本质的变化，是我的怀念美化了它在1981年的样子。

　　但不管是春天蜕变了，还是我的季节感发生了病变，我从此有了这样的错觉：1981年的春天才是正版的，此后的全是盗版的水货。

2004年2月18日

瓦片下的家

在1996年之前，我和父母一起住在县中一排60年代建的老房子里：上有瓦片，下铺木地板和地面隔出半尺的距离，天花板高得似乎可以在室内放风筝。但光线是暗的，如同一个沉思者的内心。我在1986年秋天的一个黄昏住进这里，除了出去读大学和在乡下教书的几年时间，我一直在它青灰的屋顶下徘徊和睡眠，性格也像受了环境色的烘托一路低沉下去，从长着绒毛般胡须的少年变成了在家里一言不发的青年。

我的房间靠窗，墙上歪斜着我画的油画风景。临窗笨重的书桌上长年堆满《诗歌报月刊》和《青年文学》。由于屋前有走廊，阳光永远投射不到桌面。天气好的话，能看到槐柳绿意蓬勃的影子晃动着把窗玻璃擦得黑亮闪光。我的藤椅上总垫着厚厚的毯子，这使我的无聊和孤独都具有了舒适的韧性。

我慢慢习惯了在这样的房间里看书、听音乐和写作，有时也像画家那样摆开架势作画，把绷好了画布的框子倚靠在窗台上，临摹一些写实主义的名画，冬天画盛夏的海滩，夏天画被陈雪和暮色掩埋的欧洲小镇，镇口的大道上瑟缩着两个路过的异乡人。我用画作对季节做些更正和平衡，它们比我的文字作品更直接地宣示了房间的性格。可是能见识我的油画的人太少了，我的藤椅在一年内接纳的臀部不会超过两个，它们的主人大多比我还顾忌我严肃过度的父母，环顾着四壁压低嗓子说着话，遗下几颗烟蒂就匆匆地走了。

1994年春天，我的窗台一度成了爱情平台。我早晨起床，会发现一封昨晚才写好的信卧在那里等我。它的主人在凌晨跑步到我家门前充当自己的邮差。那是一些和我的房间性格差异很大的信，沾着户外跳跃的阳光的气息。它们改善了室内的光线，我每天慌乱地展开信笺时，不管信纸上的天气如何，都像是在迎接晨光的降临。

没有爱情的春天更多，槐柳繁密的叶片及苍蝇般的果实在阳光下的色泽和腥香会刺伤我的眼睛和鼻膜。我从瓦片的阴凉下出来，蹲在槐柳下的草丛边，能注意到两只蚂蚁的决斗和一块光斑在树干上的移动规律。如果是在夏天，我还能看见玻璃碎片、金属片在泥地上闪光。我经常在这种光点发散出的迷惘中打发掉一个又一个睡过了头的午后。南风起时，屋前操场边的公共厕所的气味若有若无，令我想起菜园在烈日下蒸发出的气息，继而想到郊外的泥坝和草帽。我的心跳节律显然受到了瓦房的影响，我爱上了发呆，无法忍受快节奏和过分充实。我甚至认为，发呆和愉悦的无所事事对于一个习惯于把自己定位成艺术家的年轻人来讲，是一种必须和高尚的生活方式。

由于住在瓦片下，我的耳朵记住了雨夜的各种音乐——雨在屋顶上时缓时疾的跑动，以及它悬挂在屋檐上的无休无止的叹息，而地板把雨天的湿气和普通人对潮湿的厌烦挡在半尺之外。我常在暴雨之夜坐在沙发里看电视至深夜，不清楚是在欣赏电视还是欣赏雨所制造的在室内的暖意。有几年的冬夜，我还蜷在被窝里听到了雪粒在瓦片上的蹦跳，如同音乐盒在午夜发出的声音那般微妙动人。

在冬暖夏凉的瓦片和木地板之间，我们一家五口一起过了十个又羞涩又温暖的年。在和客厅隔着小院子的同样覆盖着瓦片的厨房，热腾腾的空气里浮动着妹妹、弟弟和我努力控制着笑意的脸，它们最初像苹果那样圆润，随后被时间一点一点拉长了。后来，我和弟弟离开了家乡，妹妹从瓦片下嫁到了城东的高楼上。父母也在1999年底搬进了新买的楼房。采光极好的新房子改变了我们家阴沉的家庭性格。而妹妹和我们的距离、我和父母过去的紧张关系、弟弟的健康……一切也都发生了变化。

2002年秋天，我回县城时发现我们的老房子消失得无影无踪了，包括门前的槐柳、杂草，还有公共厕所，取代它的是一幢新教学楼。那一刻，我忽然有种被掏空了的感觉，好像我在这里度过的十年时光也被推土机隆隆地铲去了。我想象不出来，在时间面前，有什么是不能改变的；我同样想象不出的是，要过多少年，我才能淡忘在瓦片和木地板之间默默长大的感觉。

2002年

县城附近的春天

　　藜蒿是必需的。藜蒿是我故乡鄱阳区别于北方和南方许多地区的重要植物，我每年首次见到它，是在春节前后的一道藜蒿炒腊肉的家常菜里。将藜蒿青嫩的茎折成两寸左右的小段和切成小片的腊肉一起放在旺火上一阵爆炒，腊肉变成了半透明的薄片，藜蒿则因腊肉热油的渗入而祛了青气，诱导出药材般的奇香。口感先是有点涩，多嚼几根，则肺腑生香。现在这道菜已成为鄱阳湖周边许多城市里的名肴了。

　　而在正月和藜蒿之间，还隔着由冷至暖的无数场春雨。我住在县城暖和的家里，每每忽略了这个美好的孕育过程。一个住在鄱阳湖草洲上的朋友寄了一篇稿子给我，这是许多年前我在县报编副刊的事，我忘了稿子的内容，却记牢了一句话：深夜，我听见初春的雨洒在无边的鄱阳湖草洲上。这是我最喜欢的描写家乡的句子，因为它散发出了在雨水里怀孕的鄱阳湖湿地的气息。

　　在县城的正月，我常在雨声的伴奏下无聊地看电视或读书至深夜。我最喜欢这样的初春之夜，双脚踏在干燥的木地板上，身子陷在松软的沙发里，听细小而密集的雨落在薄瓦（我曾有幸在某些春天住过这样的房子）和窗玻璃上。更晚些时我躺在被窝里想象不远处的鄱阳湖上发生的那些事，想象迷迷蒙蒙的雨阵在夜湖和草洲之间来回走动的情景，想象藜蒿和其他植物喝饱了春雨一扭一扭地挣脱泥土束缚的样子，这样我会觉得被淫雨浸泡也是件很温暖很有美感的事。

当藜蒿炒腊肉的香味和爆竹的硫黄味一起消散了，我的注意力从餐桌和室内转移到在县城之外的广阔天地上。这时天空比正月要高很多，白云和蓝天的关系也得到了澄清。油菜花摆在田野上的圣筵已经准备就绪，郊外的公路上常有赴约的青年男女挎着相机骑着自行车飞驰，车龙头上颤动着一簇耀眼的淡黄或金黄。

我想我有必要让叙述在油菜花贫贱的词根处停留片刻，它确实是很独特的一种花。它不是为了审美而是作为生产菜油的经济作物而存在的，但它无边无际的美差不多堵塞了我对春天的其他想象；另外，一朵油菜花算不上很美，它的美和数量成正比，这也是其他花卉不可比的一个特点。一万朵玫瑰挤在一起会很庸俗，一万朵油菜花却可以铺成通往天堂的地毯。我曾在飞机降落时俯瞰过油菜花簇拥的南昌昌北机场，并不晕机的我体验了巨大的金黄的晕眩。

离城十里许的风雨山是我们通常探入春天的深度。十华里，骑行的最佳距离，便于产生远离了县城的错觉（其实是被高高的油菜花遮住了视线），便于积攒轻微的疲劳和燥热感，让身材好的姑娘有理由在油菜田边的草地上脱下棉袄露出埋没了一冬的三围。这个简单的动作在油菜花反射的光影里完成是很令人心动的，充满了浮想和暗示。除了照相，在油菜地边可以做的事还有许多，像个花痴那样赶跑"嗡嗡"地吵个不停的蜜蜂，用快要失灵的鼻子作吸管伸到花蕊间，吸食那种粉粉的略含阳光味的淡香是走到户外的人都爱做的事；如能说服刚认识的姑娘躲到油菜地间的田埂上说些和春天有关的话就更有意思了。你们坐在那里，同伴们看不见，你却可以在风吹菜花低的那个瞬间欣赏他们脸上的春愁。

在县城附近徒步漫游也是很有意思的。我常去的地方是城后芝山之外的一些小村落。比如范家舍，这个同我姓氏一样的村子和我并无任何关系，却保留了一些别致的春色。我穿过大片油菜地走近这个二十多户的小村，恍如回到了古代，因为时间突然被取消了。缀满野花的竹篱、废弃的碾屋、布满绿苔的老井……它们一千年前也许就是这个样子。村边有几株桃花，灼灼地烧着。桃阴里，一个老农踩在牛拉的犁铧上耙地。我打算绕过桃树去看他身上穿的是不是唐朝的布衣，却被一株杏树挡住了。它横在路上，如一个白衣女子，白得鲜艳欲滴，白得我眼前一黑在离县城三里远的春色里彻底迷了路。

映山红离县城很远，虽然不时能看到一些刚下中巴的人手里捧着一束。我知道，它们大多来自遥远的鄱北山区，像我在外婆的老家度过的童年那么远。而即便在遥远的童年里，映山红也是远的，我们要等开春大人去三里外的莲山砍柴回来时才能看到，大人们把它们插在堆满柴火的独轮车上，花瓣像他们一路哼唱的小调那样沿途洒落……

更多的时候，县城附近的春天被一种生机盎然的落寞笼罩着，如同老电影《小城之春》里的意境。我很容易在这样的春天里陷入亢奋和幻灭交替的困境。不论是作为中学教师还是县报编辑，我都有大把的时间用于感时伤怀。爱情不开花的日子，我骑着自行车在飘满被单和水滴的小巷里没有目的地晃来晃去。我的眼球似乎加了滤色镜，远处的天空变成了紫蓝，阳光是柠檬黄，晒得我失去了思维。如果在城里没找到同类，就继续骑行到圩堤外的河滩边，蹲在潮湿的草地上皱着眉头抽烟，想些爱情或远行的事。那时我酷爱着小城的春色，又对县城之外的城市的春天想入非非。我被河面的银光晃花了眼时，野花在我的阴影里悄悄地开了一片，几只叫天子的轻啼和远处一艘运沙船的马达把春野的安静抬到了半空。

在我的记忆里，县城附近的春色到风雨山下的油菜地和范家舍的桃树及杏花那里为止，但并不是气数已尽了。等这些花儿将谢，县城里的小巷又一片一片地绿起来。我故乡那些善做美食的女人们把芥菜洗净后晾晒到竹篙上，然后腌制成有名的咸菜，名叫"春不老"。"春不老"不是一般的咸菜，腌制后色泽不褪，口感鲜脆，能从春天一直吃到冬天。故乡鄱阳县城附近的春天就这样在一坛坛的"春不老"中将寿命延长了数倍。我在县城里郁积的浓艳而空洞的春愁，也要拖到盛夏之后，才渐渐在骄阳下融化成对来年春天的无尽想象。

2002年11月13日

一个时代的背影

从鄱阳中学后门出来，经高门粮库、酒厂、西门路、连杆厂、上滨洲路再往右拐进剑道弄，许多年来，我不断地走在这条线路上，我对它的熟悉程度仅次于回家的路，而我走在这条路上的心情，远比回家时更激动更感慨，更像是去履行一项感恩仪式。

剑道弄12号。它是外婆外公在县城最后的住址。从1980年到2005年，对我而言，它是个比家还温暖的地址，1980年之前，类似的地址是1976年到1980年的轧花厂、70年代初的洗麻厂和"文革"期间的柘港祥环村。

和许多人的成长轨迹不同，我是跟着外婆外公长大的孩子。我称呼外婆从不叫"外婆"，"姆妈"是柘港人对奶奶的称呼，我开口发的第一个音，可能就是姆妈。对外婆，这其实是个错误的称呼，从1970年到2005年3月，我一直坚持着这个错误。

对外婆外公最初的记忆，是在洗麻厂。不过记得清楚的，不是他们，是洗麻厂附近的许多花白奶牛，以及一种液态的麦芽糖。工人们用木桶挑着它们从我面前经过，带我的大人用小木勺舀一勺喂到我嘴里，甜得我全身一激灵。还有一件事我全无印象，外婆后来老讲给我听：在洗麻厂，外公老是把我放在小饭桌上午睡。有时我熟睡后会从桌面滚到地上，却并不醒来，哼唧一声，趴在地上继续睡。外婆说：

你小时候胖得像只小奶猪。

在祥环，我住了好几年。不过记得清楚的，仍然不是外婆外公。一架餐橱、一把大刀、一个装满谷糠的大缸，还有一只肚子蹭着地面行走的大年猪构成了属于我的祥环。

餐橱在厨房里，油黑闪亮，有好几层，比我当时的头顶要高许多，它在我心里的位置也是高的，因为它昏暗的腹腔的某个角落，藏着一罐冰糖，外婆不时掏出一块悄悄塞到我嘴里。大刀搁在餐橱顶上，我固执地认为它是外公当兵时的武器，它的光芒照耀着我的想象力和接近的欲望，可无论我怎么央求，外婆都不肯让我碰它一下。在我大了两三岁以后，过年时看到大人用它分切刚出锅的冻米糖，支撑了我多年的梦想也被这种毫无英雄意味的动作彻底切碎。那只装谷糠的大缸，里面养着外公捕来的乌龟，手在谷糠里一捞就是好几只。每过几天，外婆就会煮几只乌龟给我吃。这使得我长大以后无法接受出高价买乌龟吃的行为，就如同一个腐败惯了的小官僚，宁可饿一顿也不愿自己掏腰包进酒店吃饭。那只大肥猪是外婆的杰作，才养了一年，到过年时，已胖得走不出栏，肚子沉甸甸地拖在地上，过年杀它时，跑都跑不动。剖开它的肚子时，热气扑面而来，年的气氛就升腾起来了。我用它的蹄子做玩具灯，用它的脂肪做油，点了一个正月。

在祥环，我完全没有记忆的一个细节常被长辈提起，我还不会走路时，外婆每次去菜园干活，都把我带在身边。她在地上铺上一个圆篾盘，把我放在里面，然后自己去栽菜秧。她在前面栽，我爬出篾盘跟在后面拔，就像橡皮不断擦去她奋力写在地上的"菜"字，结果一上午都栽不完一分菜地。外婆绝望地叉着腰，想揍我的小屁股，结果却呵呵地笑了起来。

除了祥环，轧花厂是我童年待得最久的地方。它当年的布局和许多生活细节迄今历历在目。印象更深的，还是我住在那里读幼儿园和一年级的事。我每天抱着小板凳去五一小学上幼儿园。有时想逃学，就说学校放假。这个理由我一而再再而三地使用，外婆也再三地上当，不知是真上当还是假上当。一年级时，老师让家长教我们写名字，父母都在外地，外公就充当家长教我写名字。我被老师严厉批评，说我没学会爬就想跑，因为外公教我写的是草书。我回来批评外公，说名字不是这样写的，又说不清到底该怎么写。结果外公教我写的还是龙飞凤舞的草体。我只好像临摹绘画那样照着他的字画自己的名字，然后继续到学校挨老师的骂。

外婆外公刚搬到剑道弄12号那年，我在柘港读小学二年级，一放寒假，就一个人搭便车到外婆家来过年。上车前，家里人跟我描绘外婆新家的方位和样子，我非常自信能单独找到。结果在轧花厂附近转到天黑都没看见外婆外公的新家，一个人背着书包在滨洲路陷入夜色的包围，幸好外婆派了人出来找我。在新房子明亮的灯光里看到外婆外公和小姨的笑脸时，我仿佛是送鸡毛信的小八路从敌占区一下子到了解放区的八路军总部，疲惫、踏实、甜蜜，激动得一夜合不拢眼。

读初中后，每年春节外公都要发大额压岁钱。外婆每次来家里看我，都给我一点零花钱，从两元到五元一直涨到读高中时的每次十元，趁着我爸妈不注意用一种有特殊光泽的眼神把我叫到房间悄悄塞给我，这个秘密，外婆去世时我妈才从我嘴里知道。记不清外婆总共给过我多少次零花钱，那种含义特殊的眼神，肯定要跟随我走完这一生。

我妈常跟我说的一句话是：外婆外公是把你当孙子带大的。尤其是外婆，世上她最疼的人就是你。

外公身材瘦小，只有一米六几的身高，外婆是小脚老太，我此生见她第一眼时，她已经50多岁了。在我看来，他们的形象是完美而温暖的，在我成年之前，我想象不出，他们也有许多和我一样的少年荒唐事，也有许多普通人的毛病与痛苦。

外公生于1921年，家里原本有许多田地，他读私塾时，被土匪绑票，在山里蒙着双眼转了一个多月。父母为了赎他变卖了大部分田地，1949年后划定成分时反倒因祸得福。这是外公亲口讲的。另外一些事，则是从外婆和舅舅嘴里透露出来的。

18岁时，外公和几个同伴用独轮车推了几头猪去景德镇卖，卖完猪，其他人都回了家，外公带着卖猪的钱头也没回就逃离了家乡。他要逃离什么？枯燥的田间劳动还是当时父母包办的一桩不满意的婚姻？面对晚辈的好奇他从没正面解释过。这次动机成谜的任性，区分了他和同伴的命运。同伴们回到家里继续当本分的农民，外公则在许多年后回家时成为革命干部。这期间，他在江西读过一个不出名的军校，在云南做过生意，在国民党抗日名将廖耀湘的新六军待过，后来成为林彪的部下，打过辽沈和平津战役，最后又成为彭德怀的部下去朝鲜和"联合国军"交手。我见过外公在朝鲜的戎装照，年轻英武得让我以为是一个和我毫无关联的人。外公近距离接触过彭德怀。志愿军一个指挥部被美国飞机炸了，牺牲了许多人。彭总过来视察。外公说：他脾气大得吓得死牛。

我稍有点懂事时，一度很担心外公是当了解放军的俘虏才成为解放军的，这将摧毁我心中某个矗立了多年的信念堡垒。真相是：外公刚进国军时，因有文化，被安排在一个连管理马饲料。在上司准备查账时，他才发现前任的贪污给他留下了足以招致杀身之罪的巨大亏空，外公有口难辩，连夜逃离了军营。后来在一个小面馆里，差点被来抓他的连长撞见，外公翻后窗摆脱了厄运的追杀。

舅舅从这件事得出结论，外公是个不精明的糊涂人。当时接手账目时也不知道核对一下。这次糊涂导致了外公与"国军"的决裂。1949年的一次糊涂，则导致外公在"共军"队伍里错失了一次提拔的机会。大军南下到九江时，上级知道外公的老家离九江只有两百多里路，故意考验他：如果不同意你回家探亲，你会怎样？这样的镜头如发生在电影里，被问的战士一定会慷慨激昂地表示革命不胜利决不回家。外公的回答是：你不批假我就开小差回去。从朝鲜复员回国时，他的职务仍是连参谋。舅舅说，以他的文化程度，当团参谋师参谋本是非常正常的事。

复员后，性情的散漫还在影响着外公的命运。外公转业分配的第一份工作原本在济南市公安局，他自己要回鄱阳县公安局，从大城市回到小县城后，他整天泡在乡下老家钓鱼游逛，错过了去公安局报到的日期，最后被安置到县城郊外的洗麻厂当厂长兼书记。

外婆的人生，像一卷来不及冲洗的胶片，它的大部分岁月是平滑的黑暗，曝光的只是零星的小片段。外婆老家在油墩街附近的莲西段家，嫁到祥环来以后，就很少再回老家。外婆长外公两岁，也出生在小康之家，幼年读过私塾，调皮劲并不比外公小多少。她读私塾时，趁一个同学午睡，拿一粒黑豆种到他的耳孔里，指望他的耳朵里长出豆芽来。结果黑豆怎么也弄不出来，越拨在耳孔里陷得越深，直到腐烂了才清理出来。

她亲口跟我讲这个故事时，我仍觉得主角是个陌生人。我妈告诉我，外婆作为革命军属住在祥环时，还是社会活动积极分子，村里大会小会都要第一个发言，常忙得家里的事也顾不上。在洗麻厂时，外婆是有正式编制的工人，又红又专的劳动能手，小姨出生后家里忙不过来才放弃了工作，后来外公也没给她恢复工作。她为此记恨了一辈子。

外公外婆去世后，众多儿女常聚在一起点评他们的功过，大体结论是：外公刚正爽直有闯劲，从不向任何境遇任何人低头认输；但是粗枝大叶，不懂得维护自己和家人的基本利益。有几年时间，外公手里掌管着全县仅有的几辆解放牌汽车，指挥他们从莲花山往县城运木材，但是即便家里穷得住牛毛毡搭的小窝棚，他也不知道随车捎几根木材回家应急。在当年，这并不违反纪律。外婆比外公顾家，待人有礼有节，分寸拿捏得很好，其实也不精明。小姨说，外婆掌家时，不太懂得收捡，家里很乱，卫生也搞得不太好。

我成年后始知外公的名字是"张玉琳"，外婆名叫"段珍桂"。我总觉得，这是6个和我的体温无关的汉字，尤其是张玉琳，它的阴柔娟秀和外公的个性相去甚远。更令我吃惊的是，外公其实并不是亲外公，而是亲外公的同胞弟弟。大外公去世后，外公才娶了外婆。我大姨、妈妈和舅舅身上流淌的，都不是外公的血，而他对这三个人付出的爱，比对自己亲生的我二姨、小姨都更多。尽管如此，外婆仍然认为，如果大外公不死，她会活得比现在幸福许多。

在外婆的怀念中，大外公是个完美的男人。一是聪明，写得一手好字，算盘可以顶在头顶上打，他会做生意会捕鱼。大外公去景德镇谈生意，戴礼帽穿长袍，人家误以为他是大地方来的大老板。更可人的是，他性格谦和，善解人意，从不做伤害外婆的事。发生口角时，外婆挥舞着锅铲追得他全村屋弄里到处逃窜，他也坚持不和外婆反目，最后还能想办法把外婆逗笑。大外公在50年代初期正值青壮年时死于血吸虫病。死亡剥夺了他的青春，死亡也让他在外婆心里永葆青春。此后的半个世纪，他并没有从外婆的生活里消失，相反，他的优点在缅怀中越长越大，最后把他武装成一个完美的男人。

外婆在我懂事后，公开对我表达对外公的不满，外公也从此有了个新名字：死老头子。我试图迎合外婆，可无论她把死老头子说得有多不体恤她,我也无法同仇敌忾。在外婆眼里,大外公是完美的;在我眼里,死老头子外公也是完美的。因为他对待我和弟弟妹妹的态度是完美的。弟弟整个童年都是睡在他脚边的,外公是弟弟最铁的靠山,弟弟则是外公外出钓鱼时的小手杖。在我爸妈下放到韩山那样的小山村寄人篱下时,为了扶助我们,外公当即带着一家人,搬到韩山和我们一起住。在我爸外出读大学,我妈独自支撑整个家庭的重压时,外公承担了抚养我们三兄妹的责任。外公很牛地对我妈说:你怕什么? 有我在,天就塌不下来。

外公离休后,一度想搬回老家祥环去住,他做过几次尝试,最终还是因为子女的原因,回到县城和舅舅一家住一起。这样,剑道弄12号就成了他这个家族的聚散地,成为我在县城的第二个家,也成为一个年代的象征。每年过年,我妈所有的姊妹都要带着家人去那里团聚。平常过节,也是挨个去朝觐。我平时很少能见到亲戚们,每次见到,几乎都在剑道弄12号,去那里见外婆外公,去那里见二姨、小姨和她们的家人,许多年来,这成了一种习惯。

我外出读大学后,基本就离开了县城,每次回县城,到家后要做的第一件事,就是去剑道弄看外婆外公。18岁到28岁这10年,是我自私汹涌的青春期,我在叛逆的道路上一路狂奔,不正眼看任何人,和爸妈的关系一度比考大学前还紧张。可是到了外婆外公面前,便像下凡的妖怪现出了原形,他们说什么我都点头说是。我爸妈想说服我早点和女朋友结婚,我果决地向他们宣告,这辈子我不可能会结婚,更别指望我给他们制造孙子。他们改变策略让外婆外公来压我。外婆才不骂我,掏出一枚用手帕包裹的戒指说,那是她为我老婆准备的,希望她合眼前能派上用场。外婆并未从根本上说服我,但我不敢对她的愿望说不。我最后决定结婚时,心里想,这也是件让外婆外公高兴的事!

外公没看到这一天，外公也没有看到我对他逐渐觉醒的爱。在失去外公后，我意识到自己因为青春期的混乱错失了许多回报他的机会。

外公爱抽烟，可我只在过年时给他买过两条没超过100元的烟。外公爱吃牛肉，我也没请他去酒店吃过牛肉宴。外公爱写古体诗，写得不算太差，一本一本地给我看，当时我在县报编文艺副刊，每期都会发一些古体诗。但出于对版面质量的挑剔，三年中我只给外公发表过四句话，还把他备注里的离休错写成了退休。

更主要的，我没有耐心听外公重复以前讲过的故事。武松打虎和李逵杀虎替母报仇的故事最初都是从外公那里听来的。外公崇拜武松，崇尚武力，到了70多岁还敢对20岁的小伙子吹牛：你信不信，你敢过来我一只手就放倒你！外公进入老年后，还喜欢唠叨孙二娘卖人肉包子之类的故事。他那种夹杂着祥环和北方方言的普通话，在童年的我听来，就是装满故事的魔袋，里面随时可以掏出令我神往的故事。可是多少年了，魔术师每次掏出的鸽子都是同一只。我去看望他时，坐不了几分钟就要离开，急急地要去和女朋友或哥们约会。

有次和女朋友在芝山拍照，在寺庙门口碰到外公和他的一个老友。外公冲我们欣慰地笑着，我帮他们拍了一个合影，就匆匆走了。这是外公生前留下的最后一张照片。后来照片洗出来了，我始终不记得把照片给他看。他去世后，我无意中在影集里翻到这张照片，他像从前一样穿着最喜欢的黄军装，戴着棉纱白手套，只是目光有点怆然。我凝视着栖息在外公肩头的尘世阳光，心疼得无法抑制眼泪。

最后一次见到清醒的外公，是在舅舅翻新剑道弄12号的房子期间。他们一家借住在邻居家里，我和女朋友从南昌回来，买了东西去看外婆外公。那时外公已被脑萎缩折磨得整天痛苦不堪，吃不香睡不着，动笔一年多的回忆录最终半途而废。那半年，外公每次看见我都说：活不下去啊，晓波。当时大家都不知道他得的是脑萎缩，只是泛泛地从精神上开导他。我也是如此。那次见他，他已经瘦得撑不起人形，英雄气也从他身体里逃出来弃他而去。他拉着我的手，舍不得我走。我给了他100元钱，和女朋友起身告别。以前都是外婆送我，那次他执意要自己送，他扶着墙，磕磕绊绊送出门，一直把我们送到巷口，一直颤巍巍地站在那里，眼巴巴目送我们消失。

我记不清了，这次见面是在1999年春节，还是更往后的月份。到了8月，舅舅一家已搬回新盖的4层楼房。我在南昌突然接到电话，外公半夜起来小解，在光滑的瓷砖地面上跌倒昏迷过去，第二天早晨才被发现。他从此再没醒过来。我赶到县人民医院时，外公还在病床上艰难地呼吸。医生下了死亡判决书，颅内出血面积太大，最多能挺3天。这是我第一次亲历亲人的死亡，而且是外公。我无法接受这样的宣判，眼泪不断地涌出来，我不断地叫外公，他或许是听见了，用右手去搔自己的头，但他无法睁开眼睛，无法表达任何意愿。那根氧气管和葡萄糖输液管没有给外公的身体注入奇迹。他一个人在黑暗中以武松打虎的精神和死亡抗争了超出普通人生理极限的6天后，身体各个器官功能出现衰竭，鼾声越来越重。

外公生前多次表达过愿望，死后一定要回到祥环，一定要埋在菜园里他哥哥的坟边。晚辈们突然想到，他在死亡边缘苦撑着，或许是在固守某个无法传递给我们的意念。那天凌晨，大家用救护车偷偷把他运回了120里外的祥环。一路上车子颠簸得厉害，外公都皱着眉挺住了，等大家把他抬进荒废许多年的旧楼房，等家人冲着他耳朵大喊一声：爸爸，到家了！他才喷出一口酽痰彻底向死亡缴械投降。这是外公一生中唯一一次投降。

在医院，我陪了外公三个晚上，最后一个晚上，我隔着棺材陪他过了一夜。棺材里躺着外公和他生前最爱的物件。其中有一包中华烟是盖棺时我偷偷放进去的，这是我送给外公的唯一一包好烟。那夜暴雨，我和表姐、弟弟及两个表弟靠着外公的棺材熬了一个通宵，他们几个打牌，不时请求外公保佑抓手好牌。闪电不断勾画出棺材头上的金色花纹，很恐怖的镜头。但没有谁害怕。童年时外公陪我过了那么多个夜晚，在我看来，这个夜晚和那些夜晚其实是同一个夜晚。

我无法控制眼泪，一想起往事就伤感就把泪水从眼眶里挤压出来。按祥环的风俗，外公下葬前被抬着环村游了一圈，8个丧伕抬着他的棺材在丧乐的烘托下走走停停。每当棺材起步，在众人头顶摇晃着前进时，我的眼泪就会汹涌一次。外公棺材的顶部滑动着从树杈间漏下来的斑驳阳光，棺材上的红漆显得格外鲜艳，但我知道，这缕耀眼的阳光，很快会被永恒的潮湿和阴暗掩埋。棺材下坑时是最后的告别时刻，乐声大作，亲人的哭声大作。我身体里的水分在漫长的悲伤中被透支得差不多了，爸爸突然对我说：这是最后一次给外公下跪的机会了。我跪在外公徐徐降落的棺材前，不仅控制不了眼泪，也控制不了声音，哭得头部严重缺氧，感觉有许多许多东西在那个时刻从大脑里飞升远去，它是一种情感、一种生活方式，也可能是一种岁月。

还好，外婆还在。我失去的东西再多，也只是一半；而且，因为对外公的歉疚，我懂得了怎样珍惜这剩下的一半。因此，我此后拥有的，可能比一半要多许多。

外婆对外公的死反应很平淡，甚至，一点也不难受。我送完外公回县城来看外婆，她最关心的是葬礼有多热闹，然后担心地对我说：我死的时候，不知有没有那么多人送花圈？

2000年春节，我让外婆送的金戒指派上了用场，我结婚了，并且，很快有了一个女儿。外婆对我结婚非常满意，对我生的是女儿却不是儿子，有点遗憾。每次见面她都要自以为必要地小心开导我：妹仂也好，妹仂也好。不过在她看来，既然这个女儿是我的，她就比其他人的儿子还金贵。我妈告诉我，外婆平时是半闭着眼的，看见我女儿照片时眼睛就放出光彩，如同财迷见了他珍藏了几十年的金元宝。

最后那几年，我模仿外婆当年疼我的方式，每次看她，都要给她买吃的，一开始是买糕点，她不怎么吃，老鼠藏粮食般地把它们藏在衣柜里，直到它们坏掉。她真正舍得吃爱吃的东西是娃哈哈奶和方便面，我就每次给她买一箱，另外再给点钱，50元或100元。最初，外婆还推辞不好意思接，后来就慢慢坦然享用，到了最后一年，她变成了小时候的我。见面就把我叫到房间，问有没有钱给她。

舅舅的院子大而空落。无论何时叩开那扇沉重的防盗铁门，我都会看到这样的情景：外婆半睡半醒地坐在照进厅堂的阳光里，和院墙边那些花花草草一样，习惯了寂寞，习惯了静止，像一幅有些年头的画，无语地悬挂在时光的边缘。如果是在秋天，秋风的凉意和桂花的香气会让寂寥感更加强烈。

外婆还能走动时，我为她做了三件事，最后一件事让她真正开心了一回。外婆80岁左右时，担心晚辈嫌弃自己身上有老人味，所以极向往我舅妈曾用过的一种法国香水，又不好意思去问到底是什么牌子，只告诉我瓶子的大致形状。结果我在南昌给她买了几种香水，都不合她的心意。老人怕冷，外婆一到冬天就整天坐在床上打发日子。有年春节我自以为是给她买了一套200多元的南极人内衣，尺码比她的身材大一号，可她仍嫌衣服太小，绷得难受。她只试过一次就没再穿了。

有年国庆节放假回老家，接外婆到我们家玩。她晕汽车，又经不住颠，所以只能坐县城很流行的人力黄包车。从舅舅家到我们家要经过横竖两条街，虽然不如主街那么热闹，但对从不出门的外婆来说，它们简直像上海的南京东路和北京的工府井，并且，处处唤醒她对早年生活的回忆。外婆坐在我身边，像个逃学的儿童，对所有的事物充满了研究和议论的兴趣：过去我们曾在这儿住过，这是谁谁的家，那是谁谁的店，这里过去是什么厂，那里曾经是片坟地……她穿行在已逝的岁月和无尽的怀想里，像鱼回到了水里，少有的精神和兴奋。高兴的间歇，外婆会担心地问我一句：带着丑老人家上街，碰到熟人你不怕难为情哪？！

这事启发了我，外婆有那么多子女在身边，想吃想穿想用的他们都买了，只有户外的风景是买不回来的；而对于一个丧失了独立出门能力的八旬老人而言，出去看看这个简单的愿望已具备了梦想的性质，它又是那样容易被行动便捷的年轻人忽略。那以后，我有机会就尽量租黄包车拉外婆到街上逛逛。先是去最繁华的五一路和建设路，以及街两侧大大小小的商厦店铺，再是外婆过去曾居住或常去的场所。一个晴暖的秋日，我们甚至坐黄包车到城后的芝山去转了转。这是年轻人都不一定常有机会来的地方。外婆慨叹，这里她有几十年没来过了，没想到这辈子还能再来一次。

实际上，每次上街的消费都很低。租黄包车逛半上午的钱和我在南昌打一次车差不多。买的东西也极便宜，都是些已从外婆的视野中消失了却又讨她欢心的小玩意：1元钱1尺的松紧带，挖耳勺，老花镜。在街上吃得也很简单，3块钱一份的米饺子，外婆不仅能吃饱，还可以剩下一些打包带回去。她有好些年没在街上吃东西了，吃什么都特别香。游遍了全城后，外婆说：这下满足了，这一世我哪里也不想去了。

2004年下半年，外婆没法下床了，身体和大脑都像失去水分和阳光的盆景日渐枯萎，吃不下东西，最后大小便失禁，个人卫生全靠几个女儿和舅妈打理。后来人都认不清了，常问自己的女儿：你是谁呀？你来干什么？春节过后有段时间，大家都意识到油已尽灯要熄了，因为她连睁眼的力气都没有了。我最后一次看她，也是在这时候。她几乎不认识所有人，但还记得我，只是说不出话。我问她还要钱吗？她艰难地点头。我给她一张新的100元，她接过去，手攥得很紧，然后把这只手藏到被子里。其实半年前她就不会用钱了，从南昌回来照顾她的大姨不时会在抽水马桶里发现外婆遗失的百元纸钞。以前，外婆常拿着我们给的钱守在窗户边等熟人替她买米粉吃。

2005年3月24日，我突然在电话里听到爸爸的哭声，他用极陌生的声音告诉我：你外婆走了。这是近半年来我随时准备面对的现实，那个瞬间，我的身体还是猛然被抽空了，鼻子里的冰凉和酸涩剧毒般飞速辐射麻痹了四肢。

我只身从南昌赶到鄱阳又从鄱阳赶往祥环。满野的油菜花簇拥着外婆的村庄和死亡。为了抄近路，我穿过油菜地循着哀乐向外婆狂奔，金黄花瓣和露水沾满了裤管。和外公去世时相比，这次我的悲伤是轻的，眼泪也要少许多，因为我做了能做的一些事。而且，摆放在外婆灵枢边的花圈，并不比外公少，我在心里把这个秘密告诉了外婆。我想，她对这个谢幕仪式也是满意的。但是，当外婆的棺材在众人的头顶摇晃着前进时，当她漫长隐忍的一生缓缓朝着泥土深处坠落时，我再次体验到泪水要把脸庞淹没的伤痛。我知道，从此，我就是一个没有了外婆外公的人。从此，我失去了世界上最疼我的人。从此，我失去了一个年代，被外婆外公宠爱的年代，一回鄱阳就要急着去剑道弄12号的年代。是的，对于全世界的人，这都是极普通的一天，对于我，它就是一个重要时代的句号。

2006年春节，我去舅舅家拜年，仍是从鄱阳中学后门出来，经高门粮库、酒厂、西门路、连杆厂、上滨洲路再往右拐进剑道弄。这条线路我走了无数遍了，这次走在这条路上，心里是空洞和犹疑的，我知道我即便走得再迫切也无法回到去年之前的那个时代了。

我习以为常深深眷恋的那个时代，静静躺在祥环那个我小时候常陪外婆去的菜园里。遵照外婆的遗愿，她的坟没有和外公的紧挨在一起，也没靠着大外公，而是远远地在他们的坟后望着兄弟俩。她为什么要这样安排？没有人知道。这是一个时代最后的秘密。

2006年8月14日

还乡

一

春天是我的第一个故乡。

这绝非夸张的书面修辞，至少近几年来是如此。我真切感受到这个季节对我的强力控制。如果没有细致地深入春天，这一年就会留下黑洞，其他季节过得再好都填补不了。

非常想实践的是，整个春天就居住在春色满园的地方，什么也不做，埋下头像花与草那样同节气一起呼吸。

今年还做不到这点，工作和家庭缠绕着我，这个愿望眼下还过于奢侈。不过认真地回一趟春天肯定是没问题的。

从冬天开始，就感到一股力量在身体里纠结，催促我不停地隔着日历往前打探。

偏偏今年春天较往年到得更迟，年后去县城郊外，油菜还是绿绿的矮苗。此后，再三叮嘱居住在季节第一线的朋友，替我严密监控油菜和桃树的动态，一旦有开花的迹象，立即短信呼叫。

朋友们对春季的态度大多比较散漫，有人容易花粉过敏，有人嫌弃它的潮湿。也有真喜欢的，但不至于中毒。即便和我一样生于春天，也不会把这个季节上升到故乡的高度来惦记，更不相信我对春天的想念真有口头表述的那么急切。

多次询问未果后，我不再信任他们的忠诚，自己通过电视和报纸窥测信息。腊月过后，气温始终徘徊在4到7度。雨虽不大，一下就是近20天，漫长到了似乎要省略春天直接跳跃到初夏的程度。

2月最后一个周末，终于失去了守候的耐心，冒着雨就出发了。目标是远郊一个叫"罗亭"的小镇。晚报旅游版说那里有座千亩桃园，根据去年的花期推算，现在差不多要春意闹枝头了。按文章的提示，坐上一辆3位数线路的远程公交车。车子脏旧，过道堆满新农具和一些用途不明的物件。它闷着头往城北开，乘客表情麻木，昏昏欲睡，压根不像是开往春天的样子。

一小时后到达罗亭，果然打听不到传说中的千亩桃园，只有一个店主在我买了他的蛋糕后随手往高速公路方向一指："你往那边去问问，路边好像是有一些果园。"

一根只熟悉钱币的指头将我引上更远的歧途。因为高速路离小镇有几里路，因为几里路之后，不仅没有果园，也不再有人家和行人可以问路。

我撑着一把只能遮住脑袋和半个肩膀的伞，呱嗒呱嗒走在茫茫无边的雨阵里，鞋面和胳膊很快就淋透了。

湿，不过一点不冷，手臂的皮肤率先复苏了对春天的记忆。

高速公路每个小坡后都可能藏着一千亩桃花，这让我一口气走了七八里路。不断有小轿车、大客车和巨型货车冲锋舟一般在身侧破浪狂飙而过，这加剧了身体的湿，也加剧了血液的热。

对高速路失去信心后，又穿过一片山林，转到一条柏油公路上往回继续搜索，除了几株暴着绿疙瘩的梨树和一片水汪汪尚未翻耕的稻田，什么也没发现。

在比我还一根筋的雨中徒步了近3个小时后，我招手跳上了一辆去市里的中巴车。

回到家，脱掉湿重如铠甲的外套、牛仔裤、户外鞋和浑身的累，原本以为会很沮丧，洗过澡缩进被窝，情绪居然有些愉快。想想也是，许多年了，没一个人在春雨中行走过这么久。那种四野除了雨声和心跳什么声响也没有的静寂，那种春雨轻柔地飘溅到面颊和手背上的温润，它们在我心里的位置，并不比一座桃园低多少。

桃花还是不可能放过的。

3月上旬，被单位关到鹰潭龙虎山一个叫"九曲洲"的山庄搞主题创作。带着被囚禁的心情去，竟意外发现院子里有一大片梨树和桃树。梨树只有几株绽放了白花苞，桃树已开成了灿烂的一片。

桃花是花卉中的民间秀女，不名贵，却平易可人，在早些年的江南乡村，许多人家的房前屋后都能见到。桃花的粉嫩花瓣是春天的重要信物之一，如此大片的桃林却从未见过。无法言说突然直面这一大片开得正闹的桃花时心里的震撼。我只是像个花痴，中午去了，下午又继续去，把工作彻底忘在了房间里。

山庄里的人对它们早已习焉不察，我在桃花下逗留时，四周空旷无人，只有蜜蜂嗡嗡嗡嗡地在花瓣内无休止地起起落落。我尽可肆意妄为。像肺病患者那样下意识地大口大口吞咽花香，用鼻子探向花瓣与蜜蜂争宠，还不时把相机举到对面为自己和桃花合影。

那天空气晴热，花瓣被光线映照得粉红里透着白皙，在湛蓝天空下显得格外明艳和热情，像是真被太阳点燃了。十多树桃花，在直径数千米的静谧中噼噼啪啪地燃烧，一边迎着阳光怒放，一边随着软风凋谢，让人想起童年，想起前生，想起人世间许多转瞬即逝的盛开。

第二日天气转阴，花瓣颜色湿暗下来，呈现出另一种柔媚。我无法掩饰自己的热爱，几日来整天与花厮混。早晨去给花拍照，中午在花下打盹，下午去花间散步。夜晚回到房间，仍在相机的显示屏上与桃花耳鬓厮磨。

桃花已开，油菜的花期也就快到了！

几日后打电话给婺源的朋友，我的推测得到验证。不过我要去的江岭是山区，花期比平原地带稍滞后几天。朋友说，再等半个星期就全开了。

桃花已点着了身体里的发动机，我不可能挂着空档在等待里煎熬三四天。一天都嫌长。放下电话，收捡好几天的衣物，背起军用旅行包直奔长途汽车站。

婺源保留着江南最纯正的春色，江岭又是婺源春色最经典的地点。近几年去婺源已不止三四次，因错过花期，江岭一次也没上去过。

下午两点多的大巴，抵达婺源县城时天色已暮。饭也顾不上吃，就让朋友叫车送我去江岭。路上遇山体滑坡，加上在新修的高速路上迷路，几十公里路程耗费了两个多小时。因为江岭在前面，因为春天的心脏在不远处的山坳间勃然跳动，我享受并记住了这个忍着饥饿走弯路的夜晚。车子在没路灯和声响的夜色中沙沙地奔驰，前灯的光柱不时把白墙和沉睡的油菜从黑暗中冲洗出来，我心情雀跃，模仿小孩把手掌伸向窗外和风握手。

到达山上的江岭农家旅社时，山和村民大多已酣睡。我站在房间里吃苹果，闻到油菜花的暗香层层叠叠地从窗口浮上来，还有溪水在山林间随意漫流的清音。

从未像这个早晨起来得这么早过。因为晚上基本就没怎么舍得睡，闻花香，听泉声，仰着头眺望模模糊糊的山影，等窗外的山影从朦胧混沌变成清晰的黑白剪纸，最后又着色为立体斑斓的油画时，时间就到黎明了。

一口气从旅社所在的村落爬上山顶。本以为自己是最早的，其实早有一拨拨的摄影家捷足先登了。他们大多来自广东和北方，和我一样住在山腰或山脚的农家旅社里。站在摄影家选定的位置往下看，无论哪个角度都是好图画。从山顶到山坳到山脚，开满油菜花的梯田一层一层往下铺展，中途被几个白墙黛瓦的村庄阻隔了一下后，流泻的速度似乎更快了，如同蓄着千万吨金黄色颜料的水库在夜间决堤。当地人说，光是我看见的这个山坳就有好几千亩油菜。

村落的乳白炊烟给这个有着"天上人间"之称的山乡增添了许多仙气，在另一个村落后面，我找到一处桃花、梨花和油菜花交相辉映的斜坡，大片的油菜像是画布上的底色，两株高大的梨树使出吃奶的劲，把雪白、硕大、密集的梨花开出了浓郁的悲怆情绪，似乎在进行一场肃穆的悼念，幸好几株桃树站在一旁，用喜庆的水红色修正了画面的基调。

我爱煞了这处斜坡，像交响乐一样，既热烈妖冶，也有我特别痴迷的悲情章节。我在这色彩的交响中一站就是一上午，忘记了早餐，也忘记了午餐。我想，这就是赐给我生命和源源不断活力的本命季吧。这就是年年从秋冬起就让我牵肠挂肚的春天了。是的，不大可能有比这更原生更纯粹的春色了，我领受到了还愿后的满足与平和。

二

从江岭到县城约60分钟，从婺源县城到景德镇走高速30分钟，从景德镇到外婆家走高速30分钟。这120分钟就是我此时从第一个故乡到第二个故乡的距离。

这个线路貌似突发灵感拟定的，其实心里早有预谋，只是没显现为大脑指令而已。

鄱阳柘港乡祥环村，这是我从情感上认定的故乡，但我不能这样称呼它。我姓范，那个村庄的姓氏是张。

按照中国人的宗族观念，我的故乡应该姓范，它在离祥环颇远的鄱阳湖边，那里风光比祥环美许多，但我既不在那里出生，也不是在那里长大。我和它的关系只是逻辑推理出的概念而已。

没有任何概念能锁定一个人情感和血脉的流向。

我一而再再而三在文字里重述我对祥环的感恩，仿佛每强调一次，我和它的渊源就会加深一层。

1970年4月，我妈顶着不能在娘家生小孩的禁忌把我生在这里，果然遭受了三天三夜难产的折磨。一个从南昌下放到油墩街的女医生，接到外婆派人打的电话，从20多里地外赶来，随行的还有她五六岁的儿子。

医生用吸筒把我硬生生地拽到这个世界，走后又来电话叮嘱用冷水袋敷平我头顶的水泡。她唯一肯接受的回报是装满儿子口袋的一堆熟鸡蛋。

出生后那几年，基本就住在祥环。"文革"结束外婆外公搬回县城，他们留在祥环的房子就成为我们的度假屋。

每年暑假，都要跟着父母去那里住上几十天。我童年的主要时光都是在祥环度过的。我熟悉这个村庄内部和外部的全部细节：它的祠堂、道路、菜园、水井、碾屋、洗衣塘、风水树，它的风俗、价值观、灾祸和幸事，它在夏日早晨的清凉俊朗，它在冬日夜晚的枯燥与昏昧。我不仅熟识这个村庄大多数人家的户主，有段时间，甚至连哪条狗是谁家的都分得出来。

我成年之后，家里和祥环已无人情瓜葛，我还是像其他人回乡省亲一样，不断地回到那里去转悠。

外公外婆先后离世葬回祥环后，我回来的频率更高了。有时坐在车上接到朋友的电话，问我在忙什么。我答："去外婆家。"答毕，才讶然发现自己说这话的语气与心情同他们健在时没有两样。仿佛，外公刚刚从外面钓鱼回来，正在竹影婆娑的后门口清洗沾满鳞片的手掌，外婆则一面在厨房热气腾腾地忙碌，一面不时到大门口手搭凉棚张望我。

是的，一切都只是幻觉。这些年的经历还证明，每回来一次，记忆不是得到了巩固，而是遭受损伤。

损伤也无法改变还乡的冲动。

去年春天还来过一次。这回是第几次回来？我实在想不起来了。如果这次是第100次，那肯定还有第101、102次，直到走不动为止。

从江岭到婺源县城后立即换车去景德镇，到景德镇后，立即在站内换车去祥环。一辆过路客车违章把我卸在祥环村后的高速公路上，然后，人再违章从隔离栏的漏洞里钻出踏上祥环的土地。

像以往一样，不愿撞上任何人，脚一着地就顺着村庄的边缘往外婆外公那里赶。

这几年，村里的两个少时玩伴一直在外省打工，舅妈开的农场早已荒废。一些特别熟悉的面孔也随着时间老去和消逝，我心里的这个故乡，其实已无故人。和一些半生不熟的人解释回来的动机总是词不达意辛苦费力，如遇上的是不认识的新人，怀疑戒备的打量更是令人难堪。

就像从不敢正式指认这就是我的故乡，我也习惯了每次都像个单相思的偷窥者，悄悄地来，悄悄地去。

还好，祥环早已蜕变成一旧一新两个村庄，它像只巨大的蝉，拥有了新生，却把蜕下来的躯壳完整保留在原地。在废弃的空壳里，遇上人的可能性极小。

路上果然无人，只有斑鸠、黄嘴蓝鹊在篱笆和树丛里鸣叫。到达外婆外公所在的菜园，里面更是荒芜一片。草长得没膝，个别的，高过头顶。离清明还有些时日，坟头上的青草长势正蓬勃，在晌午阳光浸润下泛出青嫩的色泽。显然，寂静才是这里的主人。我的脚步惊飞几只斑鸠，踩熄了一阵虫唱。一只漂亮机敏的松鼠，在外婆坟侧的树丫探头瞄了我一眼，倏地弹跳进浓密的树冠中。

先是看外公、大外公，给他们点烟分烟，给外公的照片去尘。还没到外婆的跟前，就看清她在墓碑的上端矜持地浅笑，一如生前每次见我的样子。

我怔在那里，眼睛骤然湿热模糊。

每次都不想这样，没想到还是会这样。一走进这个园子，我就变成脆薄的水瓶，稍一摇晃就泼洒一地。

在路上吃的阿尔卑斯糖，剥了一颗放到外婆的碑前。

我和他们说话。以前每次都是在心里说，现在，我大声说了出来。去年妈妈身体又遇到一个坎，希望外婆外公保佑她。我相信他们肯定在保佑她。去年以来，深刻体味到科学和人类智慧的局限，我们不能掌控自己的物理生命，更不能参透灵魂的诸多秘密。只有信仰某种超验的力量，才能获得短暂的心理安宁。

从菜园出来，照例去看菜园外的水井、水井旁的碾屋。碾屋堆满柴草和废农具，屋脊倾斜的角度又大了些。

字也并不一定比人更耐活。外公用红漆题写在碾门上的"碾转乾坤"，已像他的人生一样影迹模糊。

只有田野是长生不老的。

碾屋外的水田一片青草痕，数十亩的空阔里只有一个人在踩着犁铧赶着牛耘田。我估计他不认识我，就踏着田间的泥泞小径往水田深处走，想从这个角度给祥环拍几张照片。

他果真不认识我，可能是祥环的女婿吧。倒是水田里一条拖着庞大倒影的水牛，停下脚步回头定定地看着我，一看就是好几分钟，似乎，它已认识我许多年，似乎它在疑惑我对它的遗忘。

脑子里腾出一些被科学定义为迷信的想象，就如同刚才看见那只松鼠。我并不愿说出来，也无须说出，我只是相信，一个人和生养过他的土地，肯定存在某些非智力所能解读的神秘关联。

我出生时住着三户人家的土库大宅，2002年秋天框架还在，2006年春节来看时，就已颓败成一堆废墟，残垣都不剩半边，只留下一个石砌的天井。今日再看，废墟上的浮土又矮了一些，天井的石缝已长出身材高挑的野花。

估计过两年再来，这里将被风雨夷为平地。

土库旁的三树屋，外公健在时就已改建成二层楼房，90年代初他们还回来住过一段，此后便闲置在这里。院子里外公种的石榴树、橘子树，也已毁得差不多。

从外婆家出发，路过晓霞家，然后从文进家的厅堂和昏暗厨房穿过，到达柏林家，走过柏林和成龙家之间的弄堂，就是火林家……这条线路，现在断断续续还能贯通，只是泥坯墙的房子大多已废弃。有的人去墙破，露出旧八仙桌或油漆闪亮的新棺材赫然居于厅堂中央。

残破、落寞，但昔日的格局还在，我行走其中的感觉是熟悉亲切的。

在南边的老村和北边的新村交界处，还是遇上三个上了年纪的熟人。他们歪着头端详这个风尘仆仆背着包的旅人，然后或快或慢地喊出我的名字，然后要拉我去家里吃点心。我不习惯这样的寒暄，心里仍是感动。或者，我其实是害怕这样的感动，它令我无从控制自己的表情。恭恭敬敬地给他们递过烟，赶紧找借口离开。他们，还站在原处以我的父母先辈为坐标确认并谈论着我。

　　狗全都不认识我了，我在这里养狗时，它们的父母可能都没出生。每到一处，它们纷纷从地上站起朝我吠，做冲锋威吓状。我原谅了它们的无知和无礼，怕它们的主人从屋里闻声出来，赶紧绕道走开。

　　在村后的便民小学，也得到类似的待遇。小学比三十年前我妈任教时要豪华许多，校名也换成了某捐资老板的名字。

　　隔着铁门向里张望时，两个攀在铁门上的顽皮女生问我："你是哪里人？来这里做什么？"

　　我自称是祥环人。她们狐疑，叫来几个祥环村的男生来集体辨认，结论是我在撒谎。

　　我说出柏林、火林的名字，他们的眼睛里多了些信任，但仍是怀疑，逼问我是谁家的人，叫什么。

　　一个大点的孩子看着我的旅行包和手里的相机，吸着鼻涕说："你是来微服私访的吧，你到楼上去抓吧，老师在打麻将。"

　　他们的戒备与聪明让我又心酸又欣慰。

　　又回到村里随意走了走，共发现三家门口架着红漆棺材。村西的一家正逢新丧，用高音喇叭无休止地播放前几年的流行歌曲祭奠亡灵。我走到村南两公里外的枫树塘坝时，风也把歌声一波一波地送来。我妈说过，村里和外婆外公同辈的老人基本走光了。接下来就轮到他们这辈了。

　　石砌的塘坝基本还是三十多年前的模样，麻石桩把水塘牢牢地固定在一片水田中央。塘水清澈，零星地浮着些绿萍。把手指伸入，就会有傻头傻脑的小鱼用嘴来啄。或许，村里人至今还会来这边洗衣服，水塘下游的深潭里，就有一件肉色的女式内衣浮在水中。

　　卸下包，在塘坝上给妈妈打电话。然后，在那里闲坐，眯着眼端详祥环全貌。

三月的樟树、枫树和各种绽出新芽的绿树环抱着外婆的村庄，在下午的阳光与风里和着音乐轻轻摇晃。这样的场景让我身心沉醉。沉醉却也清醒，我知道，即便省去姓氏上的障碍，现在的祥环对于我，也只剩下半个故乡。

三

1981年离开之后，从未在柘港住过一夜。现在要来弥补这个遗憾了。在祥环待了整个下午后，没有坐车回南昌或县城，沿一条许多年未走过的小路步行到3华里外的柘港。现在是2009年3月19日。日历不仅翻过了年代，还翻过了世纪。

大约从去年底开始吧，生命的虚无感强烈地折磨着我。对于人的灵魂，时间有终点吗？这个问题关涉未来，暂时想不透还不算太急迫。眼下最紧迫的问题是，人怎么确认自己曾拥有的时光？或者说，人应当怎样面对往事：逐渐淡忘？偶尔怀想？还是不断回溯以求证它的存在？

柘港也是我的散文里出现频率很高的地名，我不仅在文字里回望它，也乐于在现实里回到它的怀抱，今年初以来，看了太多有关80年代中国社会风尚的影像与文字资料，这个渴望尤其燎烈灼人。

1979年，我从县城转学过来，跟着尚在柘港中学教书的妈妈念小学，四年级后再和她一起转回县城。

我和这个公社所在地的内在关系，基本就是如此。2004年，我用一篇《正版的春天》对这段经历作过深情回顾，这给很多人留下错觉：我特别留恋柘港这个地方，留恋在这里留下的朦胧情感，或者，特别留恋那个时候的自己。

一直在期待，但没有谁对我说：你其实在怀念一个年代。

　　也没人注意到，我这个年龄上的90年代初的青年，心理上却是个80年代初青年。

　　80年代初，我只是个十来岁的小学生，所以注定无人理解我对这些年份的特殊感情。有人用我的MP3听歌，《阿根廷，别为我哭泣》《孤独的人是可耻的》《乡村路带我回家》，这样的抒情旧是旧了点，闭上一只眼也还能凑合吧，这些完了突然跳出来一首："再过20年，我们再相会，伟大的祖国，该有多么美……"往往会吓他一跳，以为机子进了水。他们不知道，有时听到这首歌，我的眼眶真的会进水。

　　现在，二十多年过去，我约了童年的玩伴石来柘港相会。他同为中学的教工子女，长我3岁，现在上饶做着文字工作。这次见他时，头发已是斑白一片。

　　这就是二十多年的力量，它把一个少年的乌发染白，把柘港公社变成柘港乡。把一个人努力珍藏的履历，变得墨迹漫漶。我们在柘港会合时已是夜晚，夜色也不能掩盖历史和现实的断裂。

　　毕竟还是回到了柘港，在故地见故人，这还是令我很开心。

　　本想两个人去街头找小酒馆痛饮至醉，只是他在此地有不少故交，不打招呼恐遭谴责。打招呼的结果是，对方派来一辆小面包车，接我们去一个叫"南水"的滨湖小村吃野鱼。

　　我并不认识他们。要在别处，这样的应酬多半要逃，但这是在柘港，南水也是柘港的一部分！

　　摸黑在楼房林立的平原上颠簸了半个多小时，又摸黑（电压好像不够）在农户家就着刚从湖中捕上来的白鱼、黄额头、鲶鱼喝白酒。酒酣回到集镇上的柘港宾馆时，已是夜里十点之后。酒精使我亢奋，嚷着要出去散步，石以疲劳为由委婉反对。石心里的柘港，终是和我不同。

就躺在潮湿的被褥上聊天。

石说，这宾馆在镇上相当于北京的钓鱼台，南昌的江西饭店，在当地算是五星级了。这个类比虽然可笑，却也是贴切的。80年代初时，柘港压根就没有宾馆，也基本没有流动人口，工作来客只能住公社的干部宿舍。

这五星宾馆的标间虽不带独立卫生间，被子也不是一日一换，还好窗外有田野，不仅有花香草香漫上来，还有响声如鼓乐的蛙鸣，声浪强劲得几乎要淹没人的谈话声。

我们就在花香与蛙鸣中探讨二十多年前的事，整个夜晚只睡了3个小时。

次日去街头和中学寻旧，记忆与现实的裂痕大到了不可弥合的程度。半个月前，我依据回忆画了两张完整的柘港地图。一张柘港集镇的布局图，一张中学布局图。昨晚刚到时，就预感到，我无法按图索骥走进现在的柘港。白天，预感变成清醒。

80年代初的柘港镇虽没有火热的集贸市场，但马路开阔，街容整洁，闲人稀少，供销社的窗户与玻璃柜台每天擦得光可鉴人。供销社对面的水库四季碧波荡漾，堤坝上绿草铺地，垂柳轻拂，夏日正午常有卖香瓜的小贩在树荫里张着嘴睡着，瓜被小孩偷了都不知道。

眼下的柘港集镇，国营的供销社早已消失，高矮参差的私人店铺把街道挤压得像只被人揍肿的丹凤眼，几乎只剩一条弧线了。还不习惯公共生活的农民小老板们，直接把生活垃圾一堆一堆地码在门前的马路上，培育苍蝇和蚊虫。水库也被店铺私房包围挤占，堤坝被楼房压在身下，水面只剩当年的五分之一，水质可能不及当年的百分之一，每家每户都把煤渣、塑料袋、卫生巾之类的垃圾从后门倾倒入水中。我在水库旧址用相机采集时光的证据时，必须掩鼻而行。

镇上唯一未变的建筑是手工业社的两层楼房，那时还兼做客车招呼站的售票处。去景德镇、九江或县城都在这里买票上车。那时没多少经济犯罪，没有瘦肉精、问题奶粉，建工队也不敢做豆腐渣工程，用的都是真材实料。几十年过去，房子还是当年的样子，墙上的浮凸五角星和"农业学大寨"的标语清晰如昨。

一个老太婆带着孙女坐在当年卖票的窗口下择菜。问她这房子现在做什么用。她说是她家的住房。问房子以前是不是做过客车站。她肯定地说："不是不是，10年前我们就搬过来住了。"

在她看来，10年是一段长得足以把任何历史掩埋干净的时长。

中学的变化相对略小些，也已是物、人俱非。既找不到当年那种低矮简陋像长盒子的灰瓦房，也看不见当年的老教师。其中一位常用"树上两只鸟，用枪打死一只还剩几只？"之类问题折磨我的老师，十多年前就死于食道癌。被四个现代化的蓝图刺激得眼睛发绿的高中生更见不到了。那时的墙壁、报刊、银幕、广播，到处是对2000年的展望和设想。宣传画上全是蓝蓝的天、绿绿的树、白白的鸽子、红得像烟台苹果的笑脸。这些使我们确信，只要好好学习，努力工作，每个人都会成为未来的主人。至今还记得房间墙壁上一幅以人民大会堂和五彩气球为主体的年画，我不愿做作业时，就抬头从上面汲取点力量。当时没有明星和福布斯首富榜，走路都撞电线杆的陈景润是全国年轻人的偶像。去食堂的路上、豆地和油菜地畔，甚至学校的公共厕所，到处都是手捧书本日夜啃读的学生。仿佛，书本上有一条通往2000年的捷径。

当年从中学通往卫生院和小学的大路两侧是麦地和油菜地，现在也全都让位于民房和店铺了；中学和集镇之间原有一大片长满马尾松的荒山，时常有野狗去小土包下刨食引产下来的女婴，胆大的人才敢在夜晚通过其间的小路去集镇。那条我十分熟悉，蛇一般扭曲起伏的泥路大约有1.5华里长，夏天常有丑陋的松毛虫横行其上，脊背一耸一耸速度快得像铁道游击队。

这么多年了，我仍清楚记得这条小路起伏的弧度和它经过的某个水洼地和裸露着树根的泥坡。可是，不仅小路消失了，行走在小路上的许多人消失了，马尾松和整个荒山都踪影全无，取而代之的也是一片拥挤的民居。

这片山地存在过的唯一证据是一株大樟树。石说，他常在傍晚来这里背书，我则记得树底下朽蚀出的空洞和荆棘，我在洞内见过一条斑斓美丽的大蛇。

在学校公寓化的宿舍区，我们找到了这个证据，它早已被新围墙圈进了校园，身高和腰围也远不及当年，树干上牵满电线和晾衣绳。并不是我们的长高相对地降低了树的高度，石仔细观察得出结论，这株树是当年那株的儿子，父亲早已被锯掉，泥土里还隐约可见树桩的横断面。

学校南面的水库还在，但水库边的田地同样被住房挤占。那里在夏天曾是一片瓜地，种着香瓜和西瓜。瓜地中央的凉棚住着一个看瓜老头，我常去那里用饭菜票和他换瓜，顺便听他讲些葫芦僧断葫芦案之类的民间故事。

变化较小的是学校操场外的荒野，面积虽被学校圈占了不少，却似乎比当年更荒了。当年这里一年四季都是茂盛油绿的作物。

在零星地站着几棵马尾松的荒地上走了十几分钟，才见一个老人在油菜地旁赶着黄牛耕地。

石上前搭话，问他这么大年纪怎么还干这么重的活，老人嘶啰嘶啰吸着纸烟答："年轻人都去打工啦，我不做谁做？不做饿死去？！"

老人的抱怨提醒我，柘港和其他许多乡村一样，已沦为基本失去青春的乡土，年轻人一成年就被钱骗走了，也不知这辈子还会不会回到土地。

此后的时间，我放弃去小学的计划，和石坐在距柘港集镇大约三四里远的一片草地上，描绘我对柘港所承载的那个特殊年代的印象。1980年，这片野地也是我们常光顾的所在。

自然生态好，道德生态好，这些肯定是我看重的，当然也是表面的。我尤其怀念的是，一代人在经历了10年禁锢后对开放自由生活的热烈向往状态。

一个人一生也很难有一次理想主义时期，更何况一个国家。

一代人集体地沉醉于对新生的珍惜、对未来的憧憬。我当年在柘港所见的年轻人就是这样，意气风发，浪漫乐观。一边学习，一边歌唱；一边劳动，一边恋爱。

这样的浪漫，至今还牢牢地抓着我的心。

这导致我到了大片时代还爱看《我们村里的年轻人》、《甜蜜的事业》、《巴山夜雨》、《小字辈》；快四十岁了还乐于谈论理想。

更麻烦的是，在许多真正的80年代青年都已淡忘了那段岁月时，我这个冒牌货还在把它当作精神故乡，动不动就想回去缅怀一番，否则心里就不得安生。

从柘港回到南昌后，脑子里全都是柘港在2009年的新貌，基本颠覆了二十多年前的那个。

我心里暗藏的第三个故乡，只剩下一张手绘地图，我无论多么迫切，都已无法故地重游了。

2009年5月9日

旧城市

我热衷于寻找旧城市的蛛丝马迹。

比如它的触手旧马路。旧马路，单是这个词组的表意效果就是我喜爱的，更何况它的对应物——七八十年代的沙子路和更晚些的柏油路。沙子马路除了音响效果不错的沙石、硝烟般的尘土，还有解放牌汽车的缓慢，只是没有马和马车。柏油马路则对应着18岁之后的日子。现在从外地回县城，还能不时在城郊的水泥公路一侧看见柏油路的残破身躯，黑亮起伏，宛如失去磁性的旧唱片，只有安静的鹧鸪和八哥鸟徐步其上。

在别处城郊，偶尔也能遇上这样的沙子路和柏油路，目光一瞥间，心情也会随着路面的弧度而起伏。这样的路或许只剩删节号似的几小段，却仍可通往更多和旧城市有关的意象。

法国梧桐在南昌消失十多年后，我才查到这个树种和名字的由来。它是上世纪初由上海的法国租界最先引进种植的，故得名。在此后近一个世纪内，法国梧桐向上海之外的其他城市蔓延，成为中国大多数城市的行道树。

我早年对城市的第一印象，就是法国梧桐簇拥的街道和街面上随地滚动的深褐色落叶。我们县城一到秋天就是这样，把环卫工人累得没法停歇，电影上的大城市也是如此。那时城市题材的电影十部里九部有这样的镜头：男女主角表情深沉地并肩踱步在法国梧桐交叠的身影下，枯叶一片片地落在飘曳的米色风衣和红色围巾上。

法国梧桐沉积的叶片下，掩埋着上个时代的时尚与浪漫。

大约从90年代初期开始，行道树随着城市的急遽升级而品种翻新，以求更美观更环保。北方我不太了解，在我们江南，四季常绿、清香弥散的香樟树取代法国梧桐成为城市主要的行道树品种，法国梧桐成为远去了的旧城市的植物标签。

前几年在深秋路过南京，傍晚走在一条不知名的街道，发现两侧全是高大浓密的法国梧桐，暮色里呈无限绵延之势，这给我强烈的错觉，似乎到达的是一座80年代的都市。我舍不得离开，在那条街上走来走去，时间在飞旋的梧桐叶间向后流转。

旧城市的建筑标签有水塔、烟囱和三四层的单位宿舍等。

像碉堡一样蹲踞在城市四周的水塔，陈旧、沉默，塔身大多油漆成军绿色并用土黄色绘出波状水纹。我少年时不了解这种碉堡状设施的真实用途，那时只知水是从水龙头里流出来的，水龙头里的水是从河里抽上来的，而这种建筑确实太像电影里的高脚碉堡。等我知道水龙头里的水需要压力才能放出来，水压就来自这种比当年一般房子都高许多的水塔时，碉形水塔已逐渐被其他更先进的储水设施取代，现在，只有很落后的偏远小城才零星地保留着这种模样古怪的建筑。

烟囱亦是如此，高耸入云的巨型烟囱也是当年城市的标签性建筑。那时的新闻纪录片《祖国新貌》、香烟盒子，甚至语文课本上常出现冒着白烟的大烟囱，并不加掩饰地透露出对烟囱和它呼出气体的敬仰之情。那时，烟囱不仅是城市的标签，也是工业和经济现代化的标签。

我们现在都知道巨型烟囱呼出的云朵是二氧化碳、苯、二氧化硫等各种工业废气，烟囱因此被严格限制并迁出城市。不过正因如此，我对那个崇敬烟囱的年代抱有好感，烟囱对大气的危害被忽略至少说明，那是个空气质量很好的年代，好到了可以不计较几管大烟枪的奋力污染。

相比而言，那种一二层或三四层高的旧宿舍在新城市里的残存概率还是比较高的，在大多数中小城市，可以通过对这种旧宿舍的打探回望旧城市的诸多生动细节。

水泥墙面，或者裸露着红色砖块。阳台只够摆几盆仙人掌，不用防盗栅栏。木窗框，漆成黄瓜绿或猪血红。空间是低矮的，地面是水泥的。少数还附带着不规则的小院子，种着蓬勃的蔬菜和生机盎然的向日葵。有年夏天去乐平讲课，在化纤厂宿舍区就看见大片这样的房子。好像是中午，大人在屋子里打鼾，小孩在屋檐下玩泥巴，向日葵披挂着阳光扭头仰望发光源。

还有一次，在赣南某县城（名字已忘了，县城和县城总是面目相似），和一伙人去看一处古书院，途经一排旧宿舍。他们登上远处书院的高台阶后，我仍在偷窥宿舍里一家人的厨房。主人不在厨房，一锅骨头汤在煤球炉上闲适地炖着，香味从窗口漫出来，滋养着一支缘墙攀上来的南瓜花；阳光则从窗口泻进去，呈斜框状躺在地上。几只苍蝇如追光灯下的明星似的趴在斜框里摩挲着翅膀。

他们在书院研究字画时，我继续蹲在人家的厨房窗下，研究从厨房流出的小泔水沟。沟壁缀着灰色的绒毛，绒毛上粘着白色的饭粒。但泔水清冽，在阳光下波动着晶体般的暗流。气味有点臭，却是那种让我一见倾心的臭，饱含着柴米油盐的平易与亲切。我在旧厨房外足足看了一二十分钟，它的主妇或主夫都未露面。在这样的空当里，我看见了80年代无数五口之家的庸常幸福。

　　1995年之前，我们家先后住过土产公司、鄱阳一中、鄱阳中学三处单位宿舍。没有单独卫生间，没有液化气灶，当然更没热水器。在父亲的呵斥下用手工做煤球，用斧子劈干柴。在众目睽睽之下到门口的空地淋澡，在闪烁的星空下睡咯吱响的竹床乘凉。这样的日子有许多不便与压抑，这样的日子里也停驻着许多现今已无可挽回的东西。比如那时还很完整的血缘图谱，我和弟弟妹妹之间乏味却亲昵的终日厮守……这些随着旧日子的远去统统消失了，但在我的惦念中，却得到不断的擦拭与保鲜。

　　对旧城市的反复探寻和沉入，岂是"怀旧"这个流俗的词能概括清楚的。

　　相对于我对旧城市的情感深度，我觉得随意地使用"怀旧"这个滥词的人是有些轻佻的。

　　我们得承认，不管有多少新内涵添加，日子终归是种越过漏洞越多的东西，至少，在已届38岁的我看来就是这么回事。就我而言，近十余年从这漏洞里遗失的东西有1999年病殁的外公、2005年无疾而终的外婆、父母的年轻与自信、我单身时对未知时间的向往与热情。

　　有些遗失的东西，可在旧城市里重温，而旧城市里所没有的东西，又提示出当下的好处。比方说长大成人的自由，比如新城市里物质生活的便利，再比如2000年降生的女儿，她是我在旧城市时无从想象的神秘礼物。

　　每次回县城，或在外地开会、旅行，我都会抓住一切机会从片鳞只爪里找到通往旧城市的路径。如果很长时间没这样的机会，我就会一个人背起挎包上路。在江南，或者去路途更远暮色更老旧的北方。

　　2008年初夏母亲的三分之二个胃和十分之一的体重遗失之后，我对旧城市的眷恋到了病态的地步。9月初南昌的气温渐凉时，我居然在香樟飘香的空气里嗅到法国梧桐的味道，继而又嗅到了县城郊外的柏油路在阳光下蒸发出的热气，从鄱阳中学后的酒厂的旧烟囱里散出的酒酿味，然后，是80年代我家厨房里的低语与菜香。

在鼻子赶回那些旧时光之前，满足与心痛已率先抵达。

我越来越明白，为了忍受更多的新日子，我必须不断回到旧城市。

2008年9月9日

绿意葱茏

菜地最初垦出的情形，我不怎么清楚。现在陈述的，是前两年向父亲打听来的。

学校的老盒子间拆除后，一时没钱建新楼，地就荒在那里，成了野草、野虫和黄鼠狼的乐园，师生夜间路过那里都有些踌躇。租住在教工宿舍陪读的学生家长不少是种田的好手，吐口唾沫遗憾地说："作废了一块好地，长草还不如长菜呢。"从家里带来锄头、钢铲，半个下午就垦出几畦菜地来。

不到一个月，陪读们就吃上了自己栽种的环保蔬菜。劳动惯了的手脚有了寄托，也节约了买菜的开支。

年长的教师和师母不少来自乡村，早年都有种菜的经验，眼看着人家热火朝天地自给自足，休眠的技能很快被激活。大家各置农具，加入垦荒的队伍。

母亲是其中之一，和她做伴的是几个要好的师母。她们早晨一起练剑，傍晚一起侍弄菜地，还结伴去榨油坊买枯饼做肥料。

"忘记了是九七年还是九八年开始的。"时间久远，父亲都记不确切了。

我长期在外地工作，回家度假时，曾听父亲嘲笑母亲："你妈妈活得太累了，干什么都不甘落后，种个菜都要和人家比输赢，生怕自己的菜长得不如人家的好看。"

父亲退休后，母亲也常控诉他，"十几米的路，叫他拎桶水都不肯。整天就是忙忙忙，一个退休返聘的人，总占着位子做什么。"

父亲自己也承认，菜地他是不愿沾边的，总觉得那是妇女做的事。同蔬菜相比，他更关心的是学生们的长势。

母亲生病前我肯定跟着她去过菜地，只是印象不深。这一次和那一次的影像重叠混淆，最后什么也记不清了。那时每次回去，都要外出会老朋友，很少在家吃饭，也不太留心菜地之类的冷僻场所。

2008年母亲查出重病后，来南昌手术，在我这边休养了一段时间，其间总打电话让妹妹和邻居帮着照料菜地。父亲也被打发回去过几次。

没住太久，母亲坚持要回去，她玩笑说："金窝银窝，不如自己的狗窝。"我知道她的心思，主要是不愿多劳累我们；另一方面，也怕荒废了菜地。她不打牌，也没什么特别的爱好，种菜成了退休后的主要寄托。

我陪她一起回去，一起去菜地。

一到菜地，见茎叶委顿，稗草横生，她就埋怨父亲不尽职，让我帮着一起搭丝瓜、苦瓜的支架，锄地里的杂草。

那是我第一次认真打量菜地，位置在宿舍区最靠东南的角落，再往东就是断崖，断崖下的渔村外是通往鄱阳湖的饶河；菜地南侧的旧盒子间残垣尚在，地面散落着许多黑绿色苔迹斑斑的砖瓦；西侧入口处的大土堆旁站着一株胸径近一米的老枫杨树，树冠的浓荫覆盖了一小半的菜地。

整片菜地被锄头垦出的沟垄均匀地划分成八九个小块，我们家占了南北相连的两个小块。

　　除了拎水扛农具，我其实也帮不上什么忙，就蹲在土堆上看母亲忙活，听斑鸠在树梢上圆润地练嗓子。

　　手术让母亲骤减了二十多斤体重，几个月之前的衣服穿在身上有些空荡荡的感觉，一勺一勺地浇水的动作也略显不连贯。深秋的阳光暖暖地覆在她弯曲的脊背上，看得我眼内微微发热。

　　回南昌后我每天都给她打电话聊天。家里没人时，就打小灵通。她有时和隔壁的师母在散步，有时在菜地，她说话时我能听见其他人的谈笑声。

　　她能下地劳动，说明一切良好。

　　菜地的绿色浮现在听筒前，上海青、生菜、莴苣、丝瓜、南瓜、茄子、青椒、雪里蕻，不同的时节，菜地以不同的面貌维系着我对绿色的想象。

　　充满希望和信念的日子持续了一年多，2009年下半年，母亲旧病复发并出现转移，再次到南昌、上海等地求医。2010年春天重回县城时，疾病和治疗把她折磨得不剩多少体力了。

　　起初的日子，她仍坚持不时去菜地转转。身体瘦得露出骨形后，她就闭门不出，指派父亲去菜地除草、浇泔水。

　　2010年秋天，母亲的生命最终枯萎凋落，她亲手开垦的菜地却仍旧蓬勃兴旺。

　　父亲彻底变了一个人，每天有三件事雷打不动，一是早上去墓地看母亲；二是傍晚步行五公里；三是照看菜地。

　　我每次从县城回南昌时，他都要去菜地采摘几样蔬菜，用塑料袋包好，硬塞到汽车的后备厢里，说自己种的菜没农药，吃得放心。

　　父亲种菜的手艺比不上母亲，青菜帮子又老又大，吃起来硬邦邦的。他也不是细心的人，菜叶子没弄干净就封死包装好。塑料袋在冰箱里放了几天，打开来洗菜时，常有蛞蝓之类的东西爬出来。女儿吃饭时死活不肯往蔬菜盘子里伸筷子。

我和父亲之间缺少平等交流的习惯，不可能告诉他这些，每次启程时都要拉扯一番，我跟他说："每次带那么多菜回去，吃一半烂一半，少带点。"

他急吼吼地喊道："我一个人，吃得掉这么多菜吗？""一个人"这三个字咬得又慢又重，说着眼眶就红了。

没办法，每次就任他摆布了。

母亲不在了，我不愿再去菜地，怕遇上那些和她相熟的师母，也怕看见她在菜地上方留下的空白。

父亲去菜地摘菜，我就打发女儿去陪同。

过完年回南昌那次，父亲往后备厢里塞了不少腊肉、煎鱼。铅灰的云层飘洒着雪子和湿漉漉的雪瓣，车子都发动了，他忽然想起来，早晨去菜地忘了摘雪里蕻。

"腊肉炒新鲜的雪里蕻，下稀饭不晓得有多好。"他说着，当即冒雪往菜地疾走，不出四五米发梢上就挑起一片白亮的水灯笼。

再打发女儿去就不合适了，我撑开伞，跟了上去。

一路上却没有话，到了菜地，仍是如此。父亲埋头用剪刀剪雪里蕻，雪里蕻被霜冻埋了一整夜，叶片上结满晶亮的小冰凌。父亲手笨，不几下就被划破了，龟裂的皮肤渗出殷红的血蚯蚓。我要替他，他粗暴地一甩胳膊，说："你哪里会！"埋头不再理我。

我僵在那给他打伞，细密的雪子敲打在伞面上，一阵一阵地吵闹。

母亲走了差不多四年了，喜好旅行的父亲再没离开过县里一步。连南昌都不肯来一下。

他总说："家里怎么可以关门吊锁没人？你妈妈回来怎么办？"

他的理由听上去很荒唐，一点也不像高中物理特级教师的言论；可正是这有悖现代科学观念的理由，让他一天也不愿在外面过夜。

父亲风雨无阻地坚持每天的功课，早晨去县城后山的公墓跟母亲汇报头一天的大事小情。母亲记挂的菜地也跟着沾光，青黄有序地延续至今。

四年过去，父亲种菜的手艺仍赶不上母亲，但每次在南昌吃从家里带来的蔬菜，我还是有种口齿生香的感觉。

并不仅仅因为，我确切地知道它们没有打过农药，也不是转基因物种。

在菜桌上发愣的瞬间，我看见父亲拎水去菜地的孤单身影，也看见了母亲在一片葱茏间与邻居谈笑劳作的情景。在我的幻觉里，她还是2008年之前的样子，丰满，健康，身体的线条沾满了金色的霞光。

2014年7月21日

第二辑

夜晚与生长

交给水

覆盖了一夜的塑料薄膜被收卷到岸上。水面凝滞如蓝色的翡翠，像冻住了，或者原本就是一块巨大的玻璃，用彩色条纹分隔成六道长条。

从十二月到二月，每天面对的情形都是如此。用脚趾试水温，永远达不到入口显示牌上标注的26度。

汗毛耸立，按理要泼点水缓解一下，却可能把仅有的勇气浇灭。像石头一样囫囵砸下去是最节省心跳的方法。

身体有一秒钟就是没有知觉的石头，一秒钟后，痛感雀跃，不是剧痛，是一万枚小针蜂群般围攻的那种细小密集的痒痛。石头解冻为肉身，曲臂划水和收腿蹬水的动作飞速循环如条件反射。蓝玻璃被划裂，粉碎，融为液态。

一分钟后，一万枚小针被甩在身后，血液把温度送抵皮肤，与界外的水温达成平衡，整个身体就像鱼一样轻盈鲜活起来。

一千多米后，皮肤外的水和皮肤内的水亲密无间。身体出水时反倒有了被脱光被撕裂的寒冷，快步穿过十来米湿冷的空气，鸡皮疙瘩踊跃暴起，直到淋浴间的热水喷头以瀑布的速度和气势喷溅下来，体表的起义才被瞬间平息。

只有大学的淋浴喷头有着如此慷慨的热度和水量，十几秒钟就能把寒气驱散把躯体烫红。从头到脚，从体表到内脏，几乎能感觉到肌肉和血管的骤然松软，这过量的热度，似乎是对半小时前的骤然寒冷的加倍补偿。

游泳半小时，淋浴也将近二十分钟，在极冷与极热的拉扯下，血管的弹性被激发出来，柔韧如橡皮筋。这想象使得室内的冬泳得以坚持，也放弃了去水温更高的泳馆办卡的打算。

温泉泳池和真正恒温的泳池，下得舒服，却无法酣畅淋漓地游泳，人多是一方面，水温太舒适，人的肌肉和神经就会松懈，无法支撑持久的运动，只愿像个皮球舒展地漂浮。

身体烫透了，移向更衣间的裸体就从容得像走秀，衣物一层层地套上时，皮肤暖得发热，像一次次得到额外的恩宠。泳馆外纵是飘着雪花也无所畏惧了，因为汽车里还有棉外套和暖气。

南昌大学游泳馆在郊外，离家十多公里，有一半路程绿荫追随，泳后的心情像凯旋的勇士，只有《花房姑娘》和摇滚版的《国际歌》配得上那种晚风拂面的自得。夏天时这感觉会更加强烈，车窗大开，头发几分钟就风干了。许多年来，归途上总离不了这两支歌，反反复复地交替，身下的座驾就由小车变成坦克在时光里逆行，人回到二十岁，情绪飞扬，有时还迎着夕阳热泪翻滚。

那时就觉得，这条归家路也成了泳道的延伸。

这个泳馆，是尝试了全市众多泳池后才固定下来的。

2007年，在住处附近的市电视台室内泳池游过半个夏天。25米长的泳道，最深处超过1米8。泳池边簇拥着各种叶片肥硕的热带植物，植物后是透明的钢化玻璃，扒在池边休息时能望见阳光把外面的柏油路烤成冒烟的糊状。

半个夏天是现在的估算，因为并不每天都去。那时游泳纯粹是娱乐，每次也没有运动定量，两百米，三百米都行。当时还没学会换气，一次也游不了太远。虽然泳池离家只两华里左右，常三天打鱼两天晒网。也没办卡，一次一次地付钱，二十还是三十元一次。泳馆管理也不特别严格，可带朋友到池边围观，游一段就上岸和朋友坐到休息区的白塑料躺椅上喝饮料。

有段时间确实有过类似情景，一个朋友常到泳池找我。一个在水中游，一个在岸上看，游泳的间歇谈点人间争斗或风花雪月。

那时我搬到昌北新区没几年，市电视台的新楼也刚启用不久，泳池的环境给人欣欣向荣的励志感。那也是我人生最具欣欣向荣气象的时期。工作轻松，写作顺手，生活时不时赏给我一些小浪漫小惊喜，以保持向前眺望的身姿。一切都像是这座城市的新区，激动而自信。我享受的，是夏天常去泳池游泳这种都市化的休闲方式。

在此之前，我的身体基本只和野外的水塘、河流发生过关系。

外婆家村外的枫树塘坝的水是从四五华里外的莲山流下来的，再干旱的夏天也是清澈丰沛的。山泉水是稻田的血液，也是我与水建立友谊的起点。记不清学会游泳的确切年份，也想不起具有标志性意义的节点。某次嬉闹之后，忽然发现能在水中掌控自己的身体了。虽然用的是难看的狗刨式，能在没顶的水中浮游的成就感足以让身心沉醉了，自此，家人的竹梢和恐吓都拦不住那双踏着滚烫大地奔向水塘的赤脚了。

自此，每到夏天，我遇水就像铁屑遇上磁石，奔跑和献身成为一种本能。

自童年到青年，自水塘到水渠、水库、小河、大江，身体对水的信任越来越笃定，哪怕沿途不断有熟识的同学、邻居以惨白的遗体对此打出惊悚的问号。

小学三年级暑假，一位同学在深不及顶的沟渠里淹死了，几个同伴就在身边，沟渠的石拱桥上还有大人路过，他竟然不声不响把头嵌入到水下的淤泥里。如果不是水鬼扯脚，他想故意寻死都很难办到。大家都这么认定。那些年许多人信誓旦旦地说亲眼见过水鬼晚上在岸上乘凉，人一走近就扑通入水。对于水鬼的恐惧只让我荒废了一个夏天。因我没有亲见。在浮萍和菖蒲密布的水塘里，我甚至没被水草缠脚的经历；相反，我很喜欢混合着阳光的热气和水草清香的塘水的气味，似乎我是一条乌鱼或鲶鱼。

家住县城后，城北郊外的韭菜湖，城南的饶河都是每年夏天要去好几次的地方。韭菜湖水清坡缓，但离我家路途较远，去那边游泳的主要是城北人。饶河平均水深七八米，我家附近的水面麇集着密密麻麻的机帆船和竹排。每年都有一些强健的身体被豆绿的河水吞噬，每年仍有无数的身体尝试着与江水互换信任。

高考结束后不久，一位爱穿着灯笼裤练武功的同学在饶河消失了，在县城水域的上游。他水性不差，考试成绩不理想，有人因此怀疑是不是自杀。但在大河里淹死的，基本都是水性很好的老手。水性不好的人总是小心翼翼地与江河保持着距离。江河里的死因也比水塘复杂：有的被卷入旋涡；有的潜水时迷失方向钻到大船和竹排底下；有的不慎陷入挖沙船留下的深坑；有的被自来水厂的取水管吸住；有的突然脚抽筋无法动弹；有的，当着浣衣少妇的面表演高空跳水，划着潇洒的弧线从货轮高高翘起的甲板头朝下入水，不幸触到水下的水泥桩柱。人没起来，一柱鲜血窜到水面开成猩红的莲花。

同学淹死不久，我就在下游的码头下水游泳了。对于家门前这条大河，我有种莫名的信赖。它拐走过无数鲜活的生命，暂时应该不会带走我。不过我也不敢太造次，不敢像父亲年轻时那样一口气横渡几个来回。我绕开机帆船泄露的柴油彩虹般的晕迹，在离岸十多米处浮游几圈就回。

父亲在鄱阳湖水里泡大。有次坐客轮，一个脸盆跌入湖中，他跃入水中捡回脸盆还赶上了客轮。我泳技虽不及父亲，也足以泅渡两三百米宽的江河。但我绝对不是爱在水中逞强的人，从不玩双手举着香烟火柴盒踩水过河，也从不站在高处骑着着众人的喝彩声纵身跳水。在人群的视线中我肯定是低调的，在江河面前我肯定是恭敬的，泳姿要么俯卧，要么侧卧，要么仰泳，采用的是男人与女人缠绵时常用的传统体态，没有征服欲和炫耀感。我想，这是许多年来我能与江河湖塘相安无事的根本原因吧。

2007年，我已在这座城市居住了近十年，但很少游泳，确切地说，从二十一岁到三十五岁之间，我少有闲情游泳。

大学毕业刚分到一所农村中学任教时，曾有过月夜去校外水库裸泳的经历，和两三个男同事一起，嘻嘻哈哈，在清冷的月色和水波里给荷尔蒙过剩的身体降温。夜晚的水库阴森莫测，大家都不敢游太远，把身体里的燥热浸灭了就游回岸边的石桥下揩澡了。

在其他工作地和出差地，也曾有过下水的机会，每次都是浅尝辄止。那时对陌生水域的兴趣远不如陌生城市。

那十多年，热情基本奉献给了铁路、公路和天空。不断地发现远方，抵达远方，品味远方。居住的城市不断变换，工作和住所也不断变换。游牧民族熟悉的是马背和地平线，湖泊多用于想象和怀念。

2002年夏从广东回南昌后，我失去了对远方的最后一丝幻想，次年在南昌买房定居。身体的躁动平息下来，精神的躁动还在延续，写作，画画，养鸟，去野外怀旧。

滕王阁下的赣江岸陡流急，适合行船，不适合游泳。我在某个夏天尝试过一次，先坐渡船到江心洲，再在平缓处下水游了一圈。夏季涨水，江水含沙量大，呈泥红色，尘垢粘在汗毛上像红色的绒毛，上岸后需用自来水冲淋。有小贩在水边用水泥预制板搭了简易淋浴棚赚钱。

江中心水流速也快，石头滚下去都会冲出老远。江面还有穿梭往来的大船和快艇，需时时提防。渡江的泳者大多拖着橘色或红色的跟屁虫，成群结队地彼此照应，阵势如同上景阳冈打虎。即便如此，仍会有人不时葬身虎口。省报一位退休女编辑，常年坚持横渡赣江，有一次快抵对岸时遇上船队，躲了这艘躲不过那艘，结果头被船底铲下，身体却不知去向。

这种挑战式的游泳给我带来不了快乐。也可以说，这条全省最长最宽广的大江让我感到陌生和敬畏，我暂时还无法与它建立信任。与盲目地投怀送抱相比，我更愿站在七八米高的堤岸上安静地行注目礼。

市内那些公共游泳馆，一到夏天就沦为澡堂子，水面和空气都翻涌着成人的脚臭和小孩的尿臊合成的令人作呕的怪味。也无法伸展开四肢和身体划水。在老城区见识过的最好的泳池在省委接待宾馆里，很少对外开放。偶尔开放，价格也非一般人能承受。我租住在宾馆附近时，买票体验过几次。其实也是25米长的小池，只是不像公共泳池那样嘈杂罢了，设施还不如后来发现的市电视台的泳池。

2007年夏天后，我去北京学习半年，回来已是2008年初春。我计划夏天再去电视台游泳，但夏天到来之前，母亲突然查出重病，我的私人生活突遭靖康之变，疾速从北宋向南宋过渡，为了偏安一退再退。远离出游，远离娱乐，远离写作，远离自信，当然也远离了泳池。

母亲手术之后，我们每天靠一罐中药和坚韧的自勉与厄运战斗，和平在心尖之上勉强维持，大家都很累，母亲，父亲，弟弟，妹妹，当然还有不断牵头做各种决策的我。

我对抗心累的方式是不断积攒其他的累。那年夏天我报名学开车，同时很认真地锻炼身体，长跑，或者游泳。

去南昌大学参加一个活动，事后校方带我体验以某著名跳水运动员命名的泳馆。这是我在省内见过的最好的游泳馆，标准的50米泳道，深水区水深2米左右，与浅水区用栅栏隔开，进入深水区的泳者需考深水证，能不间断游100米并持续踩水30秒者方达标。泳馆不接受临时买票的散客。对泳衣泳帽和泳镜之类也有硬性要求。救生员和管理者都是体育系的师生，人力资源丰富，管理比省奥体中心的泳馆更完善。

我以在乡下水塘里惯用的狗刨式体验了几分钟后就仓促上岸了，泳道里全是装备齐全、泳姿专业的泳者，我混迹其中像是鸭子混进了天鹅的仪仗队。

天鹅们不仅泳姿迷人，速度和耐力也比鸭子强很多。

事后我悄悄办了那里的泳卡，购买了全套泳具，从零开始学习蛙泳。从狗刨式向蛙泳的转换，耗费了近一个月。在泳池里观摩，求教，回家后上网看各种教学视频。

在泳馆里仅有的社交也发生在那段日子。

一个黝黑粗壮的体育系学生教会了我水中换气，她很热心地做示范并纠正我的动作。我很窘迫，模仿了两次就逃开了，在她的视线之外自己摸索。第二天我忘记了她的模样，却体味到了主要的动作要领。

学会了水中换气，就可以轻松地在50米泳道里持续游十多个来回了。出入泳馆时也从容自信了。

借助科学的方法，我和水的关系上升到全新的阶段。不仅信任水，有时感觉自己就像一只绿皮青蛙，在岸上是做客，到水里才是回家。

想想胎儿在羊水里的安全感，以及人类的远祖在海洋中的漫长进化史，这比喻也许就不算太夸张。

驾校离南大不太远，每次家人开车把我从驾校接回，先到游泳馆游泳，再回家吃饭。

黑胖教练为了敲诈一点烟酒，总是找各种机会折腾我。没买酒给他就说我笨得像六十岁的老头，买了烟酒就夸我手感好得可直接开车上街去兜风。有一次陪他喝了酒，他一高兴让我开车去市区溜一圈，我说不是不许酒驾吗？！他把一身肥肉费劲堆到副驾驶位置上，眼睛一闭大手一挥说：喝了酒车开得更好！

学车的两个月是夏天最酷热的时段，每天晒得身体冒热油，热毒和屈辱却在体内淤积。每次从驾校的水泥广场转到泳池时，像是海狮辛苦表演后去接受奖赏。身体入水的瞬间，听得见嗤嗤嗤嗤的淬火声。热气和烦闷也随着嗤嗤的气泡从体内排遣出来。

每天一千多米的匀速泅水，让头脑放松，四肢肌肉、胸肌和体能却一天天强韧。

夏天的末梢，单位在省奥体中心举办游泳比赛。这种娱乐性比赛每年都会举办一次，我每次都参与，站在水里当观众，比赛之后混在人群里狗刨几下。单位有八十多号员工，敢报名的就算是高手了，有的还在少年宫学会过蛙泳和自由泳，排名最后的也不一定比我游得慢。

这是我第一次参加比赛，一百米蛙泳，既要速度，也需好肺活量。没人看好我，包括我自己。只是埋头尽全力搏浪前行，希望成绩不太丢人。由于速度太快，中途换气时呛了一口水休整了一秒，结果却是小组第一名。另一组的第一名是每年的游泳冠军，裁判拿秒表比照我俩的成绩，最后把蛙泳冠军判给我这匹黑马。

这是我此生第一次在体育比赛中收获虚荣。后来每次路过奥体中心，总笑着对身边人说：这是蛙泳冠军诞生的地方。

虚荣被束之高阁的日子，我享受的是埋身在水中什么也不想的忘我状态。戴上耳塞后，连泳馆播放的背景音乐都听不见了，人像在有安全保障的深海中，只听得见水波冲刷体表和耳鼓里隐约的脉搏声。你不上岸，岸上的世界就像不存在。躯体也在无意识的伸缩、划水、蹬水中幻化成鱼，如果把大脑完全关闭，鱼就会液化成一滴硕大的水珠，在水中失去了形体和存在感，物我两忘。

2008年至2010年，全家人拽着母亲和死神拔河，我所有的悲欢都悬挂在一根不断位移的绳索之上，时进时退，艰难地前进，崩溃般地后退，就是没有放松的时日。对于我而言，能做到片刻的忘记和放下就是最大的幸福。

在水下，难免也有想起母亲而情绪失控的时刻，却不担心被人看见。就像人常说的，鱼的眼泪只有水看得见。这样的失控，于我也是一种享受。

拿到驾照后，我可以自己开车去泳馆了，当即办了一张年卡，在泳馆里坚持了完整的四季轮回。只要不出差，几乎每天都去，风霜雨雪都拦不住。其实，天气越恶劣我越愿去，因为泳池里的人数往往与天气的优良程度成反比。

从单位去泳馆不堵车要近四十分钟，从家里出发也需二十来分钟。加上游泳和淋浴，来回耗费的时间在两小时左右。

其实单位后面的省体育馆也有泳馆，步行十分钟就到，冬季水温也合适。不过25米的小池子，平常每个泳道里都有三四个肥胖的中老年人，每游25米都要绕道超车三四次，根本无法做到高速划水和物我两忘。

单位一位五十多岁的女会计长期在那边游泳，说池中有色狼，故意借泳道的拥挤伸手在你身上捞一把。

这样的情形在南大泳馆深水区几乎不可能发生。

泳馆里大多数是大学生，一般还处在把面子看得比色情更重的青涩年纪，少有醉翁之意不在酒的变态者，要有也被隔在浅水区。深水区的几乎都是奔着锻炼和训练来的，各自全副武装奋力前行，很难看清对方的面貌，一般也不相互搭话。

五六年间我只在泳池里跟人说过三四句话，上岸脱泳帽时认出三个熟识的南大教师。彼此都半裸着湿淋淋的身子，寒暄两句便各自走开。

深水区偶尔也有身段妖娆的美人鱼出没，裹着色彩斑斓的鱼皮。但心里计数着时间和里程，根本无暇旁顾风景与诱惑。何况美人鱼也遮着泳镜和泳帽，容貌是否像身材一样撩人尚需存疑。

夏季下午和晚上泳馆人最多，深水区的泳道也需会车和超车。我通常选择午餐时间去泳馆，这时每个泳道里一般只有一人。如果是隆冬的中午，整个泳池常常就我一人，救生员裹着军大衣在瞭望架上昏睡，任我一人与硕大的玻璃和翡翠搏斗，切割或被切割。

这时的泳馆，就成了我个人的销魂场。我会比平日逗留得更久。游完一千二百米定量后再玩点潜水，一口气贴着池底潜行25米，体会憋气和缺氧的刺激。

母亲离世，于我而言就像南宋终结进入异族主政的元代。我失去了故国，也失去了偏安的心境。这之后的日子，就像一个演员，突然发现台下不再坐着最重要的那个观众。剧情还在延续，表现欲和热情却早已消散，一招一式都显得机械乏力了。

尤为可怕的是，失去了对自己身体的信任，一有风吹草动就疑神疑鬼。短短两三年间，我几乎把体内不可见的每个脏器都怀疑了一遍。缺少了对未来的把握，人便无法集中热情规划现世中许多较长远的事。你不知现世何时会被突然叫停。

让绝大多数人血脉贲张的事都不能激发我对生活的热情。我只愿思考人的终极归宿。看大量宗教和哲学书，花费大量时间冥想。有时似乎想清楚想超脱了，却发现眼前的日子是那么具象而烦琐，不可能靠太形而上的心态去应对。

像模像样地看过两次心理医生后，发现她的疗效远不如运动。长时间跑步和游泳成了自我救赎的方式，在肌肉的疲劳中让过度敏感的脑神经松弛下来。

从夏天到秋冬，从秋冬到春夏，一年一年地持续，我去南昌大学的次数，比它的一些课少的教授还多。

习惯了在泳池挥洒体力后，对户外的野水渐渐不再信任。这几年也在鄱阳、武夷山、抚州等地下过水，胆子居然比小时候还小，总担心抽筋和不可知的旋涡。

清澈见底的小河好点，水草丛生的水塘和水库就怕了。尤其山里的水库，水面平静得像老谋深算的脸，水深一米水温就下降一截，像是耐心地等着你坠入圈套。

某年夏天在干燥多尘的北方自驾七八天，回到江西境内时路过柘林湖，南方的清秀和多汁让我情难自禁，停车换了泳裤就往水里扑。

那时正是黄昏，夕阳把水面染成一片碎金，一些野泳爱好者在碎金中相互追逐。我眼见着他们身体渐次缩小，一个个变成小圆点，最后登上湖中一处供游船停靠的趸船。参照泳池里展现的耐力，我本可在趸船和岸之间游好几个来回。实际情况是，只游了不到一半路程，就匆匆返回了。对深度和陌生感的恐慌让我不敢直视水下那片幽黑的暗影，泳池里的蛙泳冠军只好退回岸上望洋兴叹了。

我失望地发现，近五六年来，自己与水对话的能力貌似在进步，实则在不断退化。这些年我在泳池里做到的其实是与自己对话。借助水，不断潜入意识的深处，让狂躁绝望的自己与安静淡定的自己谈判媾和。

冬天去三亚参加一个研讨会，我每天脱离同伴去亚龙湾和大东海游泳，挑了游客最少处下水，戴着泳镜以蛙泳的方式在海水里逐浪。浪来时潜水呼气，浪过后抬头吸气，借了浪的力，也可能海水的浮力更大，感觉倒比在泳池里轻松许多，每次的泳程均在两千米以上。到了比水库更幽深处居然一点不惧怕，逐着水中阳光投射的光斑不断向更深处探索。那时，对深度的恐惧变成了迷恋。许多次，当岸上的人影小到几乎看不见时，我停下手臂和双腿，让身体随着波浪自由漂流，差不多沉底时再直立着朝着阳光冲去，一头撞着晴朗的蔚蓝。

那时我有了一个清晰的念头，有一天，当属于自己的使命和年代都已终结，就这样一个人游向深海，把身体和与之相关的一切玄想，都交给世界上最广大的那片咸涩的液体。

2016年4月19日

南昌的孤独与爱

一个人对一座城市的情感和认知，也许要到了七年之痒的程度才会积淀到一定的宽度和厚度。七年了，远方拉近为原点，异乡演变成家乡。他初到这座城市时胸腔里翻涌着的那些东西，该飞扬的飞扬，该消遁的消遁，该沉潜的沉潜。一个人钟摆似的出没在失去了象征和隐喻意味的街道上，他的表情时而麻木，时而爱恨交织。不断延长的高楼的阴影，时而吞没他，时而把他交还给阳光。

雨把火车站广场淋得像一个打破的铁锅，黑亮的水把人和其他杂物冲得四处溃散，广场上漂浮着些伞状浮萍，围着票贩子无望地涌荡。我背着沉甸甸的牛仔包，经过一夜的轮船颠簸，从县城赶到南昌。买不到当天去广州的票是自然的结局。那年头，去广东对于许多内地青年就像是去天堂，门票当然特别紧俏。一个年轻丰满的女青年（我觉得叫她少女、小姐或其他什么感情色彩都不对）把我从黑雨伞的乱阵里拉到广场边上，说可以给我买到明天的火车票，条件是去她熟悉的一个旅店住宿。和其他那些矮胖粗俗的女拉客不同，她脸上的笑散发着月亮的光辉，普通话也很纯正。我心甘情愿接受了笑容里具有陷阱意味的部分，心里甚至还萌生出一丝对于艳遇的危险期待。

我被她安置在火车站右侧一个小胡同里的私人小旅社里。房间潮湿逼仄，壁上布满来历不明的液体画出的诡异的图案，显然是细菌的家园。她借了我的伞出去办事，到晚上才牵着一串垂头丧气的旅客回来（像押解俘虏）。我心里忽然犹疑不安起来。第二天我花了比实际价格高许多的钱，总算拿到了一张去广州的票。但那个夜晚，我像在囚室里等待判决的犯人，枕着忧虑入睡。1993年夏天的雨水以极其缓慢拖沓的节奏，把我在南昌度过的这个夜晚刻画得极其孤独难受。

此前和此后的一些日子，我都是南昌的过客。1997年底，一次面向全国的招聘考试改变了我和南昌的关系，我成为那家当时在全国都颇具影响力的青年期刊的编辑，也成为南昌的居民。我和四五个试用编辑刺猬一样群居在单位的集体宿舍里，竞争像毒气一样在幽暗的居所和同事关系之间嘶嘶作响，刺猬们互相取暖又互相刺伤。领导似乎对毒气的奇特效率着了迷，拖了一年才决定全部录用。那一年，我体味到人群中的孤独和悲哀，每天晚上骑着车在市区乱逛，半夜站在八一桥弧形的桥身上发呆，有时就在某个老乡的单身宿舍里睡觉。那时我发现南昌和我刚刚逃离的县城一样世故，它的方言霸道生猛，说我爱你就像是说我杀你。男人们到了夏天喜欢穿布鞋打赤膊，女孩们大都认为爱情只是男人骗色的幌子，但喜欢吊着男人的膀子去街头吃颜色恐怖的麻辣烫，那些举止端庄吐气如兰的，十有八九是外地迁来的。

我拒绝为了日常生活的便利学习这座城市的方言，到现在都是如此。南昌方言没有拐走我的爱情，我和从老家带来的女朋友用鄱阳方言把恋爱谈到结婚的水平。我的爱情和其他许多东西都隐居在老家的方言里。我愿意做这座城市文化上的异乡人。2002年以前，除了看电影、逛超市和书店，我基本和南昌没有关系。我的工作大多和外省人发生联系，不断坐火车去全国其他城市组稿和采访，和外省的朋友讨论人生。活在南昌的，只是躯壳，我用一次一次出行忽略了这个城市最市民化的性格。

　　孺子路和沿江路交汇处，搽着金粉的夜总会后面，有几栋被油烟熏黑的宿舍楼，第一栋的7楼之上，有我的租住的房子。从1999年到2002年5月，我一直住在那里。从单身到结婚，从结婚到成为父亲。60平米，两室一厅，这座城市属于我的面积就是这些。一个房间放着双人床和电视，一个房间放着电脑、吉他和一些堆放得乱七八糟的书刊。我想起多年前看过的一幅油画《微巢》，房间很小，但主人心里不时腾跃出的空虚感使微巢成为巨大的精神的场。特别是女儿来到我们中间以前，我觉得自己对人生的观感和那些流浪艺术家有许多暗合之处。睡眠于高而老的楼房上，就像鸟把巢筑在从树的主体中飘逸而出的枝丫之上。许多个夜晚，听到街道和夜总会隆隆的响声，鸟巢仿佛在微微抖动。

　　我习惯于晚饭后去街对面的良友超市待一会，去那里买香烟、咖啡、奥立奥饼干，观赏各种各样的洋酒和酒具。超市里有块巨大的广告牌，一个欧洲男子（面容既灿烂又伤情）穿着毛衣坐在上面品酒。我每天都会去看他一下。他是我那段时间的朋友。超市的合金柜台和各色物品在灯光下折射出亮晶晶的光，购物或享受免费空调的人在里面悠闲地走动。白天在单位他们都是凶猛的食肉动物，现在统统变成了食草动物，目光温和咀嚼着柔软的时光。城市在巨型超市里释放出性格里最文明最人性的一面。

　　超市往南，抚河边上，是一块狭长的公共绿地，一年四季，凉亭附近聚集着老人、走不动路的孕妇和她们的宠物狗。我也常去那里，尤其是春天和夏天。我爱那里的迎春花、柳和几株低矮的桃。二三月份的时候，柳条上的青春痘一天比一天茁壮，再往后，铁枝似的桃也有了颜色，从隐约的红疙瘩爆裂为朵朵水红的花。相对于季节，城市是个中性人，只在极少的部位显露性别。元宵之后，我每天傍晚去河边看季节在那些植物身上留下的足迹。春天的雨雾中，桃花湿淋淋的笑容令我忧愁。我常一个人面对黑漆漆的流水，想一些过去和将来的事。

一个1992年在老家乡下的中学认识的学生，因为爱好写东西曾和我有过短暂的交往，七八年后忽然在南昌街头被我认出来，他告诉我已经在这里待了快一年，为东北一家制药厂做江西的销售经理。他和两个同事租住在绳金塔附近的拥挤居民区，脏衣服扔得满床。这个城市对他而言只是一座座医院，以及一张张必须用回扣解冻的冷脸。他和这座城市的关系比我还简单无趣，没有心情享受它为正式居民准备的那些公共设施，甚至也没有机会和它的140万人口中的某人发生点情感事故。他随时都要做好去另一个省份驻点的准备。不工作的时间，他猫在出租屋里睡觉，唱卡拉OK，看从巷口租来的最新港台片。他们在这座城市里的生活似乎也是租来的。

我成为他的南昌记忆中一个意外的章节，他对我亦然。结婚前的那一年，我常去他那里喝酒，谈些关于1992年的事，然后看影碟到凌晨。我骑着山地车回到自己的出租屋时，大部分的街道都睡着了。一个冬天的夜晚，我去时街道是黑的，回来时全是绵软的白色了。那是那年最后的一场雪，我忽然感慨地想，新的一年就要来了。

我以为日子就会这样过下去。一段时间后，我打他手机想去那里看影碟，被告之那个号码已欠费停机，过段时间再打，号码已经变成空号。他从此就像空号一样从这个城市的街道上被删去了。那以后，我也再没有机会去他曾经租住过的街区。好像那里并不是这个城市的一部分。

2000年8月之后，我成为一个女孩的父亲。她孕育于南昌，出生地却在鄱阳，而且两岁以前大多数时间都住在那里。我宁愿每个周末赶数百里路回老家去看她，也不想让她待在漂泊感很重的出租屋里。从户籍的意义上来讲，那时我们都已是这个城市的居民，但我从没有做好在这里过下去的打算，我始终相信，还有一个更好的城市（至少方言不会如此狰狞）在等待着我的加盟。女儿的出生加剧了我逃离的欲望。整个2001年，我在北京和广东之间跑来跑去，一会儿想去北京当个流浪作家，一会儿又对女儿内疚不已，决意要去广州多挣一些钱好好养她。2001年秋天，北京的一家杂志社已经把办公桌给准备好了，广东的一家著名家电企业也允诺给我一个新闻传播中心经理的职位。在最后接近于抛硬币的抉择中，热情忽然倒向了南方。

那段经历，让我对许多事情的看法改变很大。我在许多其他的文字里详细地论及过这些。我发现这个社会太疯狂了，从病态地尊崇精神，突然变为病态地尊崇物质。我想，为什么要成为极端的潮流里的一个小小泡沫？为什么不能像礁石一样在时代之外去寻找幸福的坐标？另一个最大的改变是，我忽然爱上了南昌。爱上了它的慵懒、多元、享乐的城市性格，爱上了它不同于广东的四季分明。一个人如果没有对四季刻骨的思念，如果没有在追求卓越的时代逃往平凡生活的勇气，他也许不能理解我2002年5月末举家从广东逃回南昌的行动。我带着爱人、刚学会走路的小女儿坐上北上的火车时，脑袋里浮现一些二战电影里的镜头：犹太人在德占区经历九死一生的逃亡后，终于踏上了开往中立国瑞士的火车。没有被硝烟熏黑的绿色山川从窗外波浪似的滑过，刺激着他脆弱的视网膜，他努力控制着内心翻涌的幸福，眼泪终于没立即滑落下来。

我在赣江边租了一套70多平米的新房子，省委滨江宾馆左侧，周边有开阔的绿地。买了空调和冰箱，地上也铺了地塑，条件比以前好很多，因为女儿也和我们住在了一起。以前和爱人逛街，回出租屋只说回住处，现在改说回家了。虽然这样说时，心里略有点酸。2004年8

月以前，我们一直住在那里，每天接送女儿去省委机关保育院上幼儿园，从小班读到中班。

2002年以后，我以前服务的那家青年期刊像一个癌症患者到晚期（在我离开它时就已经发作），连走路都摇摇晃晃了，最初，这些对我的情绪没有很大影响，我是为了享受平凡生活才回来的。我把主要精力都放在写作上，平常就去另一家期刊做兼职编辑。2002年后期，我和两个在省文联工作的朋友被媒体命名为"江西散文三骑士"，这加剧了我们的交往。大概有一年多时间，我们常去苏圃路的名典咖啡喝咖啡谈散文，也经常去一些量贩式歌厅唱歌。还有一些游山玩水的笔会和采风，此后的几年，差不多走遍了绿色江西。2002年，一位文学编辑改变了我对这座城市女性的恶劣印象。她的模样是我童年很信赖的女性形象：端庄、吉祥，还有着漂亮的披肩发。她看我的眼神里总有种姐姐般的关切与赞赏。她成为我在这城市一位精神上的亲戚。

2002年最后一天的午夜，我和几个朋友坐在酒馆喝酒时，模仿葛优的口气说：2002年过去了，我很怀念它。

从2003年后期开始，许多托举着我的情绪又朝着消退的方向走去。这期间我在南昌的昌北新区按揭买了套属于自己的房子，有了决意在这里定居下去的意思，而单位已经奄奄一息了。我做过一些尝试，在这样的讲求人力资源成本的年代，要换一个可以与定居的意愿相适应的稳定工作是困难的。写作并不能解决这些，它只能使我和正常的职业距离更远。我第一次因为现实因素烦恼。我把自己关在家里画画，一画就是几个星期。傍晚在江边的散步，逐渐变成了徘徊。有时我一整天不去上班，陪女儿在楼顶上看云。我会突然紧紧地抱住小小的女儿，她笑得越无忧，我的心就收缩得越紧。我认定自己是世界上最自私的爸爸。焦虑和愧疚像毒蛇纠缠我在南昌的心情。

不止一次，我想到了重新去广东去过没有四季的日子。她的鼓励阻止了我对这座城市的绝望和对时代的乞降。我的信念被压得像骨节那样咔吧直响时，她总是说：你是最棒的，一切都会好起来的。我们见面不多，偶尔去她单位的会客室坐坐。大部分时间，她的存在只是一个熟悉的电话号码。

我和他从未有过私交，只是偶尔在一些笔会上听他给作家们讲话。有一年除夕，他坐在灯下看我的一些文字，冲动得想写评论……这是一个朋友告诉我的。我以为这样的转述有许多文学化的处理。他是省文联的领导，年龄和我也隔了代，怎么会有心境在大年的气氛为我那些青春猎猎的情绪激动？

我在文联的一个办公室和两个朋友聊天。他走进来，突然对我说：你想不想到文联来工作？他的声音很低很慢，一节一节地在中午的空气里闪动，以至于我无法判断耳朵传递来的声波是否有误。这是2004年春天的一个普通瞬间。阳光从窗户外树荫间穿透进来，晃得我无法看清眼前的许多事物。2005年1月以后，和那两个写散文的朋友一样，我也每天去省文联的俄式办公楼（50年代的中苏友好馆）上班，在那里编文学报，写东西，文学成为谋生的职业。这样的变化，从未在我的构想中出现过。迄今为止，我不知道这对我意味着什么。但我想，从此我不会忘记一个人。他总共也没和你说过几句话，其中的一句，却改变了你的人生运势。这种人，也是南昌的品质的一个部分。

每天早晨骑赛车穿过八一大桥，沿八一大道到八一广场附近的中苏友好馆，傍晚又原路返回。在新居里喂八哥，听音乐，看电视，写东西，偶尔去山里采风。日子又像钟摆似的安静单调起来。大概就是从2005年开始吧，很少再三五成群去咖啡厅谈散文了，当文学成了日常工作，谈论的热情自然衰减；很少回老家（我不知鄱阳和南昌哪个更像是我的家乡了）；对四季的轮回也不如2002年敏感和珍惜（身在福中确实容易不知福）；甚至很少出去和圈内圈外的朋友喝酒，熟人在增加，能掏心掏肺的朋友却似乎在减少。我似乎正在以疏离的方式，在这座城市里陷落得越来越深，虽然不陷落进它的方言和爱情，但是对它的空气、阳光和丑陋都越来越习以为常了。就如同当年在鄱阳县城，不是沉醉，更像是隐居。有时我会忘了，这个国家还有许多我曾那么向往过的城市。有时又觉得，一个还算年轻的人就这样把剩余的大把岁月交给一个城市，也许会有许多伤感之处。

零星的暖光仍在千米之外的距离轻轻照耀着我。照耀是个艳俗的比喻，但用在这里特别温暖。有的光亮是星星那样不凸现性别，还是月亮似的柔美的阴性？这些我早期思考过的问题现在证明是不必要的。重要的是，在身边的滚滚人流里，总有人在坚持用心肠的柔软挽救世风的坚硬。

2005年又要过去，我是否会像2002年岁末那样，酒杯里装满怀念与憧憬？事实证明，无论哪一年，无论命运对我做了什么，在南昌，孤独总还是免不了的，但是有了现在所拥有的这些爱，我想，我不会再轻易离开这个城市。

2005年11月6日

夜晚的微光

空气上升到10几度以后，夜晚的半径比以前大了许多。

此前的夜晚，由于远离老城区，除了偶尔打车出去吃饭唱歌，我只能在自己的房间和客厅活动，听音乐或看电视，有时去爱人和女儿睡的主卧室拜访一下。这使我的许多夜晚形成了相互抄袭的格局，像病毒的无限复制。冬天像条冰冷的锁链把我软禁在新居内，我已不大熟悉这个城市的夜晚。3月份以来，开始频繁地在夜晚出去散步。视线从室内延伸到小区周围的许多地带，感受到新区在夜晚折射出的种种光影。

2004年夏天刚从八一桥那端搬来昌北时，有种撤退到县乡的错觉。尽管市委市政府都搬来了，昌北的原住民仍把去老城区叫作去南昌，似乎红谷滩新区不是南昌的一部分。他们的执拗也许是有道理的。昌北虽然楼盘林立，但人气、商气都没法同老城区相比，没有什么酒店和娱乐场所，到了夜晚就沉寂如乡野，唯一可去的地方是赣江边的秋水广场。2005年以前，秋水广场是昌北的脸面，是它的夜晚唯一的光彩。

秋水广场在赣江和市政府之间，顺着江的走势狭长地展开。四处可见音乐喷泉、帆状遮阳布、儿童游乐场、欧化的饮食店……它的名字源自唐代的一句关于滕王阁的古诗，内容却是现代的。我第一次站在地板搭的观景台上吹赣江风时，身体里的感觉和当年站在上海黄浦江边时产生了重叠。天气晴好的夜晚，秋水广场云集着许多从老城区甚至外地来看风景的人。刚搬来那阵子，我也常去那里散步。看主喷泉在《拉德斯基进行曲》的催促下把水逼到半空又让它突然跌落下来。广场上意气风发的时尚氛围一度令我心怀激荡，就像1993年初夏突然置身深圳，对自己在城市的前程满怀兴趣和信心。可惜这样的信心持续时间太短，原因很简单：一、广场的背景音乐一年四季就那几支曲子，喷泉摇摆的姿势就更简单，重复多了感觉很滑稽；二、秋水广场离我的新居毕竟有三四华里的距离，偶尔去一趟还有点动力，老去就觉得有点像跋涉。

2006年春节以后，小区周边的设施日新月异。一家大型超市开张，在它周边，酒店、药店、邮局、电信交费点、美容店、小菜场先后营业，育新小学分校已经上课，一所重点中学和大型医院在加紧施工。小区后边市政府的红谷世纪花园住宅区迁入的住户渐渐多了起来。一些荒地都修成了小广场和宽马路，照明灯通宵瞪亮着眼睛。一切都是新的，人气不旺正好凸显了它的安闲空阔，哪里都安静宽松，哪里都像新生活的序曲在徐徐奏响。

有段时间，我每天晚饭后都要去超市逛逛。超市有大半个足球场那么大，里边的顾客却总不超过50个，安静明亮，付款也不需要排长队。在老城区你找不到一家购物条件如此舒心的超市。它旁边的圣廷宫酒店也是如此，外形像俄罗斯宫廷，圆顶辉煌地耸起刺向夜空，玻璃幕墙和观光电梯银光闪闪，却没有市内酒店的喧闹嘈杂，有种欧洲式的典雅风范。我从小区出去，走过一条新修的水泥路，路过圣廷宫和它门前两排随时准备鞠躬的长裙迎宾小姐，路过新开的美容驿站，路过一些和我一样缓慢走动的人，朝着超市的光芒走去，然后带一瓶苹果酒或一包"三五"烟出来。回来时刻意不走原路，顺着红谷世纪花园C区的栅栏绕个圈，路过一片菜地，在那里抽一支烟，再路过一个单位豪华幽静的住宅区，从一条小路插回到我住的小区。这个过程有时是半小时，有时长达一两个小时。

3月左右，持续了半年多的混乱情绪比过去更厉害地压迫我的神经，一些悬而未决的事剥夺了我对其他许多事情的兴趣，包括写作和幻想。加上岳父岳母的到来，屋子里属于我的领土领空愈加萎缩。待在屋里越来越像被囚禁，一种不断加深对自身厌烦的囚禁。每天吃过晚饭，我从家里逃出来，有时带着女儿，有时一个人。新区有许多道路是通向荒野的，晚上除了少数下班的建筑工人，路上基本没有人，像飞机场的跑道那样寂寞地伸向远方。这些地方成了我让情绪降落滑行的机场。我戴着MP3，一边唱着歌一边前行，路段越荒凉，我的嗓门越大。在单位和家里，我没可能让喉咙制造出这么大的音量。女儿捂着耳朵说：爸爸，你疯了！女儿不在身边时，我会让嗓子发出我自己都觉得陌生的声音。我唱《暗香》《蓝莲花》《可爱的一朵玫瑰花》，都是我的音域要踮起脚才能达到的曲子。当眼泪快要流出来，我感觉心脏被打开了，像猪肉，一直冻在冰箱里，放到常温下，它渐渐解冻变得柔软。

我爱上了新区的夜晚，爱上了它银光闪闪的超市、酒店，爱上了它心胸开阔的马路，它们在夜色中泛着好看灰白的光，它们纷纷成为我一个人的心情舞台。

气温上升至20度左右，蛙声在夜晚稠密起来。在小区周遭的小水洼里，在马路边农民的菜地里。我的夜晚又从超市、马路延伸到青蛙的领地。小区南去1000米，有一片被圈起来的荒地，准备做楼盘。资金的空缺使得青蛙获得了繁衍新一代的时机。在比两个足球场还大的湿地里，水洼倒映着夜空，青蛙们躲在茂密的草丛里，坚韧地恋爱、结婚，以千万计的数量生育子女。我和女儿去那里探险，在湿地里踮着脚和青蛙玩跷跷板游戏，我们一落脚，蛙声立即熄灭，刚一转身，蛙声又起，我们走得越远，它们唱得越凶，如同一支庞大的游行示威队伍。

比这片湿地更近，在我的房子右后侧300米处，有一片农民的菜地，面积也不小，只是被林立的新老楼房包围着，而且有一半面积被路灯通宵监控着，这里的蛙声要矜持自卑些，却也是彻夜不歇。只要不下雨，我每晚都要去菜地边走走，和女儿一起辨认蚕豆、豌豆、莴苣等蔬菜。女儿骑着童车，我抽着烟，在菜地边转来转去。有时也应她的要求去菜地探险，在菜地中间闻各种植物播撒在地表的湿漉漉的气息。有一次她走在前面，在她和我的脚之间出现了一点动静，路边的草稞晃动，我以为是一只土蛙，或顶多一条小壁虎之类的东西，结果蜿蜒爬出的是一条斑斓的蛇，近半米长，身体偏赭红色。想抱回女儿已够不着，我惊出一背汗，催促她快往前跑，自己也准备后撤。蛇可能被我们的慌张吓住了，刚探出身子又改变主意扭身回去，无声地滑入菜地边的水沟。

更多的时间是我一个人散步。我在马路边看着菜地反射着路灯的光。蛙声吵得我心里安静下来，我蹲在那里听MP3，给朋友发短信谈心，植物的潮湿气味把我的肺也渐渐打开。

菜地和蛙声成为新区夜晚最柔和的光亮。但是我知道，和超市、新马路不同的是，这是一种很快就会熄灭的光，今年或顶多明年，它们就会变成楼盘或新马路。而超市和新马路，也注定好景不太长，在入住人口多起来以后，在新区变成老区后，这些在2006年春天抚慰过我的夜晚的事物，最后都会在城市的夜晚变得黯淡无光。

2006年4月28日

吃水很深的城

　　回到鄱阳古镇以前，它已经在雨水里浸泡了三十多天，整个城池就如同一艘浮在水上的巨轮。这种气候在长江流域外是难以想象的。潮湿而燠热，除了蛞蝓、霉菌、水边的植物和我，大概没有谁能忍受这样的天气，它使人活在无穷无尽的期待与失望的搏斗中，每天面对耐心崩溃的危险，并伴随着对洪水的隐隐担忧。

　　但从开着空调的深圳一下子到了穿毛衣的江南小城，我感觉是从炎夏返回了春天。有一些逃逸者的失落和心虚，有更多浪子还乡的快乐。

　　正如一个写书的人说的，一个从未背井离乡的人其实是没有故乡的。多年的异乡生活重塑了家乡在我心里的形象，就像反复的擦拭使瓷器光可鉴人，无穷无尽的回忆和回忆赖以生发的距离删去了故乡之前一些并不漂亮的形容词：小、脏乱，还有世故……当5月下旬的淫雨将我笼罩在它绵绵无期的阴郁中时，我享受到了臣服于乡情的愉悦。

　　岭南的瘴热和强紫外线伤害了我原本就粗粝的皮肤。突然置身湿润沁凉的水汽中，就如同进入了桑拿室，体内蓄积的垢物和热毒一点一点蒸发出来。这使得我一回来便表现出疗伤的姿态。在零污染的空气中疗皮肤之伤，在江南闲散的雨声中疗心灵之伤——在快节奏的南方，我的美学生态遭到了比皮肤更严重的破坏，半年中，我只写出了一篇一万多字的小说和几篇叙述分裂与抗争的散文。

有事没事，我每天都要出去走一走。去码头看被雨淋湿的河；去城池边缘触摸那些曾在我的想念中无边地蔓延的绿色植物；去小巷欣赏雕花的老房子和坐在雨檐下发呆的老人，以及这种和时间一起打盹的生活方式；有时是出去拜访从前的朋友。我的代步工具是黄包车。我们这座十几万人口的县城，据说有一千多辆黄包车，花两三元钱就可以在城中兜来兜去，它的廉价缓慢和古朴仿佛是专为我那些颓废的情趣设计的。想一想，一个浪迹异乡的人，脑子里装着许多旧事坐着黄包车在雨巷里穿来穿去……我每天都误以为自己是某部老电影的导演兼男一号了。

我住在离码头不足五百米的县中校园里，每天早晨学生走进校园时，我从校园出来到码头边，看看昨晚的雨使昌江长胖了长高了多少。我像个水文观测者，更像个无所事事的老人，站在水边观察运沙船装卸、勤劳的少妇露着腰际浣洗，观察岸边一幢长着胡子（砖缝里长着几丛草）的旧瓦房门前一个懒汉在刷牙。我在码头上走来走去，一边感动于河水清淡的姿色，一边感慨于自己从这里上路的一次次出发。有时我深夜也要去河边走走，在弥散着干虾和水腥味的湿润夜空下抽一两支烟再回去睡觉，此后几天的睡眠都会格外瓷实。

城后的芝山是我每次回家都要去的。它究竟用什么东西吸引了我的朝拜？住满白鹭的密林？没有多少古意的古庙？赭色的采石场？公墓？火葬场？作为县城天然浴场的韭菜湖？山后绿荫掩映的小村落和村前的黄泥小径？我说不出哪些东西对我更重要。不同的年龄，不同的心境，芝山用不同的元素为我虚亏的脚步进补。我曾经着迷于把采石场残破的岩体作为爱情的经典布景反复使用，也曾一度把公墓当作哲学课堂，一次次用一颗青春灼热的心去逼近那其实遥不可及的冰凉。但这段时间，我恋物癖般地挚爱着它的碧绿。可能是在广东的工业城患了视觉饥荒，我不再认为碧绿是种俗气的颜色，相反，在我的记忆中它已经成了春天的唯一颜色。无论是华盖如伞的银杏和槐柳，还是墙角蓬勃的苍耳，它们共同组成了我心灵的环境色。

　　闲散和轻度郁闷是水乡古镇的美学核心，我的气质也不可避免地受到了它的濡染，因为我曾以怀才不遇的时髦情绪在这里活到了二十五岁，此后投身到另外的挣扎中。但这些年来，我仍在别处有意无意地复制着这种有利于酿制诗学氛围的郁闷。不久前在网上看到一个调查，说中国最有幸福感的年轻人不是月薪逾万元的职业经理人（他们虽有成就感却担负着对某个集体的巨大责任）；也不是月薪六七千的白领（他们虽有优越感，但工作压力和害怕失去工作的压力都很大）；真正有幸福感的是中小城市月收入在两千左右的年轻人，他们大多工作清闲，业余时间富裕，并普遍患有轻度郁闷症，以利于滋生对于未来的种种热望。这种文章也许有自慰或作秀之嫌，但我看到此文时，正在一家著名企业的总裁办公室里过着不折不扣的白领生活，对这段生活的水土不服使我几乎认同了这个站着说话不腰疼的调查。

　　就算习惯了西餐厅烛光的抒情和商业宴会的奢靡，我在老家和朋友见面的首选地仍是河边的排档。一方面我的胃对炒田螺、炒粉皮、黄丫头和鄱湖啤酒抱有饥饿感，一方面对互相倾吐郁闷的气氛十分珍惜，在某种程度上它是友情诗情的基础。在白领和金领们的日程表上，是没有这一项的，没有时间，也没有心情郁闷。我一直很享受那种五四青年式的苦闷彷徨，有一些愤青的自我美化倾向，也有坚韧的理想主义担当。我的朋友圈子目前仍主要划定在县城里，我看重以怀旧为基础的友情，朋友们的赞美和讪笑声检验着我青春期的种种狂想在现实中的存活率，而我现在的全部努力均与此有关。

　　我想，每个写作的人都会有自己的情感和美学的故乡吧。它们在地缘和文化上也许差异很大，却都是那样强烈地影响着我们的艺术与人生。而作为故乡的另一层含义，便是我们必须不断地与之疏离以腾出审美的空间。

我在这座千年老城小住的曼妙时光，必将在数日后的一声汽笛声中随风飘散。那时，我旧伤痊愈，而漫长的雨季使古城在昌江里吃水很深，新添的伤情使它在一个游子的心里吃水更深。

2002年5月22日

白昼的睡眠

　　总有一些时候，我们的身体会和宇宙运行的规则脱节，在夜晚亢奋，却在白昼睡去。在这些非常规的睡眠中，睡去的往往只是躯体容易疲乏的部分，听觉仍在阳光下游逛，它们之间形成了广阔的黑暗地带，睡眠的过程，就是意识在黑暗水域的一次次潜游。这样的睡眠不大会有具象的梦境，每次醒来，却都像经历了一生那样漫长，令生命在阳光下各种明晃晃的响声中出现停顿，独自伤怀。

　　我有暑假的时候——当学生和教师的那些年，时间富足得必须用睡眠去忽略，不仅早晨起得晚，每天还有冗长的午睡，从午餐后一直延续到下午三四点钟。人们在学习和劳动时，我躲在薄薄的睡意中成为时间的多余人。快要醒来时，听到有人在宿舍区的空地嘭嘭啪啪地拍篮球，其间穿插着闷声闷气的喊叫、用调羹敲击搪瓷碗的脆响、一两声女孩的尖叫，以及更远处一场球赛的动静。这些响声传到耳朵里时，似乎走了很长的路，似乎和我不在同一个世界，这使我倍感孤单，我的世界只有我一个人，这多么可怕。我努力睁开眼睛，脸上留着枕巾制造的压痕摇摇晃晃来到门口，阳光一下子泼溅到身上，视线里布满了小块积水在水泥地上的反光、碎玻璃渣不确定的光斑，天空的蓝色也顺势倾泻到我眼睛里，一些白杨树的叶子在远处无声地鼓掌喝彩。

　　我仿佛刚从黑暗的深井中被打捞上岸，对阳光下的一切涌动着失而复得的新鲜情感。我甚至会想起政治老师常念的陈词滥调：劳动是美好的。我歪着头想，政治老师讲得多好啊。每次昏睡都是这样的结果，我对自己说，再也不能这样昏睡下去了，可是我实在找不到什么更有意义的事情来填充一个又一个下午。我继续在那些无所事事的夏天的下午重复着昏死般的睡眠。

　　脱离学校以后，我很少有机会在下午睡眠了，因为要谈恋爱，中午午休的时间也被像从海绵里挤水那样挤掉了。从表面上看，我过上了一个正常青年积极向上的生活。不过在白天睡觉的习惯不时还是要打乱我的心情——过分的积极向上和充实使我因疲劳而在白天进入睡眠，时段转移到了傍晚，我从外面回到自己的房间，衣服也来不及脱，倒在床上就睡过去了。即使是这样的睡眠，依然无法像晚上的睡眠那样醇实，白昼的种种声响在我的耳朵里进进出出，比如自家厨房里杯盘磕碰的声响、邻居喊小孩吃饭的声音、电视收音机的播音，甚至四合的暮霭挤压空气的微响等等。

　　有一次我在傍晚的睡眠中听到一首歌，是一个宽广沧桑的男声唱的：……从草原来到天安门广场……手捧金杯把赞歌唱……我听到的大概是前面的长调和这几句。醒来后知道是胡松华唱的《赞歌》，是从家里那台和我年龄一般大的收音机里传出来的，父母喜欢开着收音机在屋子里走来走去，这是他们那辈人的习惯。那天天气阴沉，他们吃过饭在客厅里望着天花板枯坐，也许在为我整天莫名其妙的忙碌担心。他们把收音机开得很大，这使得胡松华的歌声非常清晰地进入了我的睡眠。这种风格的歌曲我在童年听过不少，我在睡眠中好像是回到了那些非常遥远的年份，我一个人睡在童年睡过的光线昏暗的雕花大床里，听到时间撇开了我在屋外兀自流淌。在睡眠里我不知道那是胡松华的声音，也不知他唱的到底是什么歌，但他的嗓音和庄严的情绪使我莫名地泪流满面。

醒来以后，歌曲还在延续，我听清了那是一首什么样的歌。我长这么大，连爱情歌曲都没有让我流过泪，但一首我的父辈所熟悉的老歌，在白天的睡眠中使我那样的感动和感伤，对于我的年龄，这简直是个奇迹。我后来又听过许多遍这首歌，虽然也觉得亲切，但我怀疑它和我在睡梦中听到的是否是同一首。

我曾以为，这些多愁善感的体验会随着年龄的增长和生活内容的不断充实而得到改观，事实上也是这样的。我有了固定的女朋友以后，尤其是结婚有了女儿以后，我对于时间流逝的病态敏感得到了很大程度的遏止。可是当我偶尔一个人在某个白昼独自睡去时，一切又回到了从前。

这两年，我有许多日子是一个人住在这座城市的，爱人为了方便带小女儿住在我父母那里。由于单身和写作的原因，我的作息变得和读师专时一样没有规律，在下午睡眠的机会又多了起来。有段日子，我住在一座有上千个摊位的大商城和串起一路酒店夜总会的大街边，我常常在公交车停站、小贩的吆喝、从八楼往地面扔垃圾袋等种种声音的交响里小睡。按道理，如此有烟火味的声音应当让我心里安宁，何况，我已经是一个有了许多幸福和责任的人。可是在那些黄昏醒来的睡眠中，那种被世界遗忘的孤独感并没有多少改良。有时候，白昼的睡眠会让我虚幻到如此程度：模模糊糊中，我又回到了一无所有的境地，所有真实的存在变得虚假，女儿、爱人和我的关系似乎是虚假的，关于她们的所有记忆都是虚构的，就像是我刚刚看过的一场电影，是我把自己想象成里面的男主角才和她们有了关系。

这样的睡眠总要惊出我一身冷汗，我立即坐起来，灰绿的旧窗帘如同一只受放射性物质辐射而变异的特大蝴蝶，在我头顶的正上方翕动着巨翅。我要跑到阳台上沐浴到阳光才能让心跳恢复正常；如果室内天色已暗，我必须逃到灯火通明的街头或超市。我从此看清了，即使活到了三十余岁，我内心深处的许多东西其实还是没有改变。在时间面前的惶恐、热闹背后的虚无，以及尘世之爱对心灵的鞭长莫及……它们依旧像一窝毒蛇盘踞在我的潜意识中，大脑稍稍放松警惕，它们就要游出来啃啮生命的意志。

　　是不是这样，当我们在某个时刻改变生命气场和天体轨迹的对称关系时，就会有许多天机和生存的软肋暴露出来？

　　有时我会这样想，那个谁都无法在体验后又能说出来的死亡的感觉，说不定有点类似白昼的睡眠。对于我们在清醒时发生的一切，它们都有另一种特殊的感受生命的角度。差别主要在于，死亡会带着所有的发现永久地沉入两片眼睑合拢时生成的黑暗；而白昼的睡眠是这样一种历程：我们在深水区的黑暗里看到了海面上方的蓝天，又挣脱某种可怕的引力升浮到了有阳光和氧气的水面。

　　我们重新回到白昼，并心有余悸更爱了白昼里的一切喜悦和悲伤。

2003年3月28日

向上生长的糖

　　如果饿是60年代出生的孩子童年的关键词，我们这拨孩子的关键词
则是"糖"，和我同龄的1970年出生的女作家棉棉赖以成名的长篇小说
名字就叫《糖》。我没读过这本书，不知它和糖到底有多大关系。但我
能感受到"糖"这个词对棉棉的诱惑，这是现在的小孩难以想象的。

　　在比我们大一轮的孩子从饿的阴影里挣扎出来后，糖开始在我们
的仰望中闪烁其词。它们隐身在大人神秘的口袋、上了锁的抽屉的一
角，因珍藏过久而变得潮湿黏滑，只在喜庆和大人出差归来时偶露峥
嵘。那时糖的品种也少得可怜，除了水果糖和花生糖，就只有驱蛔虫
用的宝塔糖（不过称它为"药"也许更准确），剩下的是民间流行的
冰糖、麦芽糖，产妇才能吃到的红砂糖。它们和我们的嘴巴总是隔着
一行口水的距离。

　　我总是盼着跟大人去年轻阿姨的单人宿舍作客，因为她们最擅长
的游戏便是从抽屉里的花手帕里变出两三颗水果糖，在到达我的嘴巴
之前要在她的手掌里暂停片刻，直到我犹豫着喊出阿姨好。对糖的观
察使我记住了轻握着它的手掌：光泽丰润并布满好看的红晕。这个印
象影响到了许多年后我对女性的选择。挑着麦芽糖换牙膏皮的小贩是
我们又盼望又痛恨的人，他们用小锤敲打割刀的脆响魔法一般收走了
我家里的旧雨靴、破脸盆和尚未挤尽的牙膏，而他们用吓唬蚊子般的

力气敲割下的一丁点儿糖块似乎比黄金还贵，它非但没有缓解我对糖的饥饿感，反倒把饥饿养得又肥又壮。外婆是世上最疼我的人，这是在她将一块藏在餐橱里的冰糖偷偷塞到我嘴里时形成的判断。比我大五岁的表姐迄今仍对一个黑镜头耿耿于怀：我像海狮顶球一样含着一块快要超出口腔容量的冰糖从厨房表情诡秘地出来，又要留意地面又怕融化的糖汁从嘴角溢出，模样因此滑稽至极。

更多的时候，我们连糖的影子也看不到，不知道当时全国糖的产量有多少，反正那时吃到糖不比现在有些人获得白粉容易多少，而上瘾的程度也许是接近的。由于有几年在乡下生活的经历，我有机会沿着植物的根茎寻找到糖的源头。

偷瓜、偷桃、偷枣、偷甘蔗一度成了儿童文学的流行元素。在外婆的老家，还有两种能提供糖的植物。我对田埂的亲切感也许就源自一个暖洋洋的记忆：我们趴在秋日（也许是冬天）铺满柔草的田埂上，像排雷兵那样匍匐前进，寻找一种根部小拇指大小、状如萝卜的植物（没有人知道它的学名）。它们有绿条纹的叶片摇曳在地表的微风中，我们即使隔着一米也能一眼把它们从别的植物中区分出来，然后掏出削笔刀小心地挖出根部，皮是黑褐色的，肉却饱满白嫩，咬起来又甜又脆。这是躲在地底的糖。天空中的糖也逃不过我们的舌头，它悬挂在冬日枞树细如针丝的发梢，状如露珠，色如松脂，不知道是枞枝的分泌物，还是蜜蜂或其他昆虫的粪便，扯下来放到唇边一抹，比糖还甜，只是有些枞枝的青涩味，麻舌头。

十岁左右时，我开始自己种植糖。一开始是西瓜，但瓜秧不容易伺候，由于裸露在平地上，还常被人连根拔掉。后来又改种桃，春季的雨天到人家桃树下的腐土中去找发了芽的桃核，呵护备至地移植到自家屋后，每天浇水，却不怎么见长。后来有人告诉我，要想吃到这棵树上长出的桃，起码得熬到小学毕业了。

　　读三年级时我终于找到了快速到达糖的路径——芦秫。芦秫可能是高粱在江南的变种，形似甘蔗，食秆不食穗，含糖量比甘蔗略低，成长快，易于种植，一般种在菜园里作甘蔗的替代品，穗还可以扎成扫把。当时我跟我妈住在一所农村中学里。不知从哪儿弄到了一株芦秫苗，我把它栽在了学校南边的水塘边，准确地说，是栽在离水面不到20厘米的塘坝上。我这样做是有科学的考虑的：一是浇水方便；二是塘坝比较陡，又是松软的黄泥质地，不会有人冒着落水的危险来破坏我这项秘密且甜蜜的事业。我的日子从那天开始有了奔头，从一茎小苗出发，从春天出发，向秋天和糖奔去。我每天要去塘边三次，斜着身子下到水边，用合拢的手掌作瓢为芦秫浇水。时间一长，塘坝上留下了一串歪斜的脚窝，像少林武僧在练功房和马克思在大英图书馆留下的一样。

　　我的芦秫在5月的清风里迎风生长，叶片嫩绿肥大而轻盈，在阳光下焕发着所有新生事物特有的光彩。在它长到和我齐腰高时，它几乎占据了我的全部生活。我忽然有些无法面对它就要长成的局面——我真舍得把它吃掉吗？几个月的期待使期待比结果显得更重要了，我不知道如果不给它浇水了我今后还能干什么；我更担心的是别人发现我的秘密窃取丰收果实——它已经长大成漂亮姑娘了，想藏都藏不住。我越来越多地出现在塘边，浇水，或坐在塘对面看它在阳光下舞蹈。有时晚上也要过来看看，看不清没关系，我能闻到它有别于杂草的清新气息，这种气息能让我在一个个初夏的夜晚无比沉醉。

　　最后一次给芦秫浇水是一个星期天。我像往常一样斜身下到水边，右脚往下探，左脚蹲在上边稳定重心。塘坝的斜坡有一米多长，由于前一天下过雨，我过去踩出的那些脚窝变得很滑，当我俯身下去捧水时，右脚滑出了脚窝，而水边的松土根本承受不起我的体重，我猛然失去了重心。大脑空白了一秒钟后，我看到了头顶的一个旋涡，水涡的上方是蔚蓝的天，它旋转着急速地飞升而去。那时我不会水，只是本能地划动着双臂以延缓下沉的速度。我的双臂给救我的人赢得了时间，她们是几个在对面洗衣服的女中学生。对此件事的记忆到我妈出现为止，她又庆幸又气愤的样子使我的身子比刚从水里捞上来时抖得还厉害。此后的事我记不清了，反正我没吃到那根凝聚了我无数心血的芦秋。这是我和自己种的糖距离最近的一次，也是迄今和死亡距离最近的一次。

后来我渐渐长大了，在这个过程中，糖也一天天多了起来：奶糖、巧克力和各种更好吃的糖都出现了，品种比我们的想象力还丰富。倒是用麦芽糖骗小孩的小贩很少见了，芦秋更是从我故乡的土地上绝迹了——它作为糖的载体的作用在这个时代实在是微不足道。渐渐衰退的，还有我们对糖不屈不挠的欲望，相反，我们对糖尿病之类和糖有关的名词充满了恐惧。

现在的小孩童年的关键词肯定不是糖了。那么是肯德基？电玩？我说不出来。因为我的童年在零食和玩具匮乏的70年代，我只是一个在对糖的仰望中艰难长大的孩子。

2002年8月8日

县城小学飘来的歌

多

我对学校最深刻的记忆不是它的建筑而是它的气味。大学、中学和小学的气味是完全不同的。县城五一小学对我而言是一种混合着橡皮和小孩汗臭的气味。它带给我的第一感受是恐惧。那时幼儿园也在小学里，从读幼儿园开始，我一直想逃出这种气味的控制。可是没办法，我不能每天都跟外公说学校今天放假。我背着小书包和小板凳磨磨蹭蹭地走在还没有铺水泥的街道上，去学校做那种气味的俘虏。

校园也有其他的气味，比方说枫杨树浓厚的青气，一团一团的绿云似的笼罩在头顶，在阳光曝晒的夏天它的味道浓得像流质一般在空气里蠕动。不过以我当时的身高，它离我的鼻子太远了些，丝毫不能冲淡教室的味道。我利用每个课间去捡拾枫杨树绿苍蝇般的果实，用它做弹药和同学开战，将一粒一粒的青气砸进同伴鲜嫩的毛孔。被踩出体液的甲壳虫的气味也不时地从某个角落冒出来，有些很臭，有些像杧果的气味，有的气味我则在成年后从巧克力里闻到过。它们星星点点散布在教室的四周，把我的嗅觉培训得比警犬还灵。

新书的油墨香是我喜欢的。上课的时候我很少用眼睛看书，我使用鼻子读书，把脸埋在书页里像獾那样翕动鼻翼上的肌肉。等油墨被吸干了，我就对书本失去了仅有的一点兴趣。这时我的成绩明显地下降，橡皮和一群儿童的汗臭味又席卷而来。

<h1 style="text-align:center">来</h1>

虽然电铃的寓意有上课和下课两种，当我的回忆游回小学时，常常被骤然响起的电铃惊得像眼镜蛇那样抬起警觉的头。

读一年级时，我处于永远无法把握时间的状态，对时间的感觉比日出而作、日落而息的农民还粗放，我依据太阳的高度掌握上学的速度，因此不免出现差错。我常在走到学校围墙外时发现本该喧闹的校园空旷得弥漫着不祥之气，然后我听到了一浪一浪的诵读声从大海深处涌来。更多的时候是快跑到教室门口，铃声却等不及地止住了，把我搁浅在老师和全班人的注视中。有一次和一个比我高一级的玩伴一起上学，他是外公厂里一个搬运工的儿子，后来成为县城里最有名的罗汉之一。他说服我用自己的零花钱在听到第一遍电铃时还买了两根冰棒，结果赶到教室门口时，他的冰棒全下了肚，我的那根只吃了三分之一。我被老师的喝止钉在门口，右手却固执地背在身后滴着水。老师终于发现了秘密，揪出我的冰棒砸在地上。他愤怒的眼神强化了我对电铃的印象。

从小学到中学到大学，对电铃的惊惧随着我把握时间能力的增强而减弱，然而在梦境里（白天坐过有电铃的地铁或经过某小学），我还会不时地被小学的电铃击中。成年后我多次遇见那个骗我买冰棒的玩伴，第一次他刚从监狱出来，对我笑得讪讪的；第二次见他戴着耳环和一个妖艳女子占着半边大街打羽毛球。我想他对电铃的记忆和我是不一样的。用带电的小锤拼命敲打自身以使它战栗地尖叫的电铃，并不是对所有人都有效的。

米

我不能有效地掌控自己的身体，不时地在课间奔跑时出洋相。一条沟，我以为可以飞跨过去，事实却不是这样，突然就坠向深渊，就像要死去那样。我眼冒金星坐在地上，疼得几分钟无法动弹，在腿部神经恢复知觉的过程中，我的失败成了一幅画挂在同学面前。这其实只是我的错觉，所有人都在飞奔和摔跤，谁也不会注意一个小孩的跌倒，然而我脸上红旗和白旗轮番翻转，以为自己成了全世界的中心。

叫操、领唱、在大会上代表班级发言、被老师用右手抚摩脸蛋……这样的好事永远和我无关，每个班都有一对金童玉女包揽这些事。他们要么是教工子女，要么长得像宣传画里托着白鸽的祖国花朵。他们成为红花之后，其他同学就全成了绿叶——沉默的大多数。红花越来越红时，绿叶就越来越沉默。我们班的史丹就是这样的明星，我认识她后，对朗诵、写作文、歌舞所有的东西都失去了兴趣。只是默默地画着岳飞和他的战争，我唯一的幸运是史丹同学当初没有爱好画画。

只有史丹等极个别同学不怕父母来学校探视。雨天教室窗口常会闪现一些微笑的头颅，有的挑着卖菜的担子，有的夹着的黑布伞破得像只残疾的蝙蝠。每当一个头颅出现，教室里就有一个更小的头颅惭愧地垂下，而外面的人往往对此浑然不知。一年级时，在外地工作的父母也到学校来看过我，手里拎着一袋刚出笼的热包子。由于长年不在一起，他们在窗口出现的脸上浮现着羞涩的爱意。他们搜寻我的目光把全班同学的注意力都吸引到了我脸上，把它烤得灼热通红。后来我分析，不是父母使我羞愧，父母的外表和教养在他们那拨人里是出类拔萃的，我羞愧只是因为他们使我暴露在了大家的注意之下。那时的我虚弱到了只有把自己藏在一大群绿叶里才感到安全。

成年之后，在中小学里给我这类学生带来压抑的红花们，至少有一半让人大失所望，这使我想起了"笑到最后笑得最好"之类的俗语。然而我也知道，最后的笑其实并不能抹平最初的伤痕。

发

二、三、四年级是在乡下读的，我寄情山水，把养八哥养狗当成主业，数学最低考到了27分。学校按规定要求我留级，父母只好把我送回县城的五一小学。五（四）班热情地收留了我。语文和数学老师的年龄只略比我父母小几岁。语文老师是男的却性情温和，只是老将我姓名里的"范"念成很女性化的"樊"，令我对自己的姓感到自卑（在我当时的见识中只有樊梨花这样的古代女子会姓这个奇怪的姓）；数学老师严厉急躁，所幸是女的，女儿又在我们班上，所以更像是全班同学的母亲。在这个班上我第一次尝到挨表扬的滋味。

《记一次劳动》是我们常写的作文题，那次我也用上了"牛毛细雨"等时髦词汇，并且把班上块头最大力气最大的孔军同学拉板车的样子比喻成了一头默默奉献的大水牛。语文老师为此当着全班同学的面把我叫到讲台前享受了当面批改作文的待遇。走回座位的过程我感到腿是晃动的，我还没找到被人羡慕时该使用的走路姿势。数学老师也一样，每次考试有进步，都通报表扬一次。她每念一次我的名字，我的数学就要增加几分。结果小学毕业考试，我总分接近160分，远远超过了重点中学录取线。

小学毕业的那天晚上我失眠了，半夜醒来，想着明天早上起来就要去乡下过暑假了，想着以后就不用带着中午的饭菜去五一小学补课了，想着从此就要同两位和父母一样的老师分开了，忽然很伤心，眼里含着泪在床上迷迷糊糊地翻来覆去。这是我第一次对亲人之外的人发生这样的感情，结果被子的一角滑落到地上的蚊香上。我用了好几脸盆水和半个夜晚的时间才彻底熄灭棉絮里的火星。而另一种暗火，多少年了还在心里某个昏暗的角落明明灭灭。

索

十八岁以后我常因唱歌还行在公共场所受到女生的另眼相看，没有人知道，在五一小学，我曾以为在唱歌方面自己是个哑巴。我比害怕数学还怕音乐课。

对幼儿园最主要的记忆就是音乐课。课堂在五一小学前面一间没有天花板的大教室里。老师按座位的顺序两个一对地把我们押解到黑板前合唱她刚教过的歌。两个人并排站着，双手背在身后，头被手风琴的声线拽着左右摇晃。这样的情景使我联想到电影上国民党挨个枪毙共产党地下党员。上课的过程在我心里就是等待被枪决的过程。我紧张得透不过气来。我记不住一句歌词，实际上我压根儿就没开口学过一句。当我和另一个无辜者站到黑板前时，我几乎要昏厥过去。怎么过关的我一点也不清楚，下来后发现后脑勺儿变成了白色。那时恐慌就是粉笔灰的颜色。

五年级时，我对上音乐课就是被枪决的印象得到了修正，原因是它不像在幼儿园是一门主课，老师不会让我们一一上台去测试了，我可以用滥竽充数的方式轻松混过四十五分钟。男音乐老师圆滚滚的身材和面庞赋予音乐课一点幽默的气氛，而且他还总想在那张松弛的胖脸上堆积出严肃的表情以威慑课桌下的骚乱，这使得音乐课更像一场戏剧表演了。老师板着脸眯着眼在脚踏风琴后奋力划动音乐的桨，我们像无数浪花在讲台下的海面上兀自亮晶晶地雀跃。

　　不记得在小学学过哪些歌，前几年晚上做梦，忽然唱起一首外国歌：国际纵队有个战士叫"雅拉玛"，人们都在怀念他……好像是歌颂西班牙内战时一位国际战士的，旋律有点像加拿大的《红河谷》。醒来后我想起来是那位胖音乐老师教的，我当初根本没怎么学，二十多年后却在梦中把它哼唱了出来。后来我常在对生活感到伤心时在脑子里唱这首歌，时间就会在歌声里倒流起来，仿佛我还坐在五年级的教室里做讲台下的波浪，仿佛胖老师还在假装生气地瞪着我们，仿佛窗外的树叶还在摇晃着1982年的阳光。我的头在音乐里轻轻地晃着，晃着，不小心把眼泪晃出了眼眶……

2003年7月27日

像石头一样飞

　　春天把中学围墙外的荒野刷成粉绿，又在绿油菜地竖起一片金黄，再在其中安插几个戴斗笠的农民和穿外国晚礼服的燕子，另外再安排几阵烟雾样的雨，泥土和泥土上的一切就都腆起肚子怀孕了。我蹲在中学外的水库边，研究和头发一样浓密的柳条上青春痘状的绿疙瘩，水边的草丛里好像都有了蝌蚪，如同用毛笔蘸着淡墨点染而成，刚从宣纸上滑落到水里。

　　春天把什么都弄得很有意思，就是忘了我。似乎我是油墩街的异乡人，它就可以不必对我做点什么。我穿着冬天的黑牛仔，被县城和季节遗落在油墩街中学里。

　　油墩街是挨着景湖公路建成的集镇，从空中俯瞰应该是只长蜈蚣，公路是它的脊背，两厢的房舍是参差不齐的足。之所以拥有这个油腻奇怪的地名，据说是因为早年此地有几座香飘数十里的榨油坊。中学在西南郊的一片田地中，由数排长条形的教室和一块泥面田径场构成，朝着油菜地的围墙永远龇着牙。所有的农村中学都是这样，校方在学校前方设个大门，个别学生就在学校后方的围墙开几处小门，无论怎样都堵不住，似乎这个漏洞是枯燥刻板的校园生活的必要补充。油墩街中学和其他农村中学不同的是，它是一所省重点中学，文科班一度超过县中。

以我现在的社会阅历看，和油墩街的干系是完全可以避免的。当时对师专毕业生有一刀切全部分下乡的规定，但有点门路的人还是变相留在了县城甚至市里。我父亲有个在省里某重要部门当领导的亲戚，一个用签名改变过许多人命运的人。他写了个条子给我父亲，让他去找地委一个领导。结果父亲把条子和我送到那位领导办公室后，就在这件事里彻底消失了，或者说逃跑了。领导笑眯眯询问亲戚家的近况，我说我从未去过。然后看见他的目光在眼窝里睡着了。

1991年秋天，我像一片梧桐叶从上饶向故乡飞去，掠过县城的上方，飘落在一百八十里外的油墩街。我一点也没有责怪父亲的意思，那样的年纪，流浪比做皇帝的女婿更能激发我的虚荣心。悲壮、孤独和泪水是我的日常用语。直到现在，某种偏见还残留在血液里：似乎快乐可耻，而忧郁光荣。

油墩街的冬天很配合我的偏见，人们被冬雨关在屋子里，睡觉、打牌，调情；棉花地和松树大块大块地铺展着厚重色块，田野终日游荡着潮湿的寂寞空气，一条黄泥小路蛇行其间，把我每天的散步引向远处的水库山林。我把那里想象成十二月党人的西伯利亚，把学校分给我的房间命名为"小木屋"，其实它不过是教室过道边四间小房中的一间，只有两面是木板墙。我把自己当作光荣的被流放者来尊敬，整天用收录机听钢琴曲，偶尔还画幅油画，写首关于夜晚的诗。我害怕周围人破坏了我的伟大的孤独，不与任何人为伍。隔壁及对门的三个教工，其中一个还是我的初中同学，家也在县城，我每天和他说的话不超过三句。他们三个人构成小社会，我成为孤悬大陆之外的小岛。我抱着吉他唱歌时，夜晚从大陆包抄而来。

只有学生能感受到我的光辉。不光是我教的高一学生，还有其他年级的，他们星星似的闪烁在窗外的夜色里，眼睛被我的歌声擦亮。

一个着西装的高个子男生穿过槐树筛下的光斑向我阔步走来，面孔黧黑，目光燃烧，走路时发梢震动，似乎刚从二三十年代的进步电影里走出来。他是校文学社社长，有超群的演说和组织才能，只是数学一次也考不及格。他拿着散发着墨香的作品给我看，不时还有两瓶啤酒和家里带来的腌菜焖肉。走进小木屋的各年级学生越来越多，有的带着诗文，有的带着素描，有的带着笛子和准备考师大声乐系的刚刚变声的嗓子。女生来得很少。学校里不少老师的妻子是从学生中培养出来的，我厌恶此类的猜疑发生在我身上，对女生矫枉过正地冷漠，课堂上都很少和她们互动。她们遇见我会红着脸走开，个别胆大的在周记里对我的外表和风度做夸大其词的描述，我迄今仍记得的一句是：语文老师头发很浓密，如果一只虱子爬进去肯定要迷路。

以审美的心态度过了乡间的第一个学期后，回城过年时，就听到有同年分下乡的县城同学调回城的信息。我父亲在县中做教导主任，他用教育局长敷衍群众的话严厉地告诫我：在乡下没教满两年，别谈回城的事。我像块沉重的石头，深陷在油墩街的泥泞里。

春天的乡间一切都野心勃勃，农民每天赤脚站在水田里眺望秋天，连冷血的蛇都在洞口探头探脑，伺机复出。我在孤独里有些坐不住了，开始思念城市和远方。我写过一篇《暗恋景德镇》，详细描述了我在油墩街时对这座小城市不可思议的挚爱。每隔一段时间，我就要和景德镇约会一次，去那里买书和磁带，看电影，在歌厅给自己过生日（二十二岁时），或者什么也不做，一个人徒手在街头晃荡，观摩同龄人在城市的恋爱方式。在乡下，并不是找不到爱情，但那不是我想要的方式。在油墩街，一个姑娘和你约会两次后，就要带你去见她的父母和身体强壮的哥哥。我当时心仪的姑娘是必须说普通话留披肩发的，她要漂亮，还要喜好无病呻吟，不时让泪水决堤打湿我的胸口。在城里待了许多年后发现，这样的姑娘城市里也几乎是没有的。但二十二岁时，我相信城市储藏了我未竟的梦想。

景德镇是去得最多的城市，九江、瑞昌和德兴也去过一次。德兴是暑假去的，去找师专和我不同班的一个女同学。她不算漂亮，但很成熟，一直以我姐姐自居，在校时常帮我洗被褥，毕业后留在县中。那时我很少跟没有爱情前景的女孩交往。那年夏天，我顶着烈日，乘客车去德兴游逛，没有目的，就连暧昧的期许都没有。德兴两日，我跟着她在白晃晃（阳光和迷惘混合出的印象）的大街上走来走去，梦游一般。两天里到底去过哪里，见过谁，说过什么话，现在一点印象也没有，钱花光了就坐车回来了。我只是很少去县城，每次回去，都有已调回城的人小心翼翼地问我：还在乡下没调回来吗？那种以善意的名义表现出来的小心刻意得接近炫耀。

更多的时候，我骑着自行车在乡下漫无目的地四处乱窜。自行车是县城一位高中女同学送给我的，她结婚前夕，还托一个生人给我捎来一只沉甸甸的铜打火机（不知有何寓意）。打火机没几天就被熟人半开玩笑地抢走了，那辆旧26自行车成了我形影不离的马。许多黄昏，我骑着它沿景湖公路黑亮的柏油路面狂奔，下坡时还猛踩踏板，车子快得要贴着路面飞起来。一面骑一面用美声方法高唱：我的歌声穿过黑夜向你轻轻飞去，在那幽静的小树林里爱人我等待着你……《茶花女》里的饮酒歌也是常吼的曲目：请大家斟满酒让我举杯，杯中美酒使人心醉……青春好像一只小鸟，飞去不再飞回……路边的行人笑嘻嘻地看着。我像一架携满泪水的低空轰炸机从村庄的阴影中呼啸而过。

现在回想起来，我自己都有些不明白了，一段普通的乡村生活为何能掀起那样绝望的情绪？还动不动就把凡·高和尼采硬拉过来做隔世兄弟，似乎自己的痛苦也是壮美而崇高的。后来到了城市，情形非但没有改观，忧伤和疯狂比在乡下更有过之。或许，二十岁本身就是一种在自虐中寻求悲剧美的年龄？

鸦鹊湖农场离油墩街十数里，濒临鄱阳湖，有大片肥沃的水田，是我们省重要的商品粮基地之一。我童年认识的一个朋友在那里的中学教书，有十多年没联系过。我忽然想起了他。一条三四米宽的铺满粗粝黄沙的机耕道，镶满无数水做的大小镜子，拖拉机和小四轮驶过，溅起的泥水能把人拍倒。好在路是平直的，像木匠的墨线，梆的一声弹在鄱阳湖平原绿油油的腹部。沿途的村庄是墨线的结，大概三四里才有一个，比其他地区要稀疏。几十年前，这里连炊烟都望不见，居民大多是农业移民，一个火热时代的遗迹。我参照炊烟骑行，两个小时能望见鸦鹊湖中学褪了色的红旗。在农村，高挂着红旗的简陋院落一定是学校，全国都差不多。

中学所在地只是鸦鹊湖农场的一个分场，离总部还有几里路。朋友师范毕业后被分到这里。师范生能调进城的概率比师专生要低十倍，虽然几乎每个青年都做过城市梦，大多数人还是像种子一样，撒到哪里，就在哪里生根发芽。他只比我大三岁，脸上已有在婚姻中沉溺过久的痕迹。妻子是就地取材找的，女儿也有好几岁。学校分给他一套两居室的房子，还有一小块菜地。他是初三数学把关教师，毕业短短几年时间，已完成了一生的主要内容，剩下的时间用于重复自己。他爱好吹笛子和多愁善感，在虚拟的"姑苏行"中回味提前散场的青春。这是我后来不断从油墩街赶往鸦鹊湖过周末的原因。我当年交朋友的一个基本原则就是：对待现实即便是妥协，也要一步三回头，用痛苦折射出良好的生命质地。

每次去都要喝几盅谷酒，在月光漂白的小路上散步聊天。刚毕业时有个邻县的师范女同学跟着他到鸦中待了差不多一年。她父母是反对的，同学也大多反对，她内心里的另一个自己也是反对的，只是爱情命令她背井离乡。但爱情很快被乡村的暮色稀释了，争吵了近百次后，水珠最终被火蒸发。她走的时候一句话也没留。数年后朋友了解到她回家乡后的婚姻，并不比在这边更幸福，这更加重了他心里的病痛。

我一般到深夜才从鸦鹊湖往油墩街赶，虽然等待我的只是一座空无一人的破屋子，我回归的急迫却有如内脏要回到温热的胸腔。冬天常遇上雨夹雪，天黑得看不清路面，我把头缩在皮夹克里，一路呐喊着疯骑，不管前面是水洼还是断沟，只要不摔死就行。回到房间，我在镜子里看见的是个脸部肌肉扭曲的泥人。

吴剑权是我二十多岁时交往最密切的朋友，我从十八岁起就叫他"老吴"。老吴个子不高，走路如同接受检阅，挺胸收腹迈阔步，散步时我常跟不上他前进的步伐。他大脑里存储着我青春期全部的秘密。1990年至1993年，他在凰岗农中重复着我在油墩街的命运。他父亲是县检察院的离休老干部，骨头比铁还硬，一辈子不向任何人低头，也包括子女。这导致老吴滞留乡下的时间比我还长两年。凰岗离油墩街近两百里，他是唯一专程来看望过我的男同学（另两个是女生，不过她们的到来和探监差不多，只是让我在顾影自怜里陷得更深了，暂且不提她们。）。我不仅在木屋和街头小酒馆里接待他，还在教室里接待他。上语文自习课时，我把他也请上讲台，说他是从远方来的流浪歌手，让他用比我更严重的美声演唱《三套车》，把语文课演变成音乐课。他的另一个特长朗诵也被我当作礼物送给学生。他只朗诵爱情诗，至高潮处会踮起左脚尖，看上去要把自己发射到太空，结果差点把整个教室送上云端。学生们像熟悉我那样熟悉他。他比我更热烈奔放，也更具有乐理和书法方面的天赋，学电脑不用看教材，对爱情也比我投入，拥抱女孩时会放声大哭。许多年里，他是我的另一个侧面。他的到来给了我短暂的快乐。我不提倡快乐，但和老吴在一起，我十分快乐。

农忙假是我在油墩街时拥有过的最奇特的假日，春秋两季各一次，每次六至十天。供老师和学生回家帮农。我把它用来漫游。1992年5月的农忙假，我去凰岗对老吴进行回访。乘车到景德镇，再在那里转乘三轮车。从景德镇到凰岗是几十里山路，超载的三轮车时有车毁人亡的事故发生。我蓬头垢面到达凰岗时，感觉命是从山沟里捡来的。凰岗风景比油墩街更好，有近千米的高山，从景德镇流来的昌江在山脚画了个圈，继续向县城方向徜徉而去，为两岸安排无数好景致。我到的时候正是乡间最美的时节，天空被风打扫得连云彩都看不见，山野从嫩绿向碧绿过渡。水田里的秧苗腰肢柔韧地起舞，露出鹭鸶雪白的颈项，它们踮着脚在水田里走来走去，人稍稍靠近，就展开翅膀飘飞起来。山上断断续续有布谷鸟的鸣叫，它停顿时，时间也跟着停顿，5月里各种美好的气味从水田、灌木和湿土等事物中升腾起来。

这是我第一次到凰岗，不知道中学在哪里，就沿着一条黄泥大路往镇上走，路边一栋两层小洋楼传来熟悉的歌声。我笑着出现在楼房的门口，看见老吴正坐在厅堂里弹吉他。他在帮外出旅行的姐姐一家看房子。那个假期，我和老吴天天住在小洋楼里，一人一个房间。早晨被布谷鸟吵醒才起床，老吴已经做好了我爱吃的青椒炒肉，我们喝着啤酒抽着烟，讨论往事和将来。晚上去凰岗古镇上看姑娘。那时外出打工的人还不多，我们坐在电站的大坝上吹风，看见漂亮些的姑娘就大声唱歌，姑娘们害怕地笑着，以为我们是街上的混混。

老吴在农中的宿舍潮气很重，室内的地上都绣着青苔。在这间房子里，他点火烧掉过一把吉他，琴是留在市里的一位女同学送的。他的一些本地同事，不知出于何种目的，写匿名信给校长诬告他和学生谈恋爱。几年后老吴说，他在凰岗忍受的，不仅仅是孤独。

刚到油墩街时，同事和校长对我还是很有期待的，因为我父亲是县里唯一的中学特级教师，是正派、严谨和学识的代名词，而且有人知道我发表过一些文章（在县里会写是人才的标志）。我刚分过来时，校长要在升旗仪式上讲一番关于国旗的话，把写讲话稿的任务交给我。结果我用力过猛弄成了一篇风格欧化的散文诗。胖校长在晨会上宣讲升旗的意义时，我只从他的方言里找到了两句属于我的创作。此后他再不叫我写讲话稿了。

1992年秋天，我又教了一个新的高一班（其他老师都跟班升级教了高二）。在一堂语文课上，我一时冲动扬言要带学生去干涸的水库里开篝火晚会。班主任不同意我的做法，理由一是怕出事，二是篝火和农村烧草木灰的火土没有多大区别。我没理会他，决意带着被我的承诺烧得头发晕的学生们在校规之外飞了一次。多年后那个夜晚被我用回忆发酵成一篇深情的小说。许多学生被篝火烤得掉了泪，说这辈子从没这么浪漫过。结果我在学生心里给自己加了10分，在同事眼里给自己减了20分。次年春天，我再次擅自带学生去鄱阳湖边的草洲徒步旅行，在齐腰高的青草丛中赛跑，花了半个月的工资请所有人吃面条。后来看在草洲上拍的照片，很像MTV中的场景，美，但暗藏忧伤。

台湾的"小虎队"毒害了我的一些学生，他们要组建一支"爬山虎"乐队。除了我，没有任何成年人支持他们这个没实际意义的理想。我不仅声援他们，还捐了一个月的工资买音箱。我带他们去县城采购设备。他们在农民家排练时，我叉着腰，一知半解地给他们的霹雳舞编舞。我参加了他们的第一场也是最后一场演出。在油墩街影剧院，我抱着吉他，以北方青年诗人协会（我参加的一个莫名其妙的诗人组织）会员的身份唱了两首歌。为了捕获这个乐队的全部成员，学校提前关了铁门。我和爬山虎们攀铁门跳入校内时，被校领导们照青蛙一样一一擒获。校长的手电停在我脸上时，比我还难为情地说：怎么你也参加了?!他是我父亲在教育学院的同学，我分到油墩街中学而不是其他农村中学和这层关系有关，他的脸红也许也和这层关系有关。

1993年春天过完以后，我觉得一切都气数已尽：乡间的美、孤独、我在孤独中对自身的美化和圣化……两年快满，县城似乎比刚下乡时离我更远了。湖北黄冈一家新开的酒店招聘文员，一个我从不知道的城市，一个我从不想做的陌生职业，我在刊物上看到启事，想也没想就把资料寄了过去。这个举动只是让我在幻觉里愉快地滑翔了很短一段时间，结果重又跌落在油墩街的土地上。我开始每天喝酒，喝高了就骑着自行车没命地狂飙。5月底，一个刚去深圳打了半年工的同事写信给我，向我描绘深圳晴朗的玻璃幕墙和时髦开放的姑娘。他说：你来吧，这个城市更适合你这样的人。

我以为他的邀请就是深圳的邀请。我把自行车和其他许多东西都送了人，6月的一个清晨，背着牛仔包踏上了校门口的机耕道。连续的雨水把路面洗白，潮湿的阳光下，沙子像无数散落的水晶，我踩在上面，感觉脚步从未那么强劲。虽然两个月后的事实表明，深圳也不过是我日后数年漫游生活的一个短暂的驿站，但是那个二十三岁的初夏之晨，它像雨后的阳光那样让我的视线一阵阵地发热。走上景湖公路后，我都不敢回头看油墩街中学一眼，我怕刚刚被抛在身后的六百多个日夜会骤然从眼眶里重新奔涌而出。

2005年4月5日

夜晚的路

　　一条在夜幕下冷冷地延伸的铁轨会增加夜晚在我心中的长度，哪怕是从上饶到鹰潭那段短短的钢轨。我二十岁左右对夜晚的旅行有着艺术病患者才有的过敏，既向往着上路又容易被夜雾一般弥漫的伤感所包裹。1988年还是1989年，我从大学所在的上饶坐火车到南昌，半夜火车暂停鹰潭。那是我第一次看见这个其实一点也不遥远的城市，我只记住了站台上昏昏沉沉的灯光，以及网状交叉的铁轨们在月光下裸露的冷漠表情。这些让我感到了远在异乡的孤寂，它的浓度使我的呼吸在污浊的车厢里一阵比一阵艰难。

　　然而也正是这种压迫感让我对夜晚的远行最终上瘾。那毕竟是一个尊敬流浪诗人而蔑视主流生活的年代。一个从小晕车的人，也因此磨炼成轮子上的骑士。当然，夜晚的道路不一定都是公路和铁轨，有时是白茫茫的一道水痕。

　　二十三岁的夏天，我从鄱阳出发，经南昌去深圳。那时鄱阳湖上还没有快艇，我乘坐的夜班客轮安装着卧铺，因为它要在复杂的水道上折腾一夜。那种一行行排列的铺位潮湿而逼仄，空气里浮动着鱼腥、烟雾、困倦的气息和一张张蜡黄无神却相互戒备的脸。大多时间，我站在船头的甲板上倚栏吹风，那种造型很能营造壮怀激烈的感觉，它暂时压制了舱内的倦旅氛围，让我相信水的尽头有光辉的前程。整晚我只有很少的睡眠，下半夜舱内响起一片令人有安全感的鼾声，我躲在壁灯比蜡烛还虚弱的橙色光晕里翻一本名叫《河边的错误》的小说集，让矛盾的情绪在晦涩的书页间达成妥协（现在它的作者已如日中天了）。不久我听到了模糊的涛声。那是船在水上赶路，又似乎是浪花在船底奔跑。

后来我在夜晚出门的经历越来越多，尤其是1998年元月加盟南昌的《涉世之初》后，因为组稿和采访的需要，我几乎跑遍了全国的各大城市和地区。也是一个人，通常也是晚上出发，但我对道路的过敏已大大缓解。也有过难眠的深夜，我坐在卧铺车厢铺着红地毯的过道上，打开窗纱看沿途沉睡的村庄和半睡的城镇，或者公路上一辆睁着眼子然浮游的夜行货车。夜光下的这些事物虽然会让我意识到自己的漂流状态，但我已没了能让喉头发紧的漂流感。可能是阅历使人变得平和，也可能是旅行的非流浪性质以及日益上升的舒适性掩饰了我的多思气质。只是有一次——

大概是2000年春天的一个午夜，我从成都坐大巴赶往重庆。最初车上只有我一名乘客，在陌生多山的成渝高速公路上，我再次体味到了夜路上的孤立无援。我搞不清车上为何没有其他旅伴，也听不懂开车的两个壮汉的窃窃私语中有没有夹杂什么阴谋，甚至对车子是否真的会到重庆都没有把握。一路上十分怀念南昌宁静的灯火，并不断打开手机和朋友通话，用按键时产生的绿光化解黑暗。直到半路又上来几名女乘客，直到路两侧的灯火逐渐繁密，我才感受到身后豪华靠椅的柔软。

我对夜晚的路重新产生激动是在2000年下半年，只是这种激情的流向与温度都与昔日相反。女儿出生后，一开始住在鄱阳的父母家里，一年以来，我差不多每个周末都要回去看她。为了抢时间，也常坐夜班汽车。晚7点开，12点多到，途经四五个县市和数不清的稻田河汊。在夜晚的归乡之路上，我心里盛满了蜜，车子稍一摇晃，就会从眼角溅出来，感染一路的风景。月光下的甘蔗林、稻茬、河流、荒山，村舍、一两声犬吠、蛙鸣、沙子路上一只野鸟的惊飞，一切都令我心醉。我并不和邻座说话，让脸在半开的窗边被山野的风抚摸，湿润并略含草腥味的气息经呼吸道沁入肌体，滋润得心跳一阵比一阵强劲。这些夜间的静物、声响、气息，和绳索一样甩开的水泥路、柏油路及沙子路黏合在一起，共同组成了我有史以来最有奔头的一段生活。

不需要急急地返乡的现在，我对一个人出门已提不起兴趣，能不去就尽量避开，因此对道路的想象也趋向贫乏。我不知这是标志着心理上的成熟，还是某种衰退的开始。我曾走过的那些夜晚的道路，安睡在漆黑的田畴上，安睡在那些远逝的岁月里，有时也会不经意间在少眠的黉夜醒来，使我倍感台灯的亲切，对熟睡的家人满怀爱意。或许，它们已以生物的方式潜伏到我的体内，延续孤独、不安、倦怠、甜蜜等各种路上的况味对一个不再远行的行者给予无尽的馈赠。

2001年10月22日

虚构一张床

如果我要刻意安慰自己，就跟失眠者比睡眠。

这话透着底气，也略有些心虚，好像我是睡眠大师似的，好像我是我弟弟似的。

我弟弟当然也不是睡眠大师，我甚至不了解他每天的睡眠到底是不是貌似坚固的豆腐渣工程，我从没问过他。他弧线动人的脸型和光泽喜人的肤色应该就是答案，如果这些证据都会骗人，这世界的表里不一就太令人担忧了。

弟弟还有一项让我望尘莫及的本领，他的睡意像天使般无邪，即便在魔兽管辖的地带，也会安然降落。

那些在火车、公交车上酣然熟睡的面孔，不说是猛兽群里突然探出头来的梅花鹿，也像是岩石堆里开出的鲜花，令人意外，担心又感动。

我弟弟就有这本领，不管身边的岩石多拥挤多锋利多冰冷，他都能在它们的环伺之中安然小睡。有些时刻我也在旁边，困倦已把眼皮变成了两片沉重的破轮胎，但它们就是无法把我的思维关闭其中。

我比弟弟大四岁，不过在睡眠的本领上，同弟弟侧靠在火车靠椅上酣睡的红润脸庞相比，我至少要落后一二十年。

我不怎么可能在公共交通工具上入睡，和陌生人同居一室，也会遇上困难，总觉得那影子会拦在通往睡眠的路上。

睡眠的本质是放松。放松神经，放松血管，放松肌肉，只有把身体的硬组织、软组织所构成的零部件全部放松，才能达到休息和恢复的目的。

放松的过程是舒服的，甜的，后果则可能是苦的，危险的。

野生食草动物基本都是站着睡觉的，斑马、驴、鹿、长颈鹿等，猛兽和家养的牛羊则习惯于躺着睡觉。

基本可以肯定，前者的睡眠质量不如后者。它们一生也不敢贴着地面踏踏实实放松一次。据说马群在特别安全的地带也会让少数马匹享受一下躺姿睡眠。只是这待遇不知通过什么方式分配到个体身上呢？是轮流？还是关照赢弱者？或者像人类的某些族群那样让某些马享受特权？

站着睡和躺着睡的差异也映照着人的差异。

特别自信和被保护感强的人睡眠时会特别放松，处于弱势、安全感不强的人容易发生睡眠障碍。

身边有陌生人就睡不好，在乱世提防的是他人，怕人谋财害命。正常情况下提防的是自己，怕睡姿、呼噜、梦话破坏形象。

外公常从《水浒传》和民间传说里找灵感，给我编强人潜入屋内行窃的故事，这导致我小时候每次睡觉前都要检查床底是否躲了蒙面人。他因此收获了不少恶作剧般的快乐。

我不愿和他人同宿一室，提防的正是自己。谁的形象经得住睡眠时的无限放松和敞开呢？

结婚前还因此遭到女朋友的误解与谴责：你跟我好却从不想陪我过夜，你不爱我！

中年之后，我仍会因需与他人合住谢绝一些笔会。别人的呼噜和自己辗转反侧时的响动都会把我拦在睡梦的门口。

这些足以表明，我和睡眠的关系只是过得去，离铁和亲密距离尚远。

我年轻时皮肤就不好，黄且有暗斑，这显然不是睡眠高手应有的表现。我只敢和那些经常睁眼到天亮的人比睡眠。

他们在自家卧室心里也像揣了许多小松鼠，必须服安眠片麻醉它们。

一开始我以为失眠的都是老年人，40岁之后发现身边很多同龄人都有这毛病，每次见面就围在一起交流对付小松鼠的新办法。

有一次看资料，发现中国成年人失眠发生率已达38.2%，其中老年人失眠症人数高达60%。

这时我就觉得，至少在睡眠的能力上，我还没出现衰老的迹象。正常情况下，我入睡的速度、深度和20岁时几乎没有差别。几分钟内就能入睡，一般也不会被夜尿中断，也基本不做噩梦。早晨醒来就像冲饱了电的手机，目光带电脚下生风。

这表明我的身体状况是不错的，也似乎能证明，我每晚睡前的精神按摩起到了安眠的作用。

这点我从未和任何人交流过，许多年来，晚上关灯后我都会在脑子里虚构另一张床，然后乘着它远离现实时空。

依据心情的不同，它被安置到诸多不同场景当中。

有段时间我爱虚构在亲人的聊天声中入睡的场景。

外公、外婆、父母和他们的朋友在床前围坐闲话。聊国家大事，家长里短，聊天气，聊某家主妇炒菜的手艺好，哪家的男人昨晚又打了女人。时节一般是冬天，烤火盆里坐着搪瓷缸，酒糟在搪瓷缸里噗噗冒着香气，他们的话题也像缥缈的热气，散漫且缓慢地散发，时而浓时而淡，最后把他们的身影和我的意识都弄模糊了。

这样的场景在童年不时发生。那时我被鬼故事折磨得心力交瘁，惧怕夜晚，更惧怕一个人走向黑暗。亲人的声音成为屏障，把我和鬼魅世界远远地隔开。

外公外婆逝去多年了，我现在怕的不是鬼魂而是活人，惧怕人性中一遇上合适土壤就茁壮生长的恶。我只有在虚构中才能重返那样的夜晚。他们的影子斜映在墙壁上，像是头顶上多了一层屋顶。一想起那场景神经就松弛下来，像紧绷了一天的橡皮筋，忽然失去张力回缩跌落在地。

有段时间我把床安放在一艘古代的木战船的内舱里，风雨不侵，船舱门口还安装了厚厚的棉门帘，寒风也透不进来。门边还有人把守，不用担心熟睡时遭行刺。大船顺着江水低速夜航，漆黑的江面白雪飞舞，室内炭火不灭，温暖如春。

我静卧木榻细听遥远的风噪和水波与船底温柔的摩擦声。

有时也把床安放在军帐的里间，外间是升帐议论事的地方，火烛噼啪燃响，凸显着夜晚的寂静。值班的校尉睁着眼枕戈待旦。地毯把草地上的湿气和臭虫隔开，军帐外还有重重帐篷众星捧月般地拱卫。锯齿形远山之上的夜空高冷漆黑，一轮弯月寒冷如马刀。

就像窗外的风雨能让人倍感被窝的温暖一样，这种虎口边的和平让我特别安心。

近两年，睡前去得最多的地方是一个远离城郭和现代社会的村寨，我无法确切描摹它的样子，因为它压根就没有确切过，我每去一次都要修缮一些细节。

最初在一座湖区孤岛上，和最近的村落也隔着几十里水面。我和数十户彼此友善的朋友一起在岛上筑寨隐居，平素以捕鱼、耕作为生，闲时读书习武，每季度派人外出置办无法自给自足的生活用品。

后来一想，岛对于湖来说是个太显性的存在，中国也没那么大的淡水湖，足以让人的视线忽略一个岛的存在，便将村寨挪到了某座大山中的一块大盆地。田地整饬，溪河清澈。宜农宜居。屋舍集中的区域以石墙围拢，防止土匪侵扰。

最重要的是，连接山下世界和盆地的是隐秘的一线天通道，一夫当关万夫莫开的那种，这才是盆地最重要的安全保障，山外人一般不知这个通道，即便发现，每日派五人在此值守就足以保证其他人高枕无忧。

这村寨的诞生，陶渊明的《桃花源记》和黑泽明的《七武士》都有所贡献。

每天晚上，我一点点修改丰富村寨的细节。有时把石墙改成木栅栏，有时把一线天改为天然隧道，有时让屋舍按徽派建筑格局摆布，中间设祠堂作为公共活动场所，有时又把全体居民安置进三座互为犄角的围屋中，之间暗设地道以备不时之需。

那近百户村民，我也一户一户加以想象落实，人丁部分来自现实朋友圈，部分来自嫁接和想象。这工程繁复而细致，是重点中的重点，实施多年仍进展缓慢，因我现实中可信赖的朋友从未超过二十人，每当我从山脚徒步穿过一线天，过桃林、水田、旱地，刚到石寨前，瞌睡虫就压倒了眼皮……一切只好留待明天。

这未完工的部分，也成了每天睡前最迷人的欠债，欠得越多，心里就越踏实。想还，但一点不着急，充分享受准备还债却一直没还净的快乐，还了这笔又欠那笔。像写长篇时每天收工时给第二天留的活扣，更像某些做生意的人，最慌的是手头没欠银行的钱，欠的钱越多，生意和人身安全就都越有保障。

以上是我能记起的若干场景中的几个，也是我能找到感恩对象的部分。许多年来，我给自己虚构过各种各样的床，它们像渡船一样把我载入夜色中最安宁最甜蜜的部分，然后自动隐退不见踪影。

它们填补了我性格的窟窿，让一个睡眠天赋并不很好的人拥有了富足结实的睡眠。

天赋不好，除了对环境过于考究之外，还有个例证，即便在自家卧室里，以上虚构仍有失效的时候。

如果第二天需修改生物钟起早去开会或赶火车，我也会沦为睡眠的弃儿。如遇上了特别喜剧或特别悲剧的事，我也像把一群小松鼠揣在了心里。我只有和它们比耐力，等它们累瘫了，才能慢慢入睡。

熬到朝阳临窗小松鼠还在蹦跶的情况也不是没发生过，我因此特别理解失眠症患者的痛苦和绝望，如果连续十多天都这样我也会想跳楼。

毕竟，跳楼比通宵和一伙小松鼠比耐心更容易些。

常有人说，活着都不怕，还怕死吗？

这话貌似夸张和玩噱头，对于睡眠崩溃的人来说，其实准确而形象。

睡眠的本质是放松，放松的前提是遗忘现实与自我。

跳楼是永久性抛弃自我。睡眠，则是不断暂别现实，回到现实，暂别现实，又回到现实……

一生两三万次地折返跑，哪可能程序一点不出现混乱？我想，所谓的睡眠大师，要么是智障者，要么是机器人。

只有这样想，我才能更彻底地安慰自己。

2017年2月

第三辑

理性
与抒情

冷冷的照耀

传染病住院部的空气肃穆阴凉，如同来自某个看不见的地下洞穴。大楼外墙色泽灰白呆滞，令人想起未刻上铭文的巨大墓碑。2000年炎热的夏天，我不时脱离江西医学院一附院外繁华喧闹的市民生活，经过N个复杂的拐弯，潜身于这一派似乎与世隔绝的寒凉中，到住院部的乙肝病房里看望和我关系亲密的D。

D当时25岁，在外省做医药营销，是那种给点阳光就灿烂的个性，被查出乙肝前一晚，还和同事喝酒喝得烂醉于地。因此他的乙肝一俟发现，程度就已远远超出普通的乙肝带菌，肝功能较重地受损，医生说，必须住院修复肝功能，然后长期静养。这样的结论，对于一个爱好和必须四处游走的人来说，无异于法庭上无期徒刑的宣判，他将失去一直习以为常的自由、活力、健康以及附着在这些元素上的许多人生内容。而人的诸多卑贱禀性之一便是，你只有在失去某种东西时，才猛然意识到它对你的必须以及过去的不懂珍惜。

D没有把这些感慨说出来，因为对坚强和乐观精神的渴望，因为对我的担心的担心。但我从他眼底的云翳里看到了这些内容。他的笑容，从鲜花变成了塑料花，委顿而刻意。

才住了一个多月的院，工作以来的所有积蓄都花光了，转氨酶还是固守在很高的峰值上降不下来。在这个过程中，同一病房里的病友有数人先后凋落，其中一人是省社科院的编辑，听说我也是编辑，和我有过多次交谈。我至今仍记得他总含着笑类似中年女性的丰腴面容。他半坐在病床上，和我谈他可爱的小女儿，以及社科院医药费的报销政策。当时我还替D羡慕他有个好单位。不久即被告之人已变成了一小盒灰烬。这对D的打击巨大，他自暴自弃地说：医院除了开价格昂贵的进口药什么也不会，还不如回家等死，该是什么结果就是什么结果。

那个夏天，我不断在街头的燥热和住院部的森冷之间往返穿行，这样的心理温差有效地修正了我平常的烦躁心态。那时我过着很难安分守己的日子，有着社会形象和薪水都不错的职业，却总想着跳槽；谈着品貌俱佳的女朋友，却惧怕着结婚；总觉得现在过着的生活不是理想的生活，全部激情被用于对现有秩序的破坏，而不是建设和维护它。我妈说我：什么叫"身在福中不知福"？不用翻字典，看看你就理解了！

每次从医院出来，我感觉街头暴烈的阳光是温暖的，那些乱七八糟悬挂在楼顶和路灯杆上的广告是有生气的，我甚至愿意用鼻子去品咂桑塔纳出租车臭烘烘油乎乎的尾气，这些毕竟是尘世的气息，再污浊也比乙肝病房里的洁净更亲切更贴心些。

两年后，我搬到赣江边的滨江小区居住，小区和滨江宾馆一墙之隔，离比滨江宾馆稍远的省人民医院1000米。滨江宾馆是省委接待宾馆，如果按商业宾馆的星级制考量，应在五星级之上，别墅风格的十几幢大房子彼此遥遥相望地分布各处，连缀它们的是开阔的草坪、花圃、香樟林荫道、竹林、喷泉和欧式水车。小区的居民把宾馆当成了后花园，天气好的傍晚就去里面散步。只要没有重要接待活动，四处巡逻的保安也不会阻拦，游客闲散的身影改善了宾馆里过于严肃和寂静的氛围。

　　我也会去那里散步，坐在水车边看风景，或去宾馆的室内游泳池游泳。夏天20元一次，冬天的价格是30元。据说午夜12点到次日凌晨，还有陪泳女郎，那个时段的价格，我没机会得知。那些下榻宾馆的客人，主要是外商和全省各地市的政要，偶尔也出现一些常在报纸头版头条上出现的人物，他们到来的标志是，宾馆停止对外营业密封成一个巨型铁盒子。

　　那些被黑色轿车而非出租车送进来的人是宾馆真正的主人。他们的生活水准和社会资源的拥有量大多在我之上。他们的小车和公文包里装着许多普通人无从知晓的秘密，而这些秘密又无所不在地影响着这个时代以及我们的日常生活。

　　这样的联想让我在分享宾馆的时尚和高贵时，内心也被它的高贵重重地压迫，直至挤压出许多不适合自己的豪情。就算是我这种从小只有心灵志向而缺乏社会志向的人，站在宾馆比绿地毯还平整的草坪间的卵石路上也会想：得想办法做一个特有钱的人，以后也买一幢这样的别墅；实在不行也要当个社会名流，一出门就住在这样的别墅里。这样的狂想让我对自身的现实处境形成了俯瞰的视角，它让我的颈椎酸疼，回家的脚步沉重。所以有时我会刻意避免双脚出于惯性把自己领进滨江宾馆的大门。我抗拒为了分享高贵而付出谦卑的虚荣，虽然有时我也难免有这种软弱不自重的时候。

　　省人民医院的草坪比宾馆更小也更潦草，但没有保安巡逻，更不会因某些人物的到来把你拒在门外。我打算穿过它的腹部到滨江路上去吹风，顺脚走进了住院部病人们的黄昏。他们像从战场上搬运下来的残兵败将，以各种奇怪的姿势散落在院子的各个方位。坐在栽满月季、茉莉的水泥花坛边上的，是些失去了行走体力的人，有的腰部的孔洞里伸出褐色的导尿管，有的手背上还用胶布缠着输液管，他（她）的家人站在一侧高举着手臂充当输液架，有的人脊椎弯成一个造型拙劣的问号，歪着头斜视着蝙蝠飞舞的天空，他的一生也在脊椎炎的困扰下变成一个没有答案的问号。那些穿着皱巴巴条纹住院服在草地上走动的人，身体在夏天傍晚的微风中树叶似的抖动，似乎风如果略略大些，他们就会跌倒或被吹走。很少听见他们说话，即使他们在说，我也很难听清楚。他们的声音小得像是怕被人发现的蚊子。

在医院的草坪上，时间似乎是停止的、有裂缝和空隙的，让每个人停在那里怀念过去。怀念那些在外面健步如飞的时光，怀念那种似乎生命终点遥遥无期的无知和无畏，怀念那些过去很不屑过的最平庸最无聊最没出息的日子。

那个时候，D早已从一附院出来，绝望中遇上一个从香港回来过春节的名中医，这是一个朋友向我提供的信息。就是这个信息，把D又拉回到正常人的生活轨迹。他的病情奇迹般地被遏止，肝功能恢复正常，且一直不再波动。他很快恢复工作，娶妻生子，并很快淡忘了一附院住院部的阴凉以及那时对正常生活的渴望。

我没法忘记。省人民医院草坪上的景象让我记忆里的许多情绪又复苏过来。我倏忽感受到了自身的幸运，作为一个健康地过着正常生活的人的幸运。这样，我更多地把医院的草坪当成了散步地点，夏天傍晚去，冬天出太阳的中午去。

大概也就是那段时间吧，我们城市发生了一起恶性银行抢劫案。6个二十多岁的年轻人用自制的钢珠枪打死了三个人后抢走了50万元现金。两个月后，潜伏在市区的抢劫犯悉数落网并全被判处死刑。这件凶案是投在这座城市百万人口中的巨型炸弹，电视台不间断地报道案件侦破和审判过程，不安和不解像炸弹的碎片天天从电视屏幕上溅落。大家普遍关注的是他们作案手段的凶残性、藏匿地点的意外以及案件略带戏剧性的侦破过程。给我留下深刻印象的是他们被执行死刑前的懊悔，懊悔自己心不该太大，没有珍惜自由和亲人的爱。其他一些重大案件的结局也大多如此，当事人最后都会掉着眼泪忏悔，劝其他人千万别学他们。有一个抢劫杀人犯说：如果有机会重新活一次，哪怕是天天吃糠咽菜都会觉得幸福。

其实很多一时冲动脱离正常轨道的人，在逃亡途中就已意识到了正常日子的珍贵。我老家的县份，有一个在外躲了5年多的逃犯，在没被警方发现任何蛛丝马迹的情况下主动回老家自首了。在云南和广东一带，他已置下丰厚的家产，但他说：5年里从没睡过一个好觉，他选择投案，就是想回来安安心心睡一觉。再躲下去，即使永远没被抓住，自己也非疯了不可。

许多人把最后的忏悔看作鳄鱼的眼泪，认为它们缺少真诚和足够的盐分。但它们对我的触动是大的，因为它们不断提醒我不要成为人的卑贱禀性的牺牲品。

比如说我们对待和平的态度，当我们每天浸泡在和平松软、舒适、闪烁着七彩阳光的泡沫里时，是很难真正珍惜和平以及生命的，这从我们制作并热衷的血腥电脑游戏里可以看出，我们越来越习惯于把战争和死亡当作发泄情绪的游戏而不是人类的精神创口。伤疤好了以后，我们不仅忘了痛，甚至对痛的体验滋生了危险的好奇心。

我是战争片疯狂而忠实的收藏者。我看过几乎所有能买到的二战片、越战片和其他质量说得过去的战争片，一战、二战纪录片收藏了不止三种版本。我不是把它们当艺术来观赏，我把它们当作隐藏在体内的警钟，不时地用泪滴去敲响它，告诉自己，和那些在战争中比蝼蚁还廉价地死去的青年们相比，我是个无比幸运的人。

后人总结每次战争的伤亡人数时，使用的是抽象没有温度的阿拉伯数字，1000、10000、100000、1000000甚至10000000，我们在历史资料上读到的死亡就是如此，没有人物形象，没有躯体的重量，没有痛楚，也没有血迹，我们阅读它们时的心情，和看到生物书上记载的死于洪水的100000只蚂蚁时的心情是类似的。

战争中常发生这样的事，一些执行完任务返航的轰炸机为了减轻载重节约汽油，把剩余的炸弹随意地丢在它路过的敌方的城市里，许多个早晨，无数和战争无关的平民就这样让一次普通的睡眠变成了长眠。人类历史上遭受过原子弹袭击的城市是广岛和长崎，它们的二十多万居民遭此厄运的原因仅仅是由于原定的轰炸城市上空有云层，而它们在被炸的那天正好天气晴朗。从某种角度说，是好天气谋杀了广岛和长崎。对于那些每天在死神家门口路过的士兵，死亡就像一日三餐般地必然到来，这次轮到他，下次说不定就轮到了你。我总也想不通的一个问题是，在战争中，平民和士兵保全生命的概率并不取决于个人的求生能力和军事素质，任何一种偶然都会使他陷入绝境：踩上地雷、遇上冷枪，或者指挥官的一次错误或无奈的指挥。

指挥官常常为了大局对某一担任攻坚或阻击任务的部队发出这样的命令：我只要阵地，不要伤亡数字。部队拼光了再给你恢复建制！如果这个倒霉的命令刚好下达到你的部队，那么这个部队的几百或几千人就会变成兵力部署图上一串没有体温的阿拉伯数字，最终被敌人的炮火轻轻擦去。战役结束后，成百上千的生命消失了，但没太多人在意这个事实，因为战旗漫卷的胜利掩盖了血流成河的牺牲，因为另一些鲜活的生命取代他们填充了这个部队的建制。

在实际的战争中，人的生命尊严有时还抵不过一只蚂蚁。蚂蚁的死亡过程往往简单而痛快。人在战争中的死亡方式却丰富残忍到令人发指的地步：火烧、活埋、冻死、凌迟、五马分尸、活体解剖……

他被扑倒在地，敌人挥舞着匕首向他刺去，他用手架住敌人的手，不让匕首落下来，但是僵持数分钟的结果是，他的手臂先于敌人开始发软。匕首抖动着寒光，一寸一寸地向他胸口逼近，他用最后的力气和婴儿般惊恐的目光向敌人求饶：你等等，等等。但是，无效！死亡锋利地刺穿他的衣服，刺穿他坚实的胸肌，一寸一寸地到达他的心脏，然后，他目光里纠结起的那股忍耐和坚持缓缓放弃了。这是《拯救大兵瑞恩》中的一个镜头，一个美国兵在肉搏中的死亡过程，无数只蚂蚁的死亡方式之一。这是我在电影上见过的最触目惊心的死亡。我想象不出，在死亡一寸寸侵入身体的那段时间，那个美国大兵在想什么呢？春天的花朵、情人的裸体，还是母亲斜倚家门等他回家时微微绽放的微笑？

一个参加过真实战争的老兵说，在战争中，这样的死亡不算残酷。因为残酷每天都在以谜语的方式花样翻新地不断迸现。

大概有十来年吧，我保持着在深夜看战争片的习惯。一些优秀的战争电影起到了还原死亡的魔鬼面目的作用。心情亢奋时，这些银幕上的血会让我紊乱的心跳安静下来；而遭遇失落时，这些残酷的死亡让我觉得，自己的那些痛苦实在算不了什么。

我清楚为什么当我们的物质和文明成果越来越丰赡精致时，许多人却越来越没有幸福和满足感。大家都爱浮在潮流的表层追逐那些最能吸引眼球的漂浮物，不管它是装满宝物的盒子还是一根并不值钱的木头，是否是自己的必需品。他们没心境沉潜下来，从另一个角度去打量和警醒自己。他们片面地只从太阳那里吸取热量和激情。其实水下破碎的冰山也可以反射出一种阴冷的照耀，这样的照耀，往往更能使人看清楚活着的本质。

　　疾病、失去自由、死亡……我重视各种阴冷的光芒对我的辐射，就像我现在还会偶尔到医院去走走一样，我甚至还养成了刻意寻找这种辐射的习惯。坐无聊的长途车时，我会这样想，如果我是一个刚从高墙内释放出来的囚犯，将会怎样陶醉于这一路的自由时光和迷人风光！有时对餐桌上一成不变的菜肴没有胃口，我会回忆小时候学过的课文《金色的鱼钩》。红军长征过草地时断了粮，连皮带都煮着吃了。一个老兵把缝衣针烤弯，在小水洼里钓到一条小拇指大小的鲫鱼，用它熬了一大锅汤，大家把它当成了世间最奢侈的美餐。一想起这件事，就可以把桌上的萝卜嚼出人参的味道。

　　几乎每一部战争片里都有这样的环节，一伙大兵躲在潮湿肮脏危险环绕的壕沟里憧憬战争结束后的生活，那时没人会说他战后一定要当富翁或当总统、将军，我们听到最多的理想是，回家乡去娶个好心的姑娘结婚，生一窝孩子，种几亩地，或去大学读书，去城市开计程车，去有阳光的地方旅行。甚至，对幸福的理解简化成对一个浴缸的向往：每天洗个热水澡然后美美睡到自然醒。

　　我常对内心浮躁的自己说：小伙子，踏踏实实地享受生活吧，你已实现了自古以来无数没能从战场归来的小伙子们的全部理想。

2006年12月11日

终结者

将史册往后翻动的，不是鸽翅扬起的和风，是刀、斧、枪炮，或更厉害的核子武器。

书写史书的材料，也不只是芳香的墨水，历史的许多章节，是用腥味十足的血水写就的。平时用老百姓的血，每个朝代的结尾，则要用君王的鲜血来完成。

许多时候，我们只是被历史剧情的大开大阖、大悲大喜所吸引，而忽略了具体的个人在这样的起承转合中的晕眩和剧痛。

被史料省略和遮蔽的芸芸子民的疼痛我们只能靠逻辑推理想象，那些在史书上留下过浓墨重彩的终结者，他们的血迹，却是稍一留心就能触摸到的。

似乎，历史必须通过加重他们的悲剧才能稍稍接近公正，列祖列宗对政敌和子民犯下的所有罪孽，都要由这最后一个人来加倍偿还。

这个君王，也许残暴，也许暗弱，也许勤勉，也许还有点雄才大略。但他的个人道德和禀赋并不能决定自身的命运，他身上背负着整个帝国的命运，他昏庸，那个句号要用他的血来画，他贤明，但如果贤明不到力挽狂澜的境界，句号还是要用他的热血来刻画，只不过，呈现给我们的悲剧愈加触动人心罢了。

他们的血，浓酽晦暗，就像在一根衰老的血管里淤积等待了数百年。

我首先想到的是崇祯。李自成是第一个公开对他抱有同情心的政治人物，这个大顺朝的短命皇帝在《登极诏》中评价崇祯"君非甚暗，孤立而炀灶恒多；臣尽行私，比党而公忠绝少"。用俗语概括一下，也就是"君非亡国之君，臣皆亡国之臣"的意思。

一个能得到最仇恨自己的政敌同情的人，注定要在后世引发无尽唏嘘。

如果把崇祯放到历代帝王中去排队，他的品性和资质至少可以排到中上水平，甚至，按照大众对于贤君的惯常定义，崇祯也完全可以忝列其中。有的地方还超出一般贤君。

史料载，崇祯登基后，不耽犬马，不好女色，勤于政务，每天平均睡眠时间不到2小时。这样的勤勉程度，超出历朝历代的好皇帝，就算放在工作节奏和强度都在高速增长的今天，也是极为惊人的，简直是在向身体的极限挑战。

至于能力，仅举一例即可证明。他初登皇位时才16岁，许多人在这样的年龄还是懵懂少年，情窦初开专注风月，或者浑浑噩噩不谙世事。崇祯16岁时已具备早熟政治家的心智。他一上任，就以惊人的魄力和权谋解决了专权一时、老奸巨猾的魏忠贤，为自己树立了威严，为新政权的运转排除了障碍。当时明朝的老百姓用"圣人出"这3个字来称颂他。

后代的历史学家和民间舆论对崇祯的诟病，主要集中在他后期的一些施政失误上，这其中，又以他错杀袁崇焕为议论的焦点。多疑、刚愎自用、反复无常、刻薄寡恩，大家从崇祯的行迹中总结出这些性格弱点，并把它们当作解读一切症结的钥匙。似乎，就是因他多疑、刚愎自用、反复无常、刻薄寡恩，才导致了他的一系列错误。这些错误又最终导致了明朝的灭亡。

这个论证过程的链条环环相扣，十分完美，但正因为过于完美，也暴露了它的简单和粗暴。原因是，我们过于相信逻辑推论，而忽略了人在特定境遇下的复杂性。既然可以推理是他的性格悲剧导致了政治生态的恶化，为什么就不可以反过来推论，他的悲剧性格是恶劣的政治环境造就的呢？

运动员常在大赛时因为紧张发挥失常，一个人在危局中，判断能力和行为能力更易变形。更何况，崇祯所面对的危难，是明朝在两百多年的时间内累积下来的。天灾、内乱、外患就从各个方向扑面而来，像挥之不去的蜂群，困扰着这个青年皇帝的智商和情绪。在这种无休无止的纠缠和围攻下，只要不是大智大勇的政治超人，多半会出现智力下降、心理变态的症状。

"自崇焕死，边事益无人，明亡征决矣。"这是后人对袁崇焕被杀事件的评判。暂不论这种说法是否科学。有学者说过，清朝给袁平反是为了抹黑崇祯的形象以削弱他对大明遗民的影响。

先来一个假定，我们这些站在时间的河岸上指点过往舟楫的看客，假如你处在崇祯的位置，你会不会杀这样一个人？

他上任时承诺5年内收复辽东，但他所完成的事业，不过是打造了一条宁锦防线以赢得和敌人谈和的筹码，这条后来证明并不能真正阻止后金军队的防线，却几乎拖垮了明朝的财政。

之后，他又违制先斩后奏残杀另一位抗金大将毛文龙。这个被他莫名其妙杀掉的敌后游击队司令，正是在过去许多年里有效牵制后金军队的重要力量。毛被他斩首后，后金军终于敢长驱数千里，绕过宁锦防线，取道蒙古突袭到北京城下。此时，这个驰援京都的宁锦防线的主帅，和引狼入室的向导一般，只比敌人早到北京城下一小会，并没有在路上截杀敌兵。和城防部队一起击退敌兵后，这个疑点重重的将领，在那样微妙的形势下，还进一步违制，向皇帝要求领兵入城休整……

一位身负帝国安危的国防部长兼前敌总指挥，在几乎耗尽明朝国防资源的情况下，让敌人打到自己的首都城下。

传说中的皇太极施反间计欺骗崇祯是否真有其事已无从考证。信任一个手握重兵的封疆大吏，对于皇帝无疑是场豪赌，当赌博几乎要让你倾家荡产时，你还会相信自己的选择并继续下注吗？

"咐托不效，专恃欺隐，以市米则资盗，以谋疑则斩帅，纵兵长驱，顿兵不战，援兵四集尽行遣散，又潜携喇嘛，坚请入城"。这是崇祯给袁崇焕定的罪名，并未说他叛国，只是陈列事实。对照袁的诸多失误，基本还算客观。

就算有冤杀的可能，在那样的情势下，以帝国做赌注的赌徒，又怎能保持头脑的冷静呢？

即便是三百多年后的今天，仍有人在争论到底是崇祯冤杀了袁崇焕，还是袁崇焕断送了崇祯。

摒弃事后诸葛亮的种种信息便利，假如置身于崇祯的处境，我想我们绝大多数人未必能看得比他更清，做得比他更好。

这样的假想让我不寒而栗。

1644年3月18日，紫荆城里举行了最后的晚宴。这个原本属于春天的夜晚，死神比春神奔跑得更快。为了防止妻女落入敌手遭玷污，崇祯忍痛将她们逐一砍杀，一边挥剑一边哭道："汝何故生我家!"幼女昭仁公主被当场砍死，长女长平公主被砍断一只胳膊昏迷过去。

19日凌晨，崇祯在煤山一株老槐树下自缢而亡，时年33岁。死时"以发覆面，白袷蓝袍白细裤，一足跣，一足有绫袜"，衣上用鲜血写道："朕自登基十七年，逆贼直逼京师，虽朕薄德匪躬，上干天怒，致逆贼直逼京师，然皆诸臣之误朕也，朕死，无面目见祖宗于地下，自去冠冕，以发覆面，任贼分裂朕尸，勿伤百姓一人。"

李煜也许是中国古代历史中知名度最高的终结者，也是个被过度谈论的人。对于这个人，我的感情极其复杂，不知是同情更多，还是不屑和其他态度更多。作为一篇有关末代君王的文字，又不可能绕过他。绕过李煜，就绕过了悲剧中的悲剧。

在我看来，李煜身上重叠着四重悲剧：一、不该生在帝王家；二、如果无法改变出身，也不该当帝王；三、如果一定当帝王，就不该沦落为亡国之君；四、如果注定要做亡国之君，就不如像崇祯那样用自尽挽留最后一点尊严，而不要赖活不成被人毒死。

他的不幸从效果来看，比崇祯更甚，但我对他的同情，无疑比对崇祯更少，崇祯的不幸只是悲剧，李煜的不幸里除了悲剧，还掺杂了海量的耻辱。悲剧或许不可抗拒，耻辱却是可以靠勇气和节操去避免的。

同情主要纠结在命运中诸多不可逆转的偶然。

一个"性骄侈，好声色，又喜浮屠，为高谈，不恤政事"的人降生在帝王家这个偶然就不多提了，最关键的是，随后的诸多偶然，把这个不愿也不适合当帝王的人最终推上了皇位。

李煜是父亲李璟的第六个儿子，参照子承父业的惯例，他和皇位之间隔着5个哥哥，并且，李璟还曾有将皇位传给弟弟李景遂的想法，这样，他距离皇位又远了一程。

仿佛头顶之上真有只神秘的手，一步一步撤除了李煜和皇位之间的障碍。先是除李弘翼之外的4个哥哥先后病殁，接着，李弘翼为了争夺皇位，设计毒死了亲叔叔李景遂。这时，李煜和皇位之间只隔着哥哥李弘翼了。

此时，李煜仍有机会摆脱，他也努力争取了。为了向哥哥和父亲昭示无意皇位的决心，他一头埋进词曲书画里躲了起来，还煞费苦心为自己取了钟山隐士、白莲居士、莲峰居士、钟峰隐者等号，每日参禅诵经，了断俗念。

弘翼或许已在心里放过了宅心仁厚的弟弟，但那只神秘的手没有放过离皇位只有一步之遥的李弘翼。毒死叔叔景遂后没几个月，李弘翼也"暴卒"弃世。

李璟病逝后，李煜这个被大臣们认为"德轻志懦，又酷信释氏，非人主才"的人，被迫非本色出演了。

接下来的事并非我关注的重点，关于李煜的施政才能，历来也有各种说法。我说过，脱离历史的具体语境讨论得失总有站着说话不腰疼的轻浮感。不过，南唐确实是在李煜手里葬送的，他的政才不如诗才也基本是有公论的。

这些都不能怪他，这个皇位并非他自己争取来的。我疑惑的是，975年国都被宋军攻破时，李煜为何要肉袒出降，并被俘至汴京，还接受了违命侯这种屈辱的封号？

有朋友提醒我，并不是每个人都有死亡的勇气。骨头硬的人舍生取义，骨头软的只好奉行好死不如赖活。

这样一来，李煜的悲剧就更加凸显了，一个人舍弃了尊严去换取苟活，最终尊严和性命尽失。

从史料看，宋太祖赵匡胤对待李煜还算人道，李煜最大的耻辱是宋太宗赵光义赏赐的。赵光义谋害哥哥赵匡胤即位后，不仅把李煜贬为陇西郡公，还剥夺了他作为一个男人的最后寄托和尊严。

宋人画的《熙陵幸小周后图》是中国历史上极特殊的一幅春宫

图，它不仅有色情，还有暴力。"太宗戴幞头，面黔色而体肥，周后肢体纤弱，数宫人抱持之，周后作蹙额不胜之状"。此画非常写实地记录了赵光义强暴李煜皇后小周后的情形。元人冯海粟在图上题诗："江南剩得李花开，也被君王强折来。"

赵光义强暴小周后，并非特定情境下的偶发事件。赵光义以皇后想与众命妇磋商女红或赏花为名，反复强召小周后入宫，一去就是数日。

这时李煜的反应是什么？宋人王铚在《默记》中说："（小周后）例随命妇入宫，每一入辄数日，而出必大泣，骂后主，声闻于外，后主多婉转避之。"

这个丈夫被受辱的妻子责骂之后，只是躲着不敢看她，然后，流着眼泪写些"人生长恨水长东"、"问君能有几多愁，恰似一江春水向东流"之类的句子。

一味轻蔑李煜也许有失公允，反观我们身边的市井生活，像李煜这种无力保护自己女人却有毅力把屈辱扛下去的男人还少吗？

这还不是深渊的底部，厄运最爱追杀跪着向它乞怜的人。

你忍受了屈辱，却没权利表达伤心。978年，李煜因"故国不堪回首月明中"、"一江春水向东流"这些句子触怒了宋太宗，终被牵机药毒杀。牵机药是中药马钱子，主要成分是番木鳖碱和马钱子碱，服用之后，人极度痛苦，身体抽搐蜷缩，最后头与足部拘挛相接而死，状似织布的牵机。

李煜之死不仅屈辱，而且痛苦，不仅痛苦，且姿态丑陋。

悲剧中唯一的亮色是小周后始终如一的爱情。李煜死后不久，不甘落入赵光义之手的小周后也自尽而亡，追随李煜而去。

单从文艺美学的角度评判，李煜的词确实凄美绝伦。但我并不愿多看他的文字。李煜最好的词基本都写于做违命侯和陇西郡公那个时期。这些诗词的诞生让我想起人工培育珍珠的过程。

蚌壳因为体内嵌入异物而痛苦，不断分泌出富含珍珠粉的物质去包裹它，日积月累，形成了光彩迷人的珍珠。

实在不喜欢这个过于残忍的孕育过程。我宁愿李煜有幸沦为一个籍籍无名的文艺青年，也不要被后人奉为千古词帝。

那种无限抬高李煜诗词魅力的言行背后，是否潜藏着一种观赏贵胄落魄的小人之心呢？这样揣度或许也有小人之心的嫌疑。我想，隔岸观火的冷漠还是有一点的吧。你只在乎珍珠的炫目，而忽视了蚌壳的痛苦。

不管李煜还是崇祯，都远算不上暴君。中外历史上被锁定为暴君的帝王有许多，离我们颇近的一个是末代沙皇尼古拉二世，他死在照相机发明之后，这让我有幸目睹他和家人的真实容颜。

面庞光润，胡须整饬，平心而论，这模样堪称美男子，至少，看上去很有教养。再退一步，和暴君这两个字所散发出的气息绝难匹配。

在熟悉他的人眼里，他的确是个性格温柔、优柔寡断的人。1894年，当父亲的意外死亡迫使他仓促登上皇帝宝座时，他慌乱而畏惧，精神几乎崩溃。

更糟糕的是，这样一个原本只适合做谦谦君子的人，一当上皇帝就因一件意外事故背上了血腥沙皇的恶名。那年5月18日，俄国宫廷在莫斯科为尼古拉二世举行加冕典礼。民间谣传沙皇将在这天向民众赏赐丰厚礼品，十几万等着天上掉馅饼的大众齐聚在广场上，人群争先恐后波浪般互相推搡，互相践踏，最终造成3000余人伤亡。

同崇祯李煜一样，尼古拉二世远没祖上那么幸运，执政后就面临席卷欧洲的经济和政治变革。新兴的资本主义经济与俄国落后的农奴制产生了不可调和的矛盾，蓄谋已久的反对派趁机起事。

像所有曾有点理想的皇帝一样，尼古拉二世最初也曾尝试过改革，包括创建议会。但他很快发现，他的让步给了反对派致帝国于死地的机会，只好赶紧收手，沿用历代沙皇的铁腕手段：通过秘密警察对内弹压，再对外扩张以转移危机。先是参加八国联军瓜分中国，后又发动日俄战争。

1905年旅顺被日军攻克后，十多万政治身份复杂的工人在彼得堡举行请愿游行。尼古拉二世当时并不在皇宫，但人潮不断向皇宫逼近。警卫部队害怕局面失控，未及请示就以"工人想摧毁冬宫"为由，下令向请愿队伍开枪。当场被子弹打死、军马踩死的有1000多人，其中有部分妇女和儿童。这个"流血的星期日"从此坐实了尼古拉二世暴君的恶名，也掀起了革命的海啸。

尼古拉二世一生中最大的失误是将俄国带入第一次世界大战，这场没有多大意义的战争拖垮了俄国的经济，并导致500万俄国人丧命。皇帝的"小父亲"形象在子民心里彻底崩塌。1917年2月国内爆发了二月革命，尼古拉二世在从前线返回首都的途中被迫宣布退位，8个月之后的十月革命，则革了沙皇和他一家的性命。

二月革命后上台的资产阶级临时政府属于温和派，承诺保证沙皇一家的安全。但沙皇一家准备流亡国外时，尼古拉的堂兄、英国国王乔治五世拒绝收留他们，其他国家同样不愿贸然接纳这个失去皇位的沙皇。

临时政府只好把沙皇一家暂时隐藏到西伯利亚等待转机。在那些极度寒冷的日子，尼古拉二世一想到有一天可以逃离俄国，过上自由安全的平民生活，心里就觉得无限温暖，并将此视为后半生的最高理想。这个理想支撑着他度过了皇位被剥夺之后的一个又一个黑夜。

倾覆了临时政府的一场新的革命最终粉碎了尼古拉二世的梦想，沙皇全家被逮捕囚禁于叶卡捷琳堡。1918年7月16日深夜，沙皇全家被看管他们的人突然枪决。

这命令是新政权的正式决定，还是叶卡捷琳堡的地方官员擅自下达的，目前仍是迷案。在那样的乱世中，许多事情的来龙去脉都悄无声息隐去了。

反正，以残暴著称的尼古拉二世，最终得到了残暴的报应。

处决沙皇一家是在一间空空的地下室，以等待转移为由，沙皇一家被骗至此处。据当事人回忆，尼古拉二世夫妇被子女和随从簇拥着坐在仅有的两张椅子上，马灯在头顶不安地晃动。突然，房门被撞开，几个特工人员面无表情地出现在地下室。尼古拉二世惊恐不祥地问："你们……要干什么？"并试图站起。回答他的是一阵骤然爆发的枪声。顿时，子弹的啸叫和凄厉的呼喊声炸作一团。奥尔加公主本能地扑到弟弟身上去保护他。第一颗子弹击中她的肩部，第二颗子弹射穿她的胸膛，其他人则像被暴风横扫的叶片，倒伏在地上抽搐呻吟着。最后一颗子弹射入奥尔加的喉咙，鲜血和一种奇怪的声音从她嘴里可怕地喷涌而出……

是年，尼古拉二世50岁，妻子46岁，大女儿奥尔加23岁，二女儿塔季娅娜21岁，三女儿玛利娅19岁，小女儿阿纳斯塔西娅17岁。患有血友病的儿子阿列克塞·尼古拉耶维奇只有14岁。

他们的尸体被浇上硫酸和汽油匆匆销毁，残余骨渣被随意抛弃在一个废弃洞穴中。80年后，部分尸骨经DAN鉴定得以确认。

令人感慨的是，在80年后的一次悼念活动和民意调查中，70%的俄罗斯人赞成恢复末代沙皇一家的名誉。如此惊人的峰回路转背后的玄机是什么？这个问题牵涉的因素太庞杂，还是留给政治和历史学家去深究吧。

我对这段历史的敏感点是，那4个如花似玉的姑娘和原本只有半条命的少年与父亲的作为何干？他们手上从未沾过他人的血，却要无辜而悲惨地献出自己的血。

照片上的她们，也包括14岁的他，确实称得上如花似玉，年轻，漂亮，善良，礼貌，把一切美好的词汇用在她们身上都不过分。花朵还来不及充分打开自己的美，就被悲剧之手粗暴地揉碎。

又是一个不幸生在帝王家！而这不幸，没有一个是他们自己的选择。这样的无辜，中外历史上俯拾即是。

无法想象，每个开国皇帝在万民拥戴下走上权力巅峰时，真的相信创下的基业会万世不倒吗？至少，第一个皇帝之后的那些皇帝不该有这种绝对的自信，那个刚被他扼杀的王朝就是前车之鉴。如果是这样，在鼓乐喧天的热闹中，是否有人设想过自己的某个子孙如何承受那个可怕的宿命呢？如果他想到了，他君临天下的成就感是否会稍稍打点折扣呢？

从世界史范围看，也确实有个别王朝的终结没有喷溅出过重的血腥味，尤其在封建社会结束之后的近现代以来，这样的概率在逐渐增多。有些还很幸运地找到折中方案：交出统治权，但保留了皇位，即君主立宪制。如英国、挪威、丹麦、日本等国。

最具传奇小说元素的人物是保加利亚的西缅二世。1946年，新成立的保加利亚人民共和国废除君主制时，西缅二世才9岁。他们一家被迫流亡埃及和西班牙等国。像所有励志故事里的主人公一样，西缅以积极的心态应对消极的处境，发奋图强，拿到法律和政治学的大学文凭，并以少尉身份从美国某著名军事学院毕业。

　　流亡55年后，西缅二世回到"不堪回首"的故国保加利亚，创建党派参与竞选。2001年7月24日，西缅二世宣誓就任首相。这个被终结了王位的前国王以和平的方式夺回了执政权。

　　这样的故事绝对是凤毛麟角，但它提示了一个命题：暴力并不是解决政权更迭的唯一办法。

　　或许，相对于真正成熟的文明，人类争夺政权、分配政权、行使政权的制度可能还处于十分低幼的阶段。毕竟，人类有国家的历史才短短几千年，我们走出血腥味四溢的原始丛林也才一万年左右。

　　再过100年，或者再推后1000年，我们的后代或许能通过他们的实践证明，嗜血并非人类的本性，用优雅的毛笔和钢笔写历史，比用刀枪和大炮书写更为省力，也更具审美效果。至少，每个时代的句号，不需要一颗颗血淋淋的头颅来代替。

2009年

进食的尊严

人类肯定是故意的。

火车和飞机把行走的能力提高了千万倍，电话延长了听力，电视直播提升了视力，洗衣机解放了主妇的手，电灯，则消灭了不被需要的那部分夜晚……

凡是灵长类动物的智力所能想到的捷径，人类都已想到和做到了，或者仍在想和尝试当中。连地球即将被超量人口踩沉时移民外星的事都开始谋划了，不过好像没有哪部科幻电影向我们预示过这样的前景：有一天，人类只需每周进食一次就能获得足够的能量。现在对付每日三餐的时间，被节省下来做其他一些更灵长类的事。

主妇太忙抓我买菜做饭时，脑子里就会盘旋着此类乱七八糟的念头。得承认，这和我厨艺低劣生性懒惰有一定关系，不过，每天都要花费那么多时间重复烹饪的才华，厨艺再好的人也会有崩溃的时候。谎言重复千遍或许能变真理，才华重复千遍肯定就成垃圾了。

我妈年老之后，常唠叨年轻时拉扯3个孩子的不易，控诉的对象除了我父亲还有一个焦点：她每天要去3里外的学校教课，还要为我们3个小孩做3顿饭。这样，她就得骑着高大的二八自行车以119火警车的速度穿梭于家和中学之间的拥挤街衢。

那时用的是煤球炉子，早晨和中午时间紧迫，但用柴火引燃煤球就要费去半天时间，弟弟又饿又急猴子般在厨房门口不停跳脚，我妈则被浓烟呛得几乎要咳出毛细血管里的血来。

吃饭就像打仗。她这样总结那个时代的一日三餐。

这个时代，快餐、煤气灶和微波炉稍稍节省了人们耗费在厨房的时间，但上班和过日子的节奏也同步加快。正负相加抵消了。

现在的大多数市民家庭，仍像我妈那辈人一样对付着进食这桩事：打仗一样买菜，打仗一样做饭，打仗一样吃饭，打仗一样洗涮。

注意，我说的打仗，尚未包括猎取食物那个更复杂更血腥更屈辱的过程，这里的打仗仅指加工和使用食物这个末端环节。

但是，从未有人对拖累欺压了我们上万年的一日三餐提出过质疑。

我们一定要吃那么多量吗？我们一定要吃那么多次吗？为何不凭借发明原子弹和宇宙飞船的智慧，让人类从嘴和胃无穷无尽的追赶中摆脱出来？

这点上，人类似乎甘愿和所谓低等动物们逗留在同一起跑线上，当然也可以放胆去骂，人类在这方面还不如许多被我们蔑称为"畜生"的东西。不少畜生一到冬天就猫进洞穴冬眠，既节约了粮食，也保护了牙齿。人类却四季如斯地每天不停重复咬啮和吞咽动作，忙碌中，恍惚已不记得，进食是为了活着，还是活着是为了进食。

能发明原子弹这种自杀武器的物种肯定是不傻的，所以我说，人类是故意不让自己从进食的麻烦里解放出来。

贪恋食物的美味肯定是首要的原因。

大多数动物还有食草和食肉的区分，人类则是只要不毒死我什么都要尝试的超级杂食动物。"民以食为天"，我们的舌头一边对着所有可吃的东西风卷残云，一边这样蛊惑自己和被吃的动物。

"第一个吃螃蟹的人是勇士"、"生吞活剥"、"吃不了兜着走"、"一骑红尘妃子笑,无人知是荔枝来"……这些熟语和诗句十分形象地显示,人类在吃上所表现出的勇气、贪婪和荒谬都达到了令其他物种吃惊和恐惧的程度。近日,印度还爆出骇人丑闻,4个火葬场工人居然从焚尸炉里取出烧得半焦的人尸下酒。

医学已经证明,当代人的许多疾病都与吃得过乱、过度有关。SARS可以算是果子狸的冤魂对人类的报复,而糖尿病、肥胖、高血压、高血脂等等各种大小疾病也都是食物对身体的警告和反抗。

见过一位个体印刷厂老板,早年生活糜烂,胡吃海喝,四十左右就得了糖尿病,现在眼睛都快瞎了,请客人吃饭时酷爱点三高菜品,自己却只有忍着口水观摩的份,每尝一丁点菜都要蘸白开水洗洗筷子,可怜巴巴宛如一只纯洁无辜的鹭鸶。

人类的吃早已从生理需要进化成津津有味的爱好,甚至,已构成人生的重大意义之一。

人类一方面因为进食而失尽善心、颜面和健康,一方面,又意志薄弱地屈从于美味的引诱。

进食这种原本单纯的生理行为还影响到社会生活的诸多方面。在任何城市,餐饮业都是经济的重要支柱,它不仅能产生巨额利润,还充当了商业和社交的催化剂。

不管是东方还是西方,人们都喜欢聚众吃饭。

自然,中国在这方面可谈论的内容要更多些。中国人不仅吃饭不分餐具,而且聚众吃饭时也不怎么分对象,谈得来谈不来都行。

中国人口语中"朋友"这个词,许多时候可以简单解释为:在一起吃过一次或N次饭的人。

而"吃饭"这个词的含义,有时基本可用喝酒来代替。聚众吃饭没喝酒,就等于干那什么没达到高潮,约等于没吃。

先说说我的堕落过程吧。

我20来岁时绝对比现在牛，表现之一是，基于宁缺毋滥和自我圣化的心理，不仅乐于一个人独来独往，也爱好像老虎那样独自进食，有时还会大侠一般在异乡的小酒馆里自己给自己敬酒。

那时极其鄙夷的一种同龄人就是，认为一个人吃饭很落魄在哪里进食都得拉几个伴。

当然和某个真正的朋友隔案对饮也是我喜欢的。无论男女，必是无话不谈的那种。后来看医学家写的文章，和这样的人一起吃饭最有益于身心健康。

身心健康了十余年，青春期的骄傲也从进食这个环节逐步瓦解了。

随着熟人的增多，渐渐地发现，无法再做到只跟真正的朋友吃饭了。朋友的朋友很熟络地邀请，也就半推半就去了，此后，自己多半也要做盛情状回请对方一回，并相应地邀请其他一些人来作陪。雪球越滚越大，最后，无论哪次不参与都有失礼数了。

这样，聚众吃饭也成了类似于握手和寒暄的社交手段了。此时，当你真的想和某个同性朋友单独吃饭时，忽然就觉得有些过于隆重、造作说不出口了。

两个男人面对面是不是单调了点？

对方是不是以为我有特别的隐私要谈？

还是多约几个彼此都熟的男女更自然更和谐些吧。一通电话打下去，两个人就变成了一圈人。

显然，人敢于自称堕落，一定是因为他对自己还抱有信心。

身边的熟人可以作证，我在进食上的堕落远远低于社会的平均值。首先，我参与应酬的次数总体上是少的，一个月内能有四五次就算多了。大多数时间在家里，或和家人一起在外面吃饭。食谱本来就不算杂，近两年来，还有了素食的倾向，长得也越来越像有蹄类动物，目光温和，皮毛柔顺。

真正堕落的，是那些长期把餐厅当厨房，把餐桌当斗兽场的人。

这个时代，有多少人在遵循健康的准则进食呢？又有多少男人，试图让办公室的权势延伸到餐桌上呢？

饭局这个有些阴险的词就是这样发明出来的吧。

都不是国宴、省宴、市宴和县宴，但此类宴会的礼仪被一丝不差地拷贝过来。一进包厢，就要布局，现在的饭桌多是圆的，但仍要按照房间的格局找出上座，再以此为基准排定其他座次。其中的规矩就不用我重复了，成年的中国人都知道，不知道的在上座们看来也就不是人了。

进食的顺序也要从上座开始一个一个轮过来，一道好菜上来，上座不动筷子，其他座次是不能率先造次的。

喝酒更是如此，不先敬上座是不好敬其他人的。并且，上座可以坐着蜻蜓点水，你却必须站起来甚或打的到他身边对着杯子天狗吞月。你不吞，上座就会半开玩笑地说：不说职位，肚子也比你大两圈吧。天狗只好将嘴巴张成河马将整杯烈酒一口吞下。这是我在饭局常见的场景。

这样的局里，最难的是担任插花角色的女性。你不仅要当佐酒的秀色，有时还要忍受男人们的黄段子大赛。

一个写作的人说：又没稿费和署名权，那帮人为何要绞尽脑汁发明那些黄段子？

这厮真是个书呆子，他如果多出入几次饭局就明白了。这些段子只有少部分用于男人间的自娱，大多是要在饭局上讲给女人听的，试探她们对男性的开放程度，以决定下一步的冒犯尺度，或者，从正派女性的羞窘和难堪中得到意淫的快乐。

有时也会去单位附近的快餐店对付午餐，那里的菜又脏又腻，据说是用地沟油炒的，这个城市的快餐店和大多数小店都是如此。

每次去，都会遇上一些穿西装扎领带装扮得极隆重的年轻人，一边以打仗的速度往嘴里扒拉饭菜，一边用手机和上司或客户沟通。咀嚼的动作基本被省略，不像是在吃饭，更像是在填鸭。有时饭菜还未全部填进肚子，就半途而废被一个电话喊走。

这样的进食，总是让我感慨人的悲哀，真的还不如那些在草原上甩着尾巴吃野草的牛马呢。

以前，我总觉得在快餐店里对付一日三餐的年轻人是最可怜的，经历了一些"人为刀俎我为鱼肉"的饭局后，就觉得那些无奈的局中人其实更无尊严。

为什么一定要等某人动了筷子才能表达自己的饥饿呢？

为什么个子比人家高半截敬酒时杯子却必须比他矮两厘米呢？

为什么抱着吃饭的初衷出去，每次回来胃里装的都不是饭而是满满的一汪浊酒呢？

2009年7月19日

诗心和世俗心

把这两个性如针尖和麦芒的名词以PK的态势并置一处，就已做好了被误读的准备。

如果早十几年见有人写出这样的题目，我也多半会以为作者要以他的诗心来骄傲地欺负大众的世俗心。

那时，我毫不犹豫地把诗心归类于褒义词，至于世俗心，则是鄙夷和抗拒的对象。在我看来，世俗心即便不直接等同于庸俗心，也至少是庸众趣味和市井哲学的近亲。

那时，我是那么惧怕世俗心污染了情感软化了骨头。

这样说，新的误解也许将产生，以为我花费十多年时间走到了自己的反面。

真的会这么简单吗？

当然不至于，只是，越来越复杂的人生阅历让我对诗心有了清醒的警惕，对世俗心有了更宽容更客观的理解。

参加完一场气氛感人的民俗活动后脑袋里跳出一句话：诗心主要是爱自己，世俗心可能是爱社会。

诗心对自我的敬重是它的本有之意，我此处强调的是，过于追求诗心的人多半自恋并自私；而世俗心并非只和世故有关。

诗心的核心诉求是纯美与自由，这两点都是大地上的稀有元素，因此诗心一般是朝着虚空生长的，以摆脱地心引力和红尘的干扰。它的孕育过程具有粲然的审美效果，却不一定对他人有益。极致的诗心还可能是通过血迹来呈现的，一般是用自己的血——自古至今，自戕的诗人和艺术家太多了；最最极致者，用的是他人的血，比如那个杀妻后自缢身亡的著名朦胧派诗人。

因为逐渐洞察了诗心的诸多偏狭之处，我已不愿被人用诗意之类的词来定义，哪怕以此类词汇评判我的作品，我也觉得这标准过于肤浅和俗套了。

相反，在日常生存中，世俗心所包藏的人群中的温暖渐渐从偏见中浮现出来。作为世俗心的文化载体，那些流转了千百年的风俗、伦理、道德律表达的更多是对群体形象与利益的尊重。

执迷诗心让我在20岁左右做过不少遗憾的事，比如，出于对骄傲的过度迷恋，故意给赞美自己的作文老师难堪；因为对孤独过于迷信，读书时漠视同学友情，工作后淡漠与同事的交往。

甚至，不参加同学、同事的婚礼，收到请柬随手就丢；也不邀请他人参加自己的婚礼。

那时只注意到风俗中市侩、庸俗的一面，而忽视了一个重要方面，一切风俗的本质意义在于：本着互帮互助的原则对同类表达关怀和祝福。

我注意到一些被精英们视作芸芸众生的小人物，因基因和成长环境的影响，他们的人生中很少或完全没有诗心阶段，诗心被当作祭品过早奉献给世俗规则了。他们一生的使命就是熟悉、适应社会，不仅在自我价值实现上如此，经营亲情、爱情、友情时也秉持这个原则。在此过程中，如果他们能做到不过于自私伤害他人的利益，不过于世故伤害自己的形象，这样的世俗心同样令我感动。

　　我身边就有不少这样的亲戚和朋友，有的人，从未成年起就协助父母挑起家庭重担，在规划人生时，不仅放弃了诗心，且完全割舍个人志趣，以自我牺牲换得弟弟妹妹的成长与成才。过去，很少去体味他们的言行细枝末节处的人性，当我也补上必要的世俗心后，开始意识到这类人的舒服与美好。

　　这样的人也许有些乏味，甚至，缺乏一定的自我意识和尊严感。不过，我并不会站着说话不腰疼地假想，他们的世俗心里要是添加些诗心就好了。有人类社会以来的现实生活证明，做到这点的难度，不亚于要求那些以诗心自诩的人爱大众甚于爱自己。

　　这世上是否有那种把诗心的超拔、浪漫同世俗心的务实、宽厚冲兑得比例恰当的人呢？

　　当然会有，据我活到四十岁的观察，比例很小，因为这要得益于基因、家庭条件、教养、运气、个人修炼等各方面恰到好处的配合。

　　这样的境界，类似于酒中绝品，一般酿酒师难以企及，只能远远地闻闻香气。

　　当然，每个人都可以把这当作理想去探寻，虽然达不到，却可能无限接近。

　　行文至此，总算想明白了写这篇文字的潜在意图，那就是，借给世俗心正名的机会，劝告像自己那样一贯以诗心自居并自傲的人：

　　缺少基本的世俗心做底子，你的诗心就是一株没有生命的塑料花，没有香味。如有香味，多半有毒。

2010年11月1日

无涯

你外婆说得好，人都是在世上作客。每逢听闻相熟的人离世，母亲总叹着气这样说。

母亲认为外婆的话朴素而形象，我也深以为然。住几天、几年是做客，住八十年、一百年也是做客，谁都不可能一直留在世上。只是人从哪里来到世上？做完客又回到了哪里？外婆没说，我和母亲也没讨论过。

这问题全世界的哲学家琢磨了两三千年也没找到令人信服的答案。普通人就懒得费那个劲了。

母亲重病后，特别是第二次手术失败之后，我常找时机跟她探讨这个话题。我的理解是，既然在世上是做客，那么，做客的过程就不是常态，起点和终点才是常态。做客的待遇有许多种：被敬若上宾；被冷落、打击；被不冷不热地应付；或者，一波三折、五味杂陈……被打击自然无意久留，待遇再好久了也会麻木、疲惫，只有回到家里，身心才会彻底放松。

这信念源自外婆的启发，也得益于宗教的帮助。

那几年我临时抱的不仅是佛脚，基督的脚也没少抱，书没少翻，寺庙和教堂没少跑，省内和省外的，只要有机会就一定拜谒。向法师求教，听信徒唱诗。有时还请学佛颇有感悟的居士来家里传经送宝。

我努力让母亲建立某种我自己都来不及确认的信仰。

与当初致力于让她相信病一定能治好不同，这是绝望之后的努力，无望之后的希望，但是，未必不是希望。

大多数时间，母亲听得心不在焉。她虚弱地仰靠在沙发上，耳朵接受着我的絮叨，眼神却飘忽地望着窗外植物的碧绿身影。对她而言，香樟鲜嫩如花的新叶和紫藤花张灯结彩的身姿可能是种更实际的鼓励与心理暗示。

她曾是高三政治课把关老师，还教过多年初中物理，虽觉得外婆的比喻有道理，却很难沿这条思路推演下去，她被从小所接受的物理和哲学常识拦在半路上。也就是说，无法倒空自己。

她将信将疑，每一轮思想搏斗中，怀疑总是比相信的次数多一次。她只是不用语言抵触我，她微笑着珍惜我的善意所蕴含的温暖。

我也经历过这阶段，被一些科学常识所束缚，无法相信未经验证的东西，更无法接受佛教所描绘的六道轮回、基督教所说的天堂与地狱。宗教对这些经验之外的世界不仅言之凿凿，而且过于具象，确实很难让人采信。

但是，在一些具体的教义中，宗教对生命现象的论述又同科学实验的结论高度吻合，比如佛教认为生命是种"不生不灭"、"不增不减"的存在，这同物质不灭的科学定律是那么一致。而且，千年前的佛教典籍就告诉我们一滴水有万千生命，显微镜发明出来后，果然能看到一滴水里有万千微生物。

我也不断意识到我们所信赖的常识的粗浅，很小的时候我怎么也想不通宇宙没有边际，一直朝一个方向飞总有到头的时候吧？长大了才知道，要理解宇宙必须在三维空间的常识上加入时间的维度。

人类的科学常识本身也是在不断自我推翻和超越的。

促使我彻底放弃成见的是一个有意思的发现，牛顿、爱因斯坦等许多大科学家最后都皈依了宗教。他们是不是发现自己穷极一生探寻的谜底宗教里早有明示或暗示呢？

宗教有没有可能是更高等的智慧生物送给人类的礼物？地球上许多古老的文化遗址里都能找到现代科技的蛛丝马迹，宗教是不是也是如此呢？

我跟母亲说，我也理解不了六道轮回，但我相信生命确实不存在生与死的差别。生死只是生命的两种不同形式，就好比无线电波，它一直在空中存在着，我们打开电台时它被我们听到，关掉电台就听不见，但我们不能说，我们听到时它是活的，我们听不见时它是死的。

母亲也认同我的一些分析，但最终也没有被我摆渡到岸。可能，病痛对于她是种更具体可感的存在，干扰着她建立新的生命信仰。

她的不甘与不舍成为我心里永久的伤痛。

我迄今为止也没笃信哪门宗教，但我在对多门宗教的敬仰和观察中学会了一种思维方式：任何常识，都可能是一种局限性极大的真理；而许多真理，未必可以马上用常识去验证。

去看一个生病的朋友。

从医学常识看，由于发现得早，她的病应该还不会危及生命。不过她还是谈到了恐惧。她这样解释为什么办了住院手续人却住在家里：住在医院里，看见形形色色的死亡，心里的压力会特别大。

这个我很理解。医院有时是治人的地方，有时是害人的地方。医院最令人不满的地方在于，它查证恶疾的次数远多于治愈恶疾的次数，剥夺尊严的能力远大于挽救尊严的能力。

有两年时间我不断陪母亲出入各大医院的重症病房，之后看谁都像有暗疾在身而不自知的人，也经常莫名其妙地怀疑自己其实很健康的身体。

朋友说，以前"死"是个特别远特别概念化的字，谈起来很轻松，现在它贴着自己的脸呼吸了，还是会特别恐惧的。

这点我不完全能理解。这位朋友是半个哲学家，素来因对世事的超然姿态被大家激赏。

在我看来，她是人群中活得特别清醒特别通透的那类人。

她怎么也会觉得死亡是种可怕的状态呢？

她说可能是因为未知吧。

既然未知，为什么不从乐观的角度设想，也许所谓的死亡是种比活着更好的状态呢？我觉得这恐惧还是常识造成的，常识告诉我们，活着才能享受阳光、蓝天、四季，所以要珍惜；常识告诉我们生命只有一次，所以特别宝贵；常识告诉我们死亡是件不好的事，所以亲友离去我们一定要悲伤。

有个问题，人类的所谓常识，在宇宙面前，低幼得可以忽略不计，人类的文明才还不到一万年历史，在地球的45亿岁的年龄面前只是一瞬，地球在宇宙中又渺小如尘埃。一种一万年都不到的文明对宇宙规律的解读该会有多么幼稚呢？肯定比一只蚂蚁对人类的理解还肤浅一万倍。

前不久看到一个资料，有科学家依据种种迹象得出结论：地球是外星生命囚禁人类的监狱，因为人类的文明太原始太野蛮，所以用地心引力把人类囚禁在地球上。还有更惊世骇俗的观点，宇宙大爆炸是人为的，也就是说，宇宙也是被有意制造出来的。是谁创造了宇宙？难道，真有个类似于上帝的东西存在？

这些观点猛一听都很荒谬，不过回想一下，仅仅四百多年前，当有人宣称地球不是宇宙中心时，还被自以为真理在握的人处以火刑。

那么，又有什么是不可能的呢？

不知是被我滔滔不绝的热情感动，还是被语言的洪流冲断了思绪，朋友似乎默认了我的歪理，望着在厨房忙碌的爱人说：人对死亡的恐惧，还有个很大的原因是牵挂，舍不得离开亲人、爱人。

我说，情感牵挂当然是痛苦的，不过我们也可以换一个角度想，假如生命有多个时空的存在形式，那么，做客回家后，就可能和另一些亲人团聚，爷爷奶奶、外公外婆之类，他们同样是你至亲至爱的人，他们已经等你很久了。这样一想，两种牵挂的痛苦是否可以相互抵消呢？

她笑着对我的想法表示惊讶，问：你真是这么想的？

我真是这么想的。至少近几年如此。

不仅和这位朋友，跟其他朋友我也阐述过这些心得，并持续地在心里强化它，让它逐渐沉淀为精神养分，一点一滴渗入日常生活的裂隙。

我不看网上那些哭哭啼啼的诀别新闻，不参加过度渲染悲情气氛的追悼会，两千多年前的庄子尚能做到用击盆而歌的方式送别妻子，以高科技、高智商自诩的现代人在这方面总不能一点进步都没有吧。

我也越来越反感耸人听闻的健康科普和医疗广告："如果你有某某症状，就表示大病来临……如果你不怎样怎样，就会怎样怎样。"这种粗暴的标题党每天变换模样占据着各大媒体的健康专栏，究竟是要挽救健康呢，还是破坏心理健康？我觉得一个真正文明的社会不应鼓吹对死亡的偏见，更不应利用人们的恐惧心理盈利。

每年一些特定和不特定的日子，我会去母亲的墓前看看。如果天气好，多半还会在那里歇歇，坐坐。

墓地是我帮母亲选的。母亲生病前就多次提出要先置好墓地，她考虑的因素是墓地在飞速涨价，早买可以替子女省很多钱；也怕城后的公墓满员后要迁到远郊，我们扫墓不方便。父亲觉得这事不吉利一直不肯办。她离世前的一个星期，我悄悄去城后的公共墓地帮她选了依山面湖的一块风水宝地，很适宜远眺，也考虑了情感因素，正前方的韭菜湖边，是母亲少年时住过的洗麻厂。

深秋的时候，墓地上阳光白亮煦暖，有一种恒定的安静气氛，与城区的争斗、吵闹以及与之相关的悲欢情绪形成对照。坐在那里，许多与活着相关的心理波动都显得失真和过于隆重。我忽然想到一句话：墓碑般的镇静。

平常遇上忧心与恐惧的事，我也常记起这句话。我想，我们所有的担忧与慌乱，全都因为在世事中陷得太深太痴，把购物而非观光看成旅行的意义，把短暂的瓜葛看作永恒的牵绊。如果具备了墓碑般的冷静与镇静，还有什么能晃动一个人的心志并将他打败呢？

外婆的话也一直记着，既然在这个时空是做客，既然还没到有人唤归的时刻，那么，不妨从容一点，宽容一点，自尊一点，自爱一点，像个有礼貌有风度的客人，乘兴而来，兴尽而归。

2015年4月6日

他们去了比巴黎更好的地方

人类面对死的智慧远逊于有关生的智慧。

大家把主要精力用于经营生的质量，因此演化出政治、经济、军事、科技、艺术等许许多多的学问。对于死亡，我们的研究和建设相比而言还很不够。

"我们到异地出差或旅游，一下飞机或火车，首先要做的事，是找家旅社把自己安顿下来，再出去工作或游玩。如果没有找好旅社，干什么事都不会踏实和从容。"

一位学佛的人通过旅社的比喻来强调归宿的重要性。

你只有把死想清楚了，才能从从容容地生。

哲学本来有这个使命，但绝大多数的哲学仍旧是有关生的哲学，对于死亡，哲学家们大多语焉不详，就连被称为"圣人"的孔子也会用"未知生，焉知死？"来搪塞。

宗教在这方面的胸怀就更博大些，既研究生的智慧，也肯直面世人对死亡的追问。

不过从人类的文明发展史看，有关生的科学在一日千里地发展，有关死亡的宗教，却是千年如一日地停滞，至少，进展缓慢。

这或许表明，死亡确实是个比生更难破解的课题。还有一重原因，人们普遍短视，总觉得死亡是遥远的事，不值得一下飞机或火车就开始准备。

这种状况，在我们身边似乎更明显。

我的一位朋友，移民到欧洲某国，生活了一段时间后，身边的朋友随口问她：你信仰什么宗教？她也随口答：我没有宗教信仰。然后她看见人家的目光被惊奇一点一点拉直了，仿佛眼前是个外星人。她后来知道，在那个国家，像她这样没找好旅社就去滚滚红尘中赶路的人十分少见。

她从那双惊奇的眼睛里看见了那人对她的不解和歧视。

作为一个诞生过唐三藏这种圣僧的佛教大国，我们也保留并恢复了许多寺庙，但敬重信仰的氛围却未真正形成。

一方面，佛教在我们这里出现了异化和世俗化的趋势。心里没有信仰招摇撞骗的假和尚不少，与之相对应的伪信徒则更多。我认识的人里，也有常去寺庙烧香和捐功德钱的。但是佛对于他们，只是用来保佑升官、发财、婚嫁、生子和避难的，并不是一种自我修正和约束的力量，更不是可以安置灵魂的信仰。另一方面，其他近代才引进的宗教也没发展到根深叶茂的程度。

在这样的背景下，我们的生再长寿再有声有色，也像是一种前景不明的苟活，正如大多数人说的，活着就是及时行乐。

这种状况的害处是显而易见的：因为缺少信仰对内心的制衡，人会在法规鞭长莫及处放纵恶念互相伤害，破坏生时的道德环境。在凤凰卫视一个讨论毒奶粉、毒大米为何屡禁不止的节目上，有嘉宾指出，光完善法律这种外在惩戒机制还不够，还必须加上基于宗教感的自我内在监督。

同样，因为缺乏应对死亡的智慧，一俟到了那个时刻，除了自杀者和少数舍生取义的勇士，大家一般都会手足失措，除了恐惧，只有悲伤。

我们身边许多人的死，尤其是灾祸和疾病导致的非自然死亡，只要他残存有意识，一定是用这意识来挣扎和留恋。因为事先没有充足的智力准备，因为死亡对于这些人，只是生的结束，而不是像越南籍的一行法师说的，是生的另一种形式。

"我真的不想死！"

许多人已快被生抛弃，却要喊着这样一句话来朝觐死亡。死亡当然不会把他拥抱得太舒适安详。

死已让濒死者很惧怕了，我们仍在用悲伤强化生者对于死亡的恐惧。

我讨厌参加葬礼，我所参加和目睹过的那些葬礼，除了深情或礼节性的追忆，无一例外还有两个主题：悲伤和庆幸。为死去的人公开地悲伤，为自己还活着暗自庆幸。

你可以留心，只要有公众人物英年早逝，媒体上除了表示意外、遗憾，一定还会从他们的病因里总结教训，号召大家珍惜生命，重视健康，然后，速成一套保命秘籍，指导你的作息和饮食。

在我看来，这样的提示只会破坏人的精神健康，因为它强化了死亡的可怕。

许多医生，在回顾病人最后的求生欲望时，一般都会摇着头强调自己的不忍和同情。

说实话，这样的表白不仅不令我感动，还让我有点反感。

他们表达同情的神色和语气让我发现一个秘密：在许多人看来，将死的人是这个世界最底层的弱势群体，任何一个健康的人都可以居高临下地俯视他，哪怕他活得毫无尊严并不快乐。

大家似乎忘了，谁都有那么一天。区别只是时间的先后而已。

你愿意在那一天到来时他人用怜悯的眼光送别你吗？

自去年以来，我们周遭发生了不少群体和个体灾难。灾难当然是令人痛心的，但媒体和民间舆论对于受难者及其亲属的安慰方式，同样是令人遗憾的。"不相信、错愕、震惊、悲痛、惋惜……"网络和报刊上充斥着此类词汇，它们像一枚枚黑色的钉子，把我们的情绪牢牢锁定在哀伤的频道上，这除了让离去者更不舍，幸存的人更伤心，还会有什么意义呢？

我们面对死亡的智慧，低到了不是零，而是负数的地步。

除了哀痛，真的就没有其他的送行表情吗？

最近的一起灾难发生在从巴西飞往巴黎的AF447次客机上，它的中途失踪造成了机上228人全部遇难。

这样的事故，在人类航空史上都不多见。消息一出，媒体上一片震惊哀悼之声，以至于在事故发生后的第二天起，我就不怎么敢上网看相关新闻和博客发言了。

我真的很害怕那些黑色的情绪污染自己对于生命的某些信仰。

我从未皈依任何宗教，却乐于从宗教和哲学中汲取智慧，以形成自己对于人的终极去向的信仰。毕竟，大多数宗教都可视作另一种积极地理解世界的思维方式。

有一天上网找资料，无意中看见这样一段话："法航失踪客机AF447次航班是一班只有起点没有终点的飞机，如果有终点，那是一个比巴黎更好的地方。"近千人在巴西著名的坎德拉里亚教堂为遇难者祈祷时，里约热内卢副主教安东尼奥·奥古斯都平静地说。

一瞬间，我感到了眼球的轻微湿润。

这是我近年来看到的最具慧根的送别语。它一方面告诉大家，他们去的地方，只会比现世更好；另一个隐含的信念是，假如有一天轮到自己，我们也会去到那样的好地方，并和先到的亲人相会。

多么形象、通达而温暖！

罹难者和他们的亲人需要这样的祝福。

我们也需要这样的信仰。

2011年

天上的门

　　不可避免。哪怕是对于一个活得比机器还务实的人，哪怕他的神经比钢铁还坚强，那样的念头也会像从时间深处飞来的冷弹，不时地命中他的面门。

　　表情瞬间黑屏，血管里的液体愣了一下，又继续重复着重复了千万次的奔流。

　　人死了是到哪里去了？大概二十多年前，妹妹问过我这个问题。那时，我乐于表现出能回答天下所有的难题，只是在这个问题上不敢吹牛。当时以为这只是超出了少年的智力，长大了自然就会有答案，就像一年级不会的算术题，即使不用学习，到了三年级自然就能弄懂。成年后，我知道了这其实是超越了整个人类智力极限的问题，在这个问题上，我的智商和一个十岁左右的少年没有很大差别。看了很多哲学和生物学的解释，没有哪种理论真能令人释怀。在这个问题上取得的唯一的进步在于，我知道了人不能老是迫使自己面对终极性的自我拷问，生命不过是随波（时间和同类）逐流的过程，经不起此类追问。

　　一辆满载木材的拖拉机因超载歪倒在柘港街一侧的稻田里，猴子似的蹲在木材顶部的那个人被压到了底部。木材被搬开后，大家在水田里找到了他。他嵌在烂泥里，浑身被染成泥水色，像一只被遗弃很久的麻袋，装着少许谷或者更不值钱的沙。这是我第一次目睹死亡。我站在人群外，想走得更近些，但膝盖绵软，拖不动脚，更带不动身子。奇怪的是，没有看见血。我这样想着，腿软得不负责任地把身体放了下来。我蹲在马路上望了望头顶的天，天还是好看的蓝。我站了起来，用比肇事者还忙乱的脚步逃离了别人的死。什么让我的腿发软？是生命消失方式的随意性，还是死亡残酷而丑陋的外表？

紧接着，三年级的一个同学的生命被水没收了。暑假时他跟几个同伴在一座小石拱桥下戏水。也在柘港的景湖公路一侧。连小河都算不上，杀死他的水只能称作"溪"或者"沟"，最深处也没不到头顶。几个人去拱桥下摸鱼，各有收获。他游过去，就没再出来。等大人把他捞出来，肚子已经快被水撑破，浑身的汗毛沾满红泥尘，类似某种触须繁多的海底生物。大家说，他是被水鬼拽住了脚，要不然在那么浅的地方不可能会淹死。新学期开始才听到这个消息，我记不起那个同学的模样，坐在教室里，眼前茫然，地面像水一样柔软地波动。

少年时期，恐怖笼罩着我的主要还不是死亡本身，在一生中离自然死亡最远的那些年龄，我一度以为，这是件一般只会在别人（老人和敌人）身上发生的事，我最怕的是死亡派到阳间来的特务——鬼。鬼的真正危害不是把人带到阴间，我迄今没有亲见这样的事例。鬼是一种看不见因此无处不在的病毒，破坏人对夜晚和自己身影的信任。我常听别人讲：一个人在荒地里走，前面忽然出现一个穿白衣服的女人，正在想那女子怎么敢一个人走野路，她却突然消失了。周围很开阔，除了一座坟，没有地方可以躲藏。这个人回来后就病倒了，发高烧。家里人去他走过的路把丢掉的魂喊回来，才渐渐好起来。另一些人，夜晚路过一些水库，看见几个猴子似的东西蹲在水边，快走近时，它们纷纷跳到水里，怎么等也不出来。他们说，那就是水鬼。

有一两年，脑袋里储存了太多来自成人世界的鬼故事，就像病毒侵占电脑内存，脑子总是死机，出现不可思议的幻觉。大概十岁左右，跟着小姨去县城东南角一个朋友家借宿。那里不算很偏，只是周围长满藤本植物。我一个人睡在阁楼上，晚上看见了鬼，模糊的身影蹲在对面的墙上看我。早上讲给小姨听，她笑着说你有点发烧吧，用手背来试我的额，发现我果然在烧。不知是看见鬼吓得发烧，还是发烧使我有功力看见了鬼。我们回家，走在明晃晃的大街上，某个瞬间，大脑晕眩，要呕吐，我又看见了鬼。小姨喊我，才把我从鬼的气场中拉回到阳光中来。心怦怦地跳，发出金属的声响。

那些年，夜晚成为漫长的酷刑，我无力拯救自己。

2005年元宵后，和省里的民俗专家去南丰石邮村（江西著名的傩舞之乡）看搜傩。那里保存了最原始的傩文化。从春节到元宵，傩事要持续半个月。傩其实是民间和鬼战斗的仪式，几千年的时间把它演化成了具有观赏价值的傩舞和傩戏。

我们看的是傩事的最后一天，穿着花土布（白底细碎红花）衣裳的傩队从傩庙把傩神请出，然后携着铁链，敲着小鼓，挨家挨户去捉鬼。所到之处，家家要燃鞭炮放土铳迎接，傩队在厅堂跳五六分钟形态诡异的舞，用铁链把藏在角落里的鬼押走，顺便用谷箩收走供在中堂上的肉和鱼。凌晨4点，才走完全村。傩队把鬼和它带来的不祥之气带到河滩上焚烧。这是搜傩的最后一幕，气氛神秘，一般人不许接近。我站在竹篾火把的红光中回望熟睡的村庄。村庄漆黑，如深海里安睡的礁石。过了半个小时，傩师们热汗涔涔，声带撕伤，鼓点和土铳还在催促他们的舞步，庄严和安详映亮村庄黑暗的心脏。

民间有种说法，阳气重的人体内的火焰就高，鬼怕火焰高的人。大概从十四五岁开始，我挣脱了鬼故事的纠缠，也基本没想过死亡的事。虽然也有死亡事件在身边发生，我的膝盖已比较坚强，晚上走夜路都不用唱歌鼓励自己。是啊，青春期应该是人火焰渐旺的时期，人生像手风琴徐徐拉开，绚烂的音响遮盖了从时间尽头传来的警告。

> 在水上
> 放弃智慧
> 停止仰望长空
> 为了生存你要流下屈辱的泪水
> 来浇灌家园
>
> 生存无须洞察
> 大地自己呈现
> 用幸福也用痛苦
> 来重建家乡的屋顶
> ……

　　我读到这样的句子，是在大学时代，具体时间不记得了。那时我已把自己当作艺术家来塑造，崇尚辉煌而短暂的美。在这样的诗歌面前，我的血液比汽油还易燃。我产生幻觉，以为自己是不小心来到尘世的天使，在人世待得越久就越耻辱。

　　1989年3月，这首诗的作者用躯体在山海关的一段慢车铁轨上写了一首血淋淋的诗。一个二十五岁的未名诗人，用死亡改变了我对死亡的看法。随后，更多的主动死亡事件在我的青春时代发生或被我阅读到，从海子到三毛到顾城，从海明威到三岛由纪夫。在八九十年代的诗歌语境中，自杀者从普通人观念中的懦夫变成了与俗世势不两立的精神贵族。尤其震撼我的是三岛由纪夫，把死亡策划成对小说的模仿。他不仅召集媒体来现场报道剖腹过程，路过女儿的学校时心里还想：如果是拍电影，此刻应该配一段感伤的音乐。

我不仅彻底摆脱了对于死亡的恐惧，还矫枉过正地迷上了它的自我塑造功能。

一名叫"谢津"的歌手，忽然从一百多米的高楼向天空扑去。当时我在一家青年期刊做编辑，同事们在选题会上讨论她的自杀。大多数人认为她死于心态失衡：一些和她同出道的歌手已大红大紫，而她还是半红不红。也有人分析她可能得了抑郁症。有人甚至提出有可能和情感纠葛有关，因为她自杀的日子刚好是情人节。

我强烈地反感这种看客性质的猜测，我对自杀者怀有一厢情愿的敬意。尼采说：他创造比自身更崇高的美，并因此遭到毁灭。我把所有提前退场的人臆想成尼采歌颂的那种人（只要他不是喝鼠药和农业药剂），把精神脆弱当作心灵高贵的表征。

二十岁的时候，我无法想象自己活过三十是什么样子。我对一些朋友说，二十五岁以后的日子都是捡来的。二十到三十岁的时间像一条黑暗的长廊，我踟蹰其中，情绪长期被无由的悲壮驱动。在同龄人忙于挣钱和结婚时，我的大脑里高速转动着许多疯狂的念头。我嘲笑那些热衷于生儿育女的人，似乎平庸的人才需要靠生命的传递来减轻对死亡的恐惧，人们想方设法制造出儿子只是为了给自己立一块活动墓碑。

我对战争电影的着迷到了病态的程度，看过能搜集到的几乎所有的二战、越战电影以及纪录片。特别是苏联战争片，每次看到红军战士唱着歌向德军发起集团冲锋，我的眼眶就急速升温，并幻想自己就是其中的一员。谈恋爱时，即使遇到了很喜欢的姑娘，也不肯全心投入，到了必须结婚的程度就逃跑，理由听起来像骗子的借口：我可能不会活太久，不能拖累你！当时的想法却是绝对真实的。我甚至不时在脑袋里演习死亡，有时是为了红军似的理想在炮火中献身；有时是在冬天的雪地上，像海明威那样用枪顶住下巴，然后用脚趾扣动扳机。

是枪而不是老鼠药、绳索、水或者铁轨（前面的太女性化，铁轨制造的结局太琐碎难看），这点是重要的，这关涉到死亡的美学内涵。可是从哪里获得一管双筒猎枪呢？这是个难题。我能弄到的只是一把匕首。

二十出头时，差不多一年时间，我随身带着一把匕首，用于防备几个流氓的追杀。一个没有多少意思的社交事故。我们县城经常发生用斧子砍人的恶性事件，一斧子下去，头颅和手臂跌落，为的却是比鸡毛还轻的小事。每次上街，那把匕首就藏在袖管里，冬天，钢铁的凉意贴在皮肤上，但身体得到的支持却是温暖的。

我虽然热衷于献身，却不愿为了一桩不小心卷入的丑闻献身。我想，死亡也是有尊严的。

只知道他姓黄，名字听过一遍就忘了。一个工作勤恳，为人和善的老实人，在检察院工作十几年了，年年评先进。他坐在我朋友老吴对面，看报纸，喝大杯浓茶。我每次去看老吴，他都微微欠起松软肥胖的身体对我笑着致意。老吴说，他是干部子弟，家庭条件不错，老婆孩子也挺好，唯一的缺点就是没血性，看见老鼠都紧张。有一年回县城，去检察院的法纪科看老吴，黄的位子空着，我顺势坐在他的藤椅上，也顺口问老吴黄怎么也有旷工的时候。老吴说，他早死了，在自家厕所里，被发现时虫蛹似的吊在皮带上，至今都不知道原因。死前也无任何异常之处，只是在小孩上学前对她说过一句：如果爸爸不能把你带大，你自己要好好学习。

冬天的阳光停伫在他的办公桌上，他在玻璃板下无声地笑。一个平庸的小职员，却突兀地成为悲壮美的分享者。我愣在他每天打发时间的地方，心里很凉。我听到有东西倒塌的声音从深处传来。

2000年，我忽然结婚了。

发生如此转折的个中原因，我在一些文章里阐释过，当然是不全面的坦白，受限于当时文章的主题，也因为人并不能完全解释自己的行为。过去没有提及的一个重要（也可以说最简单的）原因是，女朋友第三次怀孕了。我不能第三次把同一个人送进医院的人流手术台。这样，女儿为我这个发誓永不娶妻生子的人举行了一个十分潦草的婚礼。2000年8月16日下午4时，我双手抱着一个陌生的小人，双眼潮湿，姿势笨拙滑稽地站在阳光绚烂的医院走廊，不知如何应对这个令人惊奇的局面。不过诧异只持续了一两秒钟。两秒钟以后，我对许多事情的看法走到了过去的反面。

几年前，我在短文《当父亲的后果》里写道：

> 我的心变得庄严而脆薄，像纸一样一碰就破。……就这样，刚出生的女儿让我的毛病越来越多，越来越严重。发展到后来，我居然连堕胎这样的事都不能忍受了。2000年，我这个在某些方面被认为很前卫的人时常会反思电影和现实中的一些对白：刚被迫堕胎的女友恶狠狠地对男友说：你这个刽子手，杀人犯！……过去我总认为这种女孩很可笑；现在，我这个脆弱的纸人觉得，她说得一点都没错，一点也不过分。

另一个更为严重的后果是，我变成了过去最不屑的贪生怕死的人。看到一些失去父母的孤儿，有的虽被福利院和他人收养，但成长于惊恐以及不能任性和撒娇的环境，眼里时时藏着小心翼翼的世故。他们的目光给我带来最大的伤害。我想，绝对不能让女儿变成没有父亲的人。我严厉地对自己说，绝对不能。绝对不能！每次这样说时，眼泪就要流下来。

1993年，不到五十多岁的大姨父被肺癌生生拽走。他刚在审计厅转为正处，平时性格异常谦恭温和，从不高声说一句话。临死时突然变得狂躁，大声呼喊着要见当时的厅长和省长，幻想他们能想办法救他。他的呼号震住了我，一个人对活着的追求怎么会大到丧失理智的程度?! 最后的时刻，他望着尚未成年的表弟泪如雨注。多年后想起这件事，我理解了姨父的懦弱和疯狂。

我开始害怕自己的身体。每年单位做全面体检，都像是一场宣判。在各种机器面前，我冒着冷汗，怕体内存在可怕的秘密。医生说，每次体检，都能发现几例癌症，有的一发现就是晚期。体检的过程让我想起电影里的玩命游戏，一把只装了一颗子弹的左轮手枪，对着每个人发射一次，谁碰到那颗子弹谁倒霉。从这个角度看，医生和法官有着相似之处，不同之处在于，法官的判决是逻辑推理，被判决者对自己的命运心知肚明；医生的判决则近乎空穴来风，你从无过错他也能判你死刑。我因此对医生没有好感，尤其是一些表情像鳄鱼的中年内科男医生，他们似乎不是生命卫士，而是冷酷无情的刽子手，一生的使命就是宣判无辜者死刑。

在两个不大的牙科医院洗过两次牙以后，我惶恐了两三年时间，因为报纸上说，牙医的钻头是传播肝炎和艾滋病毒的渠道之一。并且决定不到万不得已坚决不输医院的血，每过一段时间，媒体上就有输血输出艾滋病的新闻。还不定期对过去的女朋友进行回访，并不是旧情复燃，每次都要问一句：身体还好吗？令对方一头雾水。我可没勇气去做艾滋病毒检测，这种求证健康的尴尬过程足以毁掉你的心理健康。

并非出于道德的原因，浪荡的生活方式得到纠正。我自觉地抵制低级趣味对人性弱点的引诱。尽量减少单独出差的机会，尽量少关心老婆之外的美女。

我比任何时候都更懂得了和平的珍贵。战争年代，人的性命比蚂蚁还廉价。历史学家统计战争的死亡人数，用的计量单位不是个，而是十万、百万和千万。一位新锐学者指出，这样的历史评判方式遮蔽了每个具体生命的尊严和价值。不过他也许忽略了一点，在乱世，个体的生命是没有尊严的，死亡像上帝的咳嗽，毫无理由地，随时可能把唾液的余沫喷溅到你身上。

下班经过八一大桥，看见一失恋女孩坐在栏杆上要跳江。所有的路人都停下来围观，或劝说或等待一则晚报新闻的结局。我也停下来看，三十分钟后女孩面对人群一阵冷笑，继而胸潮起伏。我低下头，发现自己的腿在抖，我失去了面对结局的勇气掉头走了。我童年时对死亡的惧怕又复苏了。

我的思维又回到了二十多年前的水平，喜好思考超出智能范围的问题：人死后能不能通过轮回再生？再生后的人和他的前世有什么关系？人的生物存在灭亡后，他的意识去哪里了？我不能从目前的人类文明成果里找到想要的答案。只是忽然理解了许多人对宗教的依赖。各种各样的宗教，其终极目的都是缓解人对死亡的担忧。可是那些没有宗教信仰的人呢？他们怎么才能做到把死亡当作去天国的旅行？

有段时间，我对各地烈士纪念馆的兴趣浓厚，那些模糊的旧照片，对应的大多是二三十岁的滚烫身躯。但是为了坚持对世界的一些想法（书上叫"主义"），他们选择了离开深爱的世界。瞿秋白被害的资料，那些只求实惠不要原则的人要跪下来看。一个在遗言（《多余的话》）的最后一句里写着"中国的豆腐也是很好吃的东西，世界第一"的人，他有无数逃避死亡的机会，只要对自己的主义作一点点妥协。他最后从容地割舍了缱绻的尘世之爱。枪声响起前，他环顾着周遭的青山绿水说：此地甚好。

一些既没有宗教也没有主义的人，他们从容赴死的状态也令我惊奇。做记者时，我在宣判大会的后台采访了两个马上要被执行枪决的年轻人。他们被绑得像两捆线团，脖子下挂着刺眼的红色大"×"。问他们是否后悔，怕不怕死。两个人均笑着摇头，强奸杀人的那个说：当时可能是被鬼迷住了。现在都到了这个地步，怕有什么用？抢劫了几百元的那个还口齿异常清楚地告诉我，他是本县谢家滩人。二十分钟后，跟我对话的两个人在远郊变成了两具姿态怪异的尸体，他们栽倒在地上，嘴巴啃着春天初生的青草。

外婆八十岁以后只关心两件事：一是家人给她预备的棺材材质好不好，一是死后的出殡仪式有没有外公的那么排场（外公是离休老干部，外婆从四十多岁就辞掉工作回家料理家务），花圈多不多。这些事情在她看来，是活着的一部分。好像这个过程的中间，不存在一道可怕的界限。

这些事情给我的启示是，死亡并不是值得提前担心的事，也许，到了一定的时候，大多数人自然都能想通。

我对死亡体验的种种报道很有兴趣，科学家们获取这些信息的方式是对大量从死亡边缘活过来的人进行调查。比较一致的说法是，死亡是空中一个光线迷人的通道，吸引你缓缓上升，在这个过程中，你想起所有亲人和一生中美好的片刻。这个过程非常美好，因为你的体内正在分泌一种带来快感的吗啡肽。这个研究的缺陷在于，提供证据的人都并非真正的死亡者。真正的死亡是没法被描述的，因为它缺乏主语。我个人猜测，死亡可能就像一次永远没有醒来的睡眠，你也许做了美梦，也许噩梦连连，但你说不出来。每个人都有一个无法告诉别人的秘密，哪怕是对你最想告诉的最亲密的人。

那个关于通道的说法还是有点说服力。我们经过一个通道来到地球，也应该经由一个通道离开地球，只不过它的门悬在天上。"母亲如门，对我静静开着"；死亡也如门，在远处静静等着。

我们从一个门出来，朝着另一个门奔跑，里程零到一百多年。这个过程，被叫作"生命、灵魂、伟大、卑微"，被叫作"痛苦、幸运"等等，还有许多更玄妙的命名，我无法一一道出。

2005年4月23日

头脑里的现实

时间对人的损害，最主要的后果不是衰老。有些时候，衰老也可能意味着丰富——通过记忆达到的幻觉的丰富。对于我这样的人，时间剥夺的不仅是生命的长度，它迫使我向大家都认可的生活的默认值看齐，被迫接受我们只有同一个现实时空。而在二十年前，除了和大家共有的现实，我还有个不为人知的头脑中的现实。更多的时候，我不是活在世界，我隐居在自己头脑的幽密处。

水蜜桃是用糖水撑圆的灯笼，悬挂在看不见的高处，比方说王母娘娘的后花园。在凡间，我只能吃到那种瘦小坚硬的普通桃子，核占了总体积的一半，糖分也少，吃前还要在裤腿上蹭去它浮游生物般的茸毛。和水蜜桃相比，它们和石头差不多。这些绿色的面颊暗红的石头，在我的眼里，仍然算得上夏天的金枝玉叶。我喜欢的另一种水果是金瓜（普通话里叫它"香瓜"）。"金瓜"的称谓突出的是它的色泽，成熟的金瓜颜色接近熟黄金，颜色软淡一点而已。香瓜强调的是它的味道。瓜熟之后，包裹着一层浓香，香味厚而且甜，穿透力也强，一个比拳头大些的香瓜，放在脸盆里浸泡，香甜会溢满10平米的房间。桃和金瓜是我十岁左右时最向往的瓜果。虽然金瓜的可食部分和水分远不及西瓜多，甜味也有点黏糊和腻歪，但当时我一点都不喜欢西瓜。

　　我们那一带桃树很少，少数人家屋后会种一两棵。桃子红熟的季节，主人准备了看家狗和竹篙恭候偷桃人的到来。水蜜桃在整个童年期好像只吃过一两次。我读小学的乡下，到了夏天田野里就会支起一些用稻草搭建的瓜棚，无数金瓜在茂密的瓜秧下悄悄酝酿糖分。午休时，我常去宿舍后面的瓜棚听看瓜的老头讲古：书生赶考邂逅狐仙或假县令上任之类的民间传说。有时用中学（我妈在那里教书）的菜票买一个金瓜，在瓜棚下的水沟里洗了，躺在看瓜人的竹床上边吃边听，凉风从远处瓜秧的空隙间簌簌地奔来，在手臂上拂起一层舒服的小疙瘩。

　　夏天的更多时间，我处在对桃和香瓜的想象中。许多年后看到有人说强劲的想象产生现实，觉得十分在理。少年时代，我在想象中生活的时间比在现实中要多许多。由于父母管教过严，我的现实生活疆域极其有限，我基本是个不捣乱的好孩子，极少打架闹事。上课不听讲，却并不扰乱课堂纪律。课堂上，我的想象力在黑板上粉笔擦留下的各种擦痕上旅行，一会儿觉得擦痕像马克思的头，一会儿看到了马、牛、桃、金瓜、山峰和郊外的道路，一会儿又觉得它像极了数学老师干瘪的脸。在乡下读小学三四年级时，给我带来最大安慰的是一座头脑里的桃园。

　　一座有几百棵水蜜桃的园子，用围墙圈着，桃树高大浓密，枝干粗壮结实得足以供人在其上行走睡觉。桃树下是比地毯还平整舒适的草地，部分桃树下套种了金瓜。一条水渠从桃树的阴影下蜿蜒而过：两米宽，一米深，用水泥铺的渠底和护坡，水清得像是没有水。整个夏天，我和弟弟和两个表弟都待在桃树上，饿了吃水蜜桃和金瓜，饱了跳到水渠里游泳，累了又回到桃树浓密的树冠里睡觉乘凉。后来看到卡尔维诺的《树上的祖先》，才发现到树上去居住并非我一人的幻想。在乡下的那两年，我就居住在大脑中的这个园子里。在上学路上、课堂上、在家做作业时和睡觉前，我都住在桃园里。除了我，没有人知道这个秘密。除了表弟，我很少带别人进去，除非是个别玩得很好的同学。自私加剧了桃园带给我的秘密的快乐。

到县城读书，尤其读初一后，现实空间进一步萎缩，读书的意义被进一步放大。朋友减少，课余时间减少，每天唯一的奔头是中午的评书广播：《岳飞传》、《隋唐演义》、《三侠五义》，这些评书和稍后出产的电影《少林寺》、电视《霍元甲》一起，把全国的青少年都培养成了武术爱好者。我也不例外，只是练了没多久就放弃了，我一看到警察腰里用红布裹着的黑手枪就绝望了：就是练成当代霍元甲又有什么用?! 人家一抬手半秒钟就把你修炼一世的武功给勾销了；而且，用手指去插沙堆（练铁砂掌）的训练太枯燥了。但这些东西却培养了我对古代的热爱。我想，活在古代多好，不愿考科举就去练武功，如果连江湖也看透了，就带着夫人去山林隐居。

初中头两年，我基本就在古代厮混。属于公元1983年和1984年的是空洞的躯壳。我的躯壳在学校和家里之间走来走去，上课、考试、挨老师批评、被父亲训斥得一整天不说话。我对这些无所谓，我的古代生涯给了我足够的补偿。和小学时不同，我不只是想象（当然我每时每刻都在想象），还把我在古代的生活画出来。一开始只是画些古代山水。我父亲的书柜里有本《芥子园画谱》，我对古代生活细节的认识不少是从那里得来的。一座很深的山，绿树掩盖着一幢草房，围墙是用竹竿编织的。院子前面有清澈的小溪。我坐在溪畔的树荫下钓鱼。我经常画此种题材的水彩画，趣味和离休老干部差不多。有一幅画的构图迄今历历在目。画的主体是一截竹篱笆和篱笆旁的黄泥小路。一道细小的水沟从篱笆脚的小漏洞里蛇行而出，横穿小路。好像还有蝴蝶在路旁的草丛上飞。篱笆是绿的，路面是黄的，水流是蓝的，如此鲜艳清晰的场景，是我隐居的茅舍附近的风景一角。我把它张贴在墙上，它便成了真实的生活场景；画外的世界，倒像是画一般虚假的东西了。

我最想去的朝代是宋朝，可能跟《岳飞传》和《水浒传》有关。宋朝还有李清照和李师师。可宋朝是历史上军力最弱的朝代之一，被辽国和金国欺负得一塌糊涂。偶尔去那里散散步倒是不错，真要是活在宋朝只有隐居才能逃避耻辱。我不可能总是满足于隐居。

一张古代中国地图，疆域和地名被我篡改得面目全非。我从历史中分割出几百年时间，建立了一个强大的汉人政权。国家经济发达，军事更加发达。全国共分为十多个军区，每个军区十万军队，统帅全是按我的好恶选拔的，全都忠于朝廷且身怀绝技。全国的军事最高统帅年轻英俊，骑白马使长枪（赵子龙和岳飞的优势组合），武艺全国第一，谋略亦然。这个人是谁，不用我坦白你肯定猜到啦。我不怎么愿意当皇帝，因为皇帝一般是没有武功的，而且服装实在太难看，每天用龙袍把自己包裹得像个大肉虫。我通过画连环画的方式进入到我一手打造的这个朝代，在那里剿灭内乱，降服国境北边的游牧民族。两年内，我画了十几本连环画，四五十页一本。每本都有漂亮的彩色封面。我全身心地投入到这个虚拟的王国中。同学们发现这个秘密后，惊叹不已，争着去我的国家旅游。他们在课堂上传看我的著作，被老师缴获后，老师睁大了眼睛问我："这真是你画的？文字也是你配的?!"

我在自己的王国里越陷越深。不知是为了什么事，我父亲把我逼在墙角打屁股，并像狮子一样咆哮，用越来越高的分贝震慑我的神经。我不狡辩，也不逃避，与他对峙着，脑子里进行着疯狂的杀戮：

我带着上万骑兵，把金国人杀得哭爹喊娘。

最后一个理想国是一座小岛。知识的增长使我的想象力从一个庞大的帝国萎缩成一个几平方公里的小岛。读初三后，我对冷兵器搏杀的热情减少。在物理课上学了电学后，我在鄱阳湖上为自己找了一座小岛，和几个朋友以及我们的妻子（这时我已经渴望有妻子了）在那里建了几栋房子，还有发电站。岛上遍布机关，全是用电路自动控制的，外人一碰就会丧命，同时触响我们卧室里的警铃。岛上的生活基本可以自足，稻田、菜园、果园、棉花田等什么都有。平常大家也没多少事，简单的劳动之后，一起唱歌、游泳、散步。课堂上，我不断地在稿纸上设计全岛和自己房间的防盗电路，稿纸用了一张又一张。我每天在脑子里过岛上的自由日子。

在看了《海底两万里》的连环画后，我又把家搬到了一艘超大的潜艇中，还是和那几个朋友及我们的家人一起。潜艇可以在海里航行一年都不用补充给养，因为里面实在太大了，粮库、油库、弹药库、舞厅、游泳池、电视房，什么都有。还有一堵开放自如的玻璃幕墙，无聊时就去那里观看深海斑斓的鱼群。天气好的话，就浮出水面晒太阳。偶尔还会去一些对我们没有敌意的沿海国家访问。而一旦遭到攻击，潜艇上的先进秘密武器可以瞬间毁灭敌人一个舰队。

强劲的想象力在进入高中后就基本堕落到现实层面上，我无法从那些完全虚构的时空中得到满足，转而开始想象高中毕业以后的人生。天马行空的虚构变成了以现实为基础的憧憬。内容无非是将来的大学和恋爱生活。工作以后，又相应加入职业和婚姻的内容。这时候，我已没法靠头脑中的现实获得生命意义了。想象力逐步向现实缴械投降。只是在某些时刻、某些具体事件上，还能从想象中获得短暂的快乐。比方说：偶尔想象一下被闪光灯烤得满头大汗的成功时刻，想象和剧雪那样的美女外出旅行一次。

头脑中的现实，沦丧得只剩下这些碎片，而它们的本质是多么庸俗啊。这时我知道，自己已差不多成长为一个正常人了：一个务实进取，却了无生趣的人。

2005年7月19日

木村的月光

虽然爱了十余年的吉他，但我仍然无法想象，有人居然可以用同样的十根手指弹拨出月光和岁月的风声。它们弥散在我的心脏后侧，暗香浮动，令人晕眩，不能自拔。拥有巫术般手指的这个人名叫"木村好夫"，他使我武功全废，从一个弹奏者沦为一名虔诚的聆听者。他的另一个名字是"日本吉他天皇"。

实际上，我迄今无法完整地读出木村演奏的任何一个曲名，因为CD碟上的介绍全部是似曾相识的日文。但毫无疑问，那都是些日本风味纯正的曲目，因为所有的曲子都散发着自省式的感伤，樱花的暗影、无可奈何花落去的情怀在每个主题中萦回，但它们绝不上升为悲怆，阴柔而内敛的美更接近月光，不管是白昼还是深夜，散淡地投射着一段平凡如歌的时光。

它们属于像我这种有一些经历却有许多感慨的人。

刚买到木村的这盘精选天碟时，我正经历着一种过去只愿远远旁观的生活。窄小的两室一厅里居住着我的母亲、爱人、六个多月的女儿，还有我——一种一地鸡毛的庸常生活，同这个城市的近百万个家庭一样，在炊烟中体味忙碌的意义。每天傍晚是我们的幸福时光，母亲在厨房做韭菜炒蛋，我爱人刚刚上完课回来，换上绒拖鞋，为了清理女儿虫虫制造的混乱在房间和客厅间走来走去。我抱着虫虫坐在墙角的小椅子上听木村好夫弹吉他，两只柔软的小手在我脸上抓来抓去。

我并不是一个脚踏实地过日子的人，对现实保持怀疑和警惕，但是在木村的音乐照耀下，夕阳中飞舞的尘埃都变成了黄金的颜色。我坐在木村的吉他曲里，很神奇地获得了几十年后的视角，我坐在干瘪的藤条椅中，对长大成人的女儿回忆这些普通的黄昏，还有整天在七层楼上守着她的祖母。这种电影式的联想很容易感动了自己，它使得一地鸡毛的生活显得如此温暖和弥足珍贵。

为了让我有空间看书，两个月后，爱人放弃工作同母亲一起回老家带虫虫。我重新回到了我一直习以为常的独居生活中。是的，我恢复了孤独，却并不感到美好。这令我伤心并且充满了担心。我怀疑自己已被亲情泡软了骨头，泪水比翅膀更重，所以只适合在距亲人三尺高的低空盘旋，而无法拥抱遥远的湛蓝。有很久，我厌倦了下楼，厌倦了与人没心没肺地交往，也厌倦了读书和一些过于华美的钢琴及萨克斯音乐。我成了一个矛盾重重无所事事的人，既无法像过去一样自私，也不可能安于仅仅在平淡中寻求诗意。

依旧是亲爱的木村先生，温柔的手指安抚着一颗狂躁的心。不管是闲坐还是小睡，从未谋面的木村好夫先生都按照我的需求静坐在音响里为我的心情伴奏，从傍晚直到深夜，循环往复。这段时间我更偏爱CD中那些灵魂独白似的乐段，没有其他乐器协奏，清冷的琴音如月光蹑足走过午夜的水泥地一般在我的胸膛上独舞，它的冷艳与尊贵令我无法自持；令我重新享用到孤独的美；令我不断地想呼喊：让我在音乐和比音乐更庄严的情感中拔剑自刎。

木村的音乐就是这样，既美化浮生光影，又帮助你认真忏悔。

CD的包装上没有木村的人像，我想他应当比较老吧，因为一个没有看透人生的人是无法接近月光的宁静和纯粹的。除了这点推理，我对木村好夫一无所知。然而正是这个生活在遥远国度的陌生人，却如此深刻地影响着我的生活——他使我心灵安宁，又经常辗转难眠。

2001 年

运送灵魂的那支乐曲

对音乐的过度依赖，让我唯心地觉得，当灵魂从肉体中缓缓退出，朝着宇宙这个概念的虚无内涵永不回头地飞逝而去时，任何人都无法帮我克服从光明转入黑暗那刻的没顶孤独，所有物质的东西都无法追随灵魂开始隐形旅行，除非它是一支温暖的乐曲。是的，只有音乐这种非物质的东西，能陪伴和运送比它更加虚无的灵魂，使它飞升的形态美如纸鸢，妖娆而安详。

而它绝不是我们通常在葬礼和追悼会上听到的那些玩意儿，也不是大师们创作的所谓《安魂曲》。外公去世后的那几天，两个乐队比赛似的奏着"悠悠岁月，欲说当年好困惑"之类的曲子，感情倾向混乱。我想，亲爱的外公一定烦透了，因为他生前就讨厌听流行歌曲，更何况是这样例行公事的演奏。这样的音乐都是给生者准备的，以便酝酿泪水和惜别的表情。对于那个在黑暗中上路的人，这一切都来得太迟，恐惧和挣扎早已发生过了。

从二十岁起，我就开始有意无意地为自己寻找那支曲子。一开始，我比较倾心于《斗牛士之歌》、《重归苏莲托》这样辉煌雄壮的艺术歌曲。那时我生命力蓬勃旺盛，澎湃着为某种神圣的情感庄严地献身的激情，所以非但不惧怕死亡，还满脑子天才短命英雄短命的自我暗示。我设想的所有临界场景都发生在二十五岁以前，这是彗星燃烧得最耀眼的时刻，是海子们用生命爆破世人眼球的年龄。《斗牛士之歌》通过几个巨型音箱的放大，整个房间都盛不下了。音乐掀动窗帘，掀开死亡附着在眼睑上的暗影，在涡流状飞舞的晨光中，我面含微笑，听见血通过弹孔或刀口汩汩地运走最后的体温。

　　我描绘的是经过改良的某个电影镜头。我二十出头的时候，只能接受自觉和悲壮的死亡，我认为一个人要拖到丧失了英雄气概时再去死是可耻的。这样悲怆的死亡，女性化的绳索、河塘里没有骨头的水，以及小人嘴脸的毒药都是配不上的，承接它的必须是钢铁，和一段像钢铁一样的音乐。

　　后来，一个最终成为我爱人的人拽着我走出了海子、三岛由纪夫等人布在我心里的那层迷人的阴影。不过我爱上爱情的代价是同时获得了对死亡的恐惧。在乡下，我曾经亲历过一个陌生老人的死亡，她躺在棺材一样黑洞洞的老式雕花床里，还没有咽气，空气里就飘满了纸灰和亲人的哭泣。那时我不替她的死担心，我担心的是，那样污浊的氛围，又没有音乐引路，她的灵魂哪里有路可逃？还有一次，在雨后的山上漫游，看到一伙人抬着一个漆着红漆镶着金边的棺材往深深的土坑里放，另一伙人呜里哇啦吹着难听的唢呐曲，我的恐惧大到了极点。心想，这样的音乐，岂不要把灵魂和肉身一起埋到没有空气和光线的黄土中去?!

　　爱人比我小五岁，在这最后的事情上应该是可以帮到我的。我曾认真地嘱咐她：我死的时候，不要任何人打扰，但必须有清澈的阳光。你抱住我的头颅，让它比身体略高，以便身体里非物质的那个东西可以更好地升向空中。接下来的路程，就交给音乐去护送，它应该是《圣母颂》，是巴赫的而不是其他人的，用一百支小提琴缓缓拉出来。

　　这样浪漫的谢幕，恐怕连上帝都要嫉妒吧。我这样期望着，却一点都不敢当真，连活着的每一天都不能按计划行事，何况是自己已差不多失去了支配权的自然死亡呢？

但音乐肯定是要的。

前年冬天的一个深夜，我在一部电视纪录片里目睹了一个业余吉他手生命中最后的冬天。他是石家庄一家破败小厂的办公室干事，曾获过全国吉他比赛大奖，但吉他华美的音色并不能改变生活凋敝单调的色彩。他除了和同事打打麻将，就是整天抱着吉他，弹《卡伐蒂娜》。后来不甘牌友中一个暴发户的肆意侮辱，狂怒中用水果刀误伤人命，结果也把自己送上了刑场。这几年我看了不少这样的片子，没有哪部像这个片子震撼我的心。可能还是因为音乐吧。他在冬日萧条的厂区无聊地仰望长空时，背景音乐是《卡伐蒂娜》；杀了人站在大街上茫然失措时，背景音乐是《卡伐蒂娜》；被执行前接受记者采访时（真人录像），背景音乐还是《卡伐蒂娜》。他看上去比冬天的枯枝还平静，微笑时露出的牙齿闪着手铐似的白光。最后那个场景是片子里没有的，但我完全想象得出：当子弹将北方冬天的寒冷强行注射进他的心脏的那个瞬间，背景音乐肯定还是《卡伐蒂娜》，因为这个曲子陪他度过了那么多寂寞的时光，和他的灵魂肯定是有默契的——它虚幻而空旷的美和一个爱美而卑微的生命的本质是多么一致啊。

这部纪录片给我带来的影响是巨大的，最明显的一点，我更深刻地理解和爱上了《卡伐蒂娜》。因为我觉得自己在这个世界，也是个骄傲而卑微的存在。对于现在的我，《斗牛士之歌》太年轻气盛了，《圣母颂》太圣洁唯美了，《卡伐蒂娜》或许更接近灵魂的真相。

如果音乐真的可以制作一副灵魂的枕头，伴它在某个命定的时刻高飞和安睡，我三十二岁时为自己预订的那副就叫《卡伐蒂娜》，用古典吉他独奏。

2002年9月9日

浅昏迷

一

差不多有6年，梦境里没出现其他城市。差不多快有两年，没离开过江西省境。

只有我自己清楚这意味着什么。在过去的十几年里，我几乎没在一座城市居住两年以上的耐心（我总是喜新厌旧地只热爱更远更大的城市），而在刚过去的四五年里，我总是习惯于披着夜色和孤独的斗篷行走在外省的街头（表情执着而暧昧），寻找新闻和烟花般短暂的激情。有段时间，甚至迫切地想学英语口语，我毫不怀疑，有一天我的身影会遥远到需要靠其他语言翻译的程度。

是什么让我忽然在止步不前中获得习以为常的心境：对女儿的牵挂？对某种情感的习惯？还是对"远方除了遥远一无所有"这个预言的体认？我还没来得及怀疑自己的脚力，根系已在这座城市的水泥地面上扎了下去，虽然并不强劲发达，也足以牵扯偶尔闪现的挣脱的欲念。

在我的锚缓缓向深海降落的过程中，许多原本安静的朋友，纷纷泡沫般从深海升向水面，有的还从海面飘向空中。

一个和我同龄的老乡，30岁前像乖顺的藤本植物，安安静静地贴着小城的街面生长，连省城都到得很少，有一天婚姻突然坍塌，她从废墟里爬出来，向着未知的方向狂奔，我以为她的终点是南昌、上海，或者最远是北京。事实是，她在南昌突击补习了几个月的英语，然后飞到上海，在那里加足了油，最终飞到了英国。两年后，她拥有了新的国籍和丈夫。另两个朋友也是如此，和我同事的那个，上个月还在给我们的杂志设计封面，我出趟差回来就被告知，我们的美编已飞到德国去了，新的美编马上就要来上班；新华社的那个，刚给我在新华网开了专栏不久，就跟着新婚的先生去当了美籍华人。她给我发来新家的照片上，除了别墅，还有森林和松鼠。

肺活量略小些的朋友，飘散在广东和上海等地，和自己的籍贯都有着千里之遥的距离。而他们的脚步，一点也不受居住地的约束。

老朱是我的鄱阳同乡，我四处漫游的那些年，他在某个小城和贫困奋力鏖战，最终还是背井离乡。在广东的一家大企业，我们的脚印有过半年多的重叠，然后，我折回了江西，他继续向前，虽未改变国籍，身影开始在世界地图上到处飘。

我日渐沉溺于江西的山川沟壑中。以青蛙从井底往上打量的视角，我满足于圆孔形的局促蓝天。从绝对值看，江西的确嫩绿安宁，并且，我的惰性和对静止的偏爱延展了这个绝对值，使它达到足以令人心智接近沉醉的地步。是的，省内的一些小旅行越来越符合我的心意。即便在省内，我也不愿去3小时车程以上的地方，不能忍受在外面连续度过两个以上的夜晚。我养成了认床的坏习惯，在宾馆沾染过无数人体味（我用想象而不是鼻子闻到了它）的被褥下，我的皮肤不敢充分裸露地自由地呼吸。更多的时候，我回鄱阳也能找到旅行的欣喜和快乐，在一些无名的没有景点的丘陵上行走，过去的时光就会和现实的乡情杂糅出成分复杂的感动。

我一度试图把这种井底的风景解释为返璞归真的境界，但以我现在才三十多岁的年龄看，这是否也是对提前衰老的自我宽慰呢？

每年的"五一"、"十一"和春节长假，这座城市的人就会候鸟一样用翅膀的暗影遮蔽通往外省的道路，而脚力越来越强劲的老朱，不时地在博客上贴出他在欧洲各国和日本拍下的数码图片。在我正一天一天在心态上成为南昌人，或者更准确地说，成为客居于南昌的鄱阳人时，老朱已完成从江西人向广东人、中国人和地球人的演变。我在老家的某台电脑前考察老朱的足迹时想，同他的节奏相比，我在鄱阳的散步连小旅行都算不上了，它似乎更像是一种疲惫导致的浅昏迷。

这样的想法不时令心里某个沉睡的念头挣扎一下，但很快，它又被我对故乡的深爱淹没头颅，继续在甜蜜的浅昏迷中沉沉睡去。

二

用雨后春笋来比喻都会失去效率的那些酒店，在我看来，就像是一只只攀比豪华的胃。

能获得这样的想象，是因为我先获得了观望那些本体的距离。

一个男人拥有的社会资源量，和他的私人时间成反比，和他的自卑系数成反比；但是，绝对同他的胃容积与活跃程度成正比。

许多男人的私人独白里都有一句细小的声音：每天都回家吃晚饭是件很丢人的事。

我没这样的担忧。原因之一或许是，我从来没机会培养这方面的心理障碍。我的胃是大多数时间在家偶尔外出工作的芸芸众胃中的一员，而且，在芸芸众胃日益走向忙碌和自信时，它不仅不思进取，还过早地出现恋家的迹象。

2006年，女儿开始读小学，每天在学校吃早饭和午饭，在家的晚餐，在我心里显得很隆重。30多年来我没进过厨房，我个人对美食远不及对美色和美音有兴趣。但是没办法，我去书店买了本傻瓜菜谱《美味大众菜》，学习炒菜。

这本傻瓜都能用的菜谱严重挫伤我对智商的自信，许多配料的名字和用量看不确切，做晚饭还是基本坚持了下来。每天下午三四点钟，我就放下所有事情去菜场买菜。新区的菜场品种有限：排骨、牛肉、鲶鱼、鲫鱼、山药、豆泡、青椒、蒜苗、胡萝卜、韭黄、花菜、菜柳……我爱买的主要就这些，晚餐的菜谱就在这些名词之间搭配产生：排骨炖山药、排骨炖豆泡、排骨炖胡萝卜、鲶鱼煮豆腐、韭黄炒蛋、青椒炒肉等。或者更简单点，拎一只老鸭或土鸡回来用高压锅压。我不懂复杂的烹饪程序，除了精炼油、盐、酱油，菜里也不放其他佐料，成分简单至级。我能做到的是，女儿在楼下按响门铃时，把热腾腾的菜端到玻璃餐桌上营造出繁荣的表象。

女儿从不会指出我的技艺和酒店的巨大差距，她从三岁时就从动画片里明白了爱就是力量的道理。她妈妈出于保护劳动积极性的考虑，有意见也藏在心里。她们的宽容让我的厨艺故步自封，胃部的一些功能也在简单的菜谱中渐渐沉睡了。偶尔出去参加社交聚会，胃出现了比心脏还严重的不适应感。心脏的不适是形而上的，多少有点矫情和孤芳自赏，心脏不适少玩点心跳就是了；胃的不适是形而下的，生物性的，伴随着自我怀疑的。

可能是吃惯了自己做的色泽原生、配料清淡的傻瓜菜，很不习惯酒店菜谱的复杂、混沌、油腻和厚重。南昌的酒店大都是赣菜和风格相近的湘菜、川菜，口味重，配料生猛，尤爱把菜汁勾芡成油腻的糊状。我功能沉睡的胃每次出门都像是参加考试，要动员每个细胞兴奋起来，才能勉强和那些视觉可疑成分莫测的外来物打个平手。

我喝酒的技术也粗糙，每咽口白酒下去，就要吃几大口菜镇压一番，就像每吞下一簇火苗，就要吞下一堆灭火剂抵消它。质量粗糙必须在数量上付出代价。每次应酬，即使一口饭也没吃，我的胃也会被菜撑成气球。回来坐在沙发上，除了抱着肚子做按摩，什么也不想干。

我在情感上和酒店越来越疏远，加上原本就厉害的对中餐不卫生聚餐习惯的疑虑，我变成了只有在家吃饭才舒服的人。

我们县城有位名中医，六十多年来只爱做两件事：一、给人号脉；二、给书号脉。曾在《随笔》杂志发表二十多篇医学随笔。我近期还知道了他的另一个怪癖，一生不愿在餐馆吃饭，怕脏，不管多牛的人物发帖他都不赴宴。

这个发现对我多少是种心理支撑——我的胃虽没出息，但可以相信，它其实并不孤单，目前也依然健康。

三

我为什么没有"小蜜"？

这是许多和我年龄相仿的男人自嘲时爱说的一句话。我从不用这个问题鞭策自己，因为我有两只八哥。

不少人童年时养过鸟，有些人退休后也会养点宠物或花草。一个正当年的男人，他即便没有"小蜜"，甚至连"大蜜"也没有，他还是不会去养八哥，他宁愿在心里养一个仇人以消磨过剩的精力和感情。

2005年暮春，我从花鸟市场买回一只小八哥，等到2006年春天，它已是大龄男青年了，我决定给它娶个老婆，这样我家就有了第二只八哥。我女儿给它们取名：大八和小八。

可它们俩并没那个意思，住在一起就打架，都是小八啄大八。这迫使我多买了个笼子让它们分居，一年后，它们勉强同意住一起，还是没那个意思。我因此怀疑卖鸟的骗了我，它们并非一雌一雄，也并不打算向命运低头开展同性恋。

大八和小八成为我们家的第四第五号成员，我每天早上起来的第一件事，就是给它们加洗澡水和鸟粮。下班回家第一件事也是如此。如果举家出门旅行，就花钱把它们放到卖鸟人那里托管。今年回老家过年时，怕它们在别人家吃不饱睡不暖受委屈（前年的一个长假大八就在托管处寝食不安撞破了头），就抱着笼子带它们坐长途车一起回去了。我所得到的回报是，它们每次见我就会不停地说："你好你好。"

许多人都知道八哥会说话，真正听过的很少。大八的舌头用烟灰捻过一次（把舌头上的一层软壳剥离下来）后，会模仿我的嗓音说"你好"。小八前后捻过三次，加上外交型的活泼性格，会说的话要多一些，说"你好"时，一会儿是模仿我的音色，一会儿是我女儿的音色。

天气好的傍晚，我会去楼下的草地或小区之外的一处小树林放鸟。

"大八一飞冲天，像老鹰那样迎着春风越飞越高，最后还是回到柳树下觅食，小八则爱在我肩头和草地间穿梭，肤浅地炫耀它和我的亲密关系。中途两个路过的渔民儿子被吸引过来，逗它们说话。大八出于修养和礼节只说了两次你好，对方不满意，不断地用粗话逗它。大八极其生气，身体膨胀成一只肥硕的刺猬，啄他们的手，赶得他们四处躲藏。我在心里为它热烈鼓掌。

天色越来越暗，风越来越大，草洲上只剩下我和大八、小八，它们四处散步，吃草籽，大八还用锋利的喙肢解了我扔的烟蒂，以此拖延回家的时间，我迁就了它们，直到光线昏暗才让它们先后进笼子（自然是大八先进去）。就这样，情人节就在大八和小八的一再拖延下混了过去。我拎着笼子穿过街道回父母家时，想起20岁时常使用的一个词组：孤独而美好。"

以上文字摘自过年时写的一篇日记，那天刚好是情人节，我把八哥带到了县城郊区的一片濒河大草洲待了一下午。我平常在南昌放鸟时，情形也差不多，只是这边没有高大的柳树和寂寥的草洲。小树林边上就是车辆穿梭的马路，更远处是许多还未竣工的楼盘，打桩机的汽锤在空气里沉闷有弹性地响着，似乎要把所有的暮色砸进一个人心里。

2006年的许多黄昏，我就是这样度过的。大概是下半年吧，胆大好学的小八终于学会了人类语言中最美的一句话。有一天，它突然跳到我肩头使劲说："我爱你。""我"字发音虽然有点更像"吾"，但我在那个时刻的欣喜，类似于第一次听女儿叫"爸爸"。

我把越来越多的感情投入到大八和小八身上，在它们的食谱里增加了蚂蚱、瘦肉、苹果、西瓜，有时在家里也会把它们放出来散步。我在电脑上工作时，八哥就站在桌上歪着头表情奇怪地打量我。我放音乐时，它们就激动得呀呀地呼喊。我翻阅过资料，八哥的寿命大约有十七八年，我因此想，在这些年里，我即便孤独，我的孤独里也是有爱的。

一个男人在还很年轻时就爱上提笼架鸟的日子，这意味着他的血统里有纨绔的基因，还是意味着他是个轻度孤独症患者？甚至，他是个对人类的真诚和感情失去信心的人？

我没法回答这些，我能够回答的依然只是那个困扰着许多男人的问题：我为什么没有"小蜜"。

四

许多年以来我都以为，人活着就是为了做他想做的事，因此不必忍受不爱干的工作。近两年才恍然发现，这世界至少有99%的人不是这样活着。每次回县城过年，我就意识到这点。

"过年"这个词所孵化的词组，除了花钱，就是数钱。不管他是经商，当官，种田，当医生，当警察，当教师，甚至当妓女，当小偷，不管他们一年的活动由多少千奇百怪大相径庭的动词组成，最后一个动作都会是——数钱。当然，新的时代给"钱"这个裸体般令人不安的汉字穿上了好看的外衣——财富，因此，一年中所有合法和不合法的动词都披上了同样好看的外套——全民创业。

我并不相信，这99%的人都是最爱好赚钱的，这世界有许多职业的存在价值并不是赚钱，也并不适合赚钱，比如说警察、医生和教师，即便这些人，也开始以财富的多少来衡量人生价值了。我一方面对他们的职业操守表示唾弃，另一方面，又不得不对他们为了家庭所做的道德和个人爱好的放弃深感敬佩。

许多年来，我始终在按个人爱好和趣味活着。从1991年拥有第一份工作以来，我有过7次跳槽的经历，几乎每次跳槽的动机，都不是为了更好地赚钱，而是为了一步一步接近爱好。唯一一次以赚钱为目标的跳槽发生在女儿出生的第二年，新鲜的父爱暂时战胜了衰老的自私，但在被西装和企业文化囚禁了半年后，自私又卷土重来。到了2005年，我彻底把爱好变成职业，成为一个基本靠文字为生的人。

每次回父母家过年，别人都在给亲人展览财富增长指数，我能展览的，只是比去年多写了几个东西，在一条大多数人看不见的道路上，比去年多走了几米路。

我挣的钱主要由以下部分构成：单位发的工资、稿费、文字走穴。我写作远谈不上勤奋，还有许多洁癖，所得稿费基本只够偶尔请朋友吃饭；文字走穴是指给出版社或某些单位写那种完全和创造无关的东西，报酬虽然还行，两三年也做不了一次，做多了会严重歧视自己，所得也有限，主要是为自私做点补偿，对家庭责任有个态度上的交代。

我不好意思对父母展示财富增长指数，因为增长缓慢，有时无增长，甚至负增长。我花钱比挣钱更有激情。我没有物质虚荣，不穿名牌，不吃名菜，不买1800元以上的手机。但花钱随意，把无意义的出游，买钢琴，买相机，买摄像机，买多个音响，买书，买比书还多的碟看作理所当然的事。每次路过单位附近的地下通道，都要被满地乱七八糟的小玩意绊住脚，今天买把军刀，下次买条用棕叶编的眼镜蛇，且不好意思多还价，那些满身银饰的藏族姑娘冲我嫣然一笑，我立马举手投降，别人3元钱能买到的东西我要花6元。

我妈说，就是天上掉金子下来我也捡不到，因为金子是早上掉的，我赖在床上想，是马上去捡呢还是再睡会儿。我妈还说我：赚一个，花两个。我也痛恨自己这德行，可三十多年来，痛恨并未把我塑造成人。

今年春节，和一个朋友在县城后面的内湖边散步，朋友谈起一些熟人近年的变化：前年才去深圳开旅社的甲，今年就开了辆新买的"广本"车回来过年；乙当上了某县的县长，年收入至少在100万元以上；丙刚当上本县某副科级派出所所长，辖区很富庶，估计每年也能赚30多万。我对他说：不要和他们比，他们和商人一样，是专业赚钱的人，我们不过是业余赚钱。他们的人生价值就等于他们的存款金额，花完了就什么也没有。我们的财富虽然不多，只要够把孩子养大并享受良好的教育，我们的存款余额就永远比他们多，我们在谋生的同时做了比生存更高的事。

我们像两只离葡萄园很远的狐狸在冬天的阳光下互相勉励。我明知说这些话的人很像狐狸却仍有信心那样说，是因为心里还藏着另一句话：

　　我很幸运，因为我做着自己非常喜欢做的事，却也得到了丰厚的经济回报。这是为了艺术曾卖血买相机的某著名导演接受采访时说的话。

　　我想，我长期在个人爱好中执迷不悟，一方面表明我的自私有多顽劣，另一方面说明，我并非不渴望财富，我不过是想和那个导演一样，如果不能在专业地从事爱好时业余地获得财富，那么，宁愿不要那些所谓的财富——它作为超出生存基本需求的奢侈品，却要我用爱好和生命意义去交换。

2007年3月25日

隐形埋名

　　在某个完全陌生的小镇，你看见一些熟悉的身影与面孔，但交臂而过时，影像因无限逼近而不断变形——他们根本不是熟人，只是，和某些熟人形貌相似。他们居住的城镇，也在你的感官里重复着类似的失真，总体的感觉是似曾相识，但许多无关要旨的细部在强调，这其实是又一个不曾到过的无名之所。

　　十八九岁时和女同学坐车去别的小城享受公开挽手的自由，却常被迎面走来的"邻居"或"亲戚"惊出一背冷汗。二十多岁时，总在离家千里的外省城市恍惚看见家乡的某个小巷，走进去，甚至还能发现一些熟人的面孔与背影，只是，他们的方言和淡漠最终会校正我的错觉。

　　这样的际遇一再在我的履历里发生，迫使我在其中的意味中逗留和玄想。

　　我的第一声感叹献给上帝的手艺：构成人的面孔的器官只那么几个，却被活色生香地排列组合出十数亿种不同的相貌来，从表面看它们随时有雷同的危险，但绝对不会真正重复一次，即便是双胞胎也有着以供鉴别的标签。拥有此种本领的神秘操盘手，我们只有拜称他为"上帝"才足以表达敬意。

　　第二声感叹，要隆重献给上帝这些无法计数的作品。上帝的人像雕塑，只有极少数堪称杰作或名作，它们居住在电视、报纸或露天的广告牌上。更大量的作品是上帝信手拈来的，他们资质平平，寂寂无名，不过也会和那些著名作品一起在世间流通：谦卑、无助，但也不乏坚韧和局部的乐观。他们每个人都有自己的名字，但这名字，一辈子只被有限的少数人所知，他们也有自己的大喜大悲，但这些故事，只有更少的几个亲人在意。

如此壮观而孤立的众生群像背后，一定潜藏着比名作们更特殊的生存意志吧。

去年夏天，陪两个朋友去一些县市游玩。下午在贵溪冶炼厂的宾馆里睡累了，而请晚餐的人还未下班，我就拉着他们去宾馆后面的空地散步，从空地走到荒地，荒地的下方，居然浮现一个小镇，比城小许多，比村大几倍。

沿着绛红的泥路往镇里走，依次看见：电动车和自行车修理铺，师傅脏着衣服坐在小凳上对付一圈红肠似的内胎，阳光蜻蜓般栖落在他肩头；然后是一个歪着身子的亭状小卖部，两个穿校服的小学生正从老板的玻璃罐往外掏泡泡糖，瘦老板一边收硬币，一边和远处几个织毛衣的胖女人搭话。她们坐在更远处的一幢三层小洋房门口，像脚下侧卧的狗一样，对陌生来客保持着好奇式的警惕。比她们更远的，是参差不齐拥挤在一起的老瓦房和新洋房，有的屋顶上还支着早已废弃不用的鱼骨天线。

我对这些场景和人物的了解程度是"熟稔"这个词所不足以表达的，越往小镇深处走时，似曾到此一游的错觉就会越加深，以至于深到让我倒吸一口凉气的程度。如此随意的布局和慵懒的时间观念，和我老家的一些城镇有什么区别呢？在这个世界上，到底有多少这样无名而彼此相似的小镇？除了附近的居民，几乎没人知道它的存在。对于我这个路人，如果不是这次不经意的路过，它和它的居民们就是一种不存在的存在，不仅隐形，而且无名。

我想对朋友说出自己的感慨，最后探讨的，却是名人和大众的关系。

都说历史是由大众创造的。这个观点或许正确，问题是，大众这个虚指的词到底能落实到哪些人身上呢？难道创造历史的大众就是这些不存在的存在吗？

现实经验无时无刻不在提示我，许多时候，是少数人在影响大多数人的命运而非相反。政治精英引导着社会的政治和经济制度变革，科技精英在改变人类的物理生活品质，商业精英掌控着社会的财富分配格局，文艺精英则左右着我们的审美趣味和娱乐方式。精英们的名字、身高、生日、血型、星座，乃至他们的怪癖以及何时怀孕，分娩，一切都已成为大众的生活常识。不掌握这些常识，大众都不是合格的大众。精英不仅享用着超量的荣誉和社会资源，也成为一个时代的精神楷模。我们平常所说的奋斗、成功，大多指的就是成为脱离大众，成为精英和名人。

我的一个表妹，在省城电信系统有个薪水很高的职位，这工作是在县城工作的姨父付出很大努力争取来的。去年春节，姨父和姨妈突然发现，表妹居然有近一年时间没到电信上过班。她早已偷偷辞工到一个不知名的艺术团唱歌去了。表妹通过手术改变了眼皮的层数，通过美容霜改变了面孔的颜色，通过野心改变了安稳而无趣的工作。

她的模样和明星相差无几了，但她目前的收入状况，还不如一个基层的电信营业员。

表妹的行为遭到父母和亲戚们的一致声讨，只有我在心里暗暗支持她。我知道，如果有一天表妹的名字真能跻身精英的行列，反对声就会立马变成喝彩和传奇的某个反衬性伏笔，先抑后扬会让传奇愈传奇。同时我也清楚，迫使一个不愿隐形埋名的人甫一登场就甘做大众，是残忍和不切实际的。

我看到的反抗自然不止这个小表妹，你知道的同类故事或许比我更多。大众并不是生来就甘愿成为精英身边无数双鼓动的巴掌之一。

除了新郎官，他从未当过任何官。

这样一句玩笑，对我心理健康的危害是大而实在的。我结婚时，没举行任何仪式，也没向任何人发过公告和请帖。很显然，这除了表明我是个害羞的人，还说明，我当时还暗藏着成为精英的决心。

从小到大，我目睹过许多大众的婚礼。一对默默无闻的人，因为婚礼的原因，突然成为小范围里的明星，被所有亲朋围观，点评（主要是赞美）和祝福，面颊因面对相机、摄像机和百众瞩目而呈现尴尬陶醉的笑容。陶醉持续一天或几天，然后，成为漫长、平庸的后半生里唯一光鲜的记忆。

我不敢这样结婚，总觉得有借喜庆为由乔装明星勒索注目礼的嫌疑，这样的担心让我长时间恐惧着婚礼，以致因文害意把婚姻一拖再拖。已成为精英的人心里不虚，自然不会有这样的担心。你看看，娱乐报上的婚礼一个比一个奢华和排场。

这些年，我又是多么愿意去大众隐形的无名小镇行走。对上帝手艺的感叹总是让我伤感而舒心，祥和冲淡的面孔见识得越多，我就会越加鄙视自己的世故之心：你以为每个人都是欲成精英不得才沦为面目模糊的大众？

当然不是啦。就如同，精英的自我满足感并不总像大众想象的那么饱胀。做精英的成本有多高，负面体验有多深，这些机密只有精英自己知道。只不过他们如果不出丑闻不得抑郁症不自杀，假象就会始终被维持。

　　某年去江西和湖南交界处的铜鼓县采风，在一山间小镇小住，名字已忘，但迄今忘不掉那里的闲散和干净。镇上也有超市和电信大楼，却一点也不拥挤和急促。到了上午9点，许多人家和店铺才打着哈欠开门，白天也到处是在巨樟下喝茶，打牌，跳健身操的闲人。太阳还没落山，小街边就开始张罗夜宵。镇上的人说，这里人自古就是如此，虽然也鼓励孩子读书，却没人愿出门做官，也不愿意出名招祸，只盼望在这巴掌大的山坳把安宁懒散的日子一过到底。

　　他们的先祖中，一定出过心智非凡的大隐。我无法克制这样的想象。

　　我相信曾经路过的那些大城小镇里，也有许多这样的大众，他们生来就并不介意被归属为芸芸众生，甚至，只有活在隐形和埋名的状态里，心里才轻松踏实。他们凭着遗传和直觉，在出名的坏处和无名的好处间做出了衡量，毫不费神，也毫无遗憾。对于精英们在新闻媒体上的折腾和表演，以及我这种人对他们的胡乱揣度，他们是从不关心和无所谓的，顶多，在某个无聊而自洽的傍晚，捧着茶缸面含微笑对着电视机暗道一句：

　　喝自己的茶，让他们出名去吧。

2008年10月15日

魔幻人生

对于现实，梦是一种尴尬的补充。不可控，不必须，不可信，也不可全不信。这使得它面目诡异，处境微妙。即便周公和弗洛伊德这样的解梦大师，也无法对所有梦境自圆其说。那些与梦相关的成语把人对于梦境的复杂态度暴露无遗：美梦成真、南柯一梦、飞熊入梦、浮生如梦……

不过人类的意愿一点不影响梦在夜晚的蓬勃长势，美妙也好，尴尬也好，荒唐也好，就像人无法清除自己在阳光下的影子，人也无法改变梦境的寄生与伴行。

生命科学尚且幼稚，但科学家在这点上还是有把握的——多梦有害健康，完全无梦则肯定不健康，要么脑子受了伤，要么是发生了病变。

梦和意识之间的隐喻关系，梦对现实和未来的预言意义，是我们留意钻研的核心部分。

梦见发大水会发财，梦见自己被蛇咬是好运……人们总是选择性地摘取梦境有利于自身的寓意，只要不是特别凶险的噩梦，我们都能找到安慰自己的解读路径。

我在对自己不特别有信心时，也曾尝试去这种民间智慧里寻求启示和安慰，而自信一旦恢复或对未来彻底绝望，在梦的启示面前就无所畏惧了，对一切都能一笑了之。

与过于玄乎、摁倒葫芦又起瓢的心理解读相比，我更确信的是梦与生理的关系。

小时候常梦见尿急找不到厕所然后尿床；青春期梦见滚烫的女性身体然后遗精；梦见高空坠落或被追赶跑不快，结果证明睡姿有问题。那种意识清晰而手脚无法动弹的梦魇，被证明和睡得太晚时肌肉的放松与神经的兴奋之间失调有关，睡前拍打按摩后脑勺便会缓解。

那些过于离奇、混搭的梦境，不管是日有所思、所见导致的，还是潜意识中的欲望引发的，还是所谓神秘的暗示在敲门，我统统不期待，不抗拒，不深究，也不刻意记录。

还是那句话，我把梦境看作自己投在地面和水中的影子来接纳。

人届中年，该自信的部分牢固得像水泥碉堡，无法自信的部分脆弱得像太阳出山前的露珠。既然如此，一切顺其自然好了。

因不刻意记录，近些年做过的许多梦，像近些年度过的许多日子，我只是记得它们来过，却说不清它们的样子。

能记起的，是最近刚刚来串过门的，或是来的次数多的。

比方说考试，此类梦境一直从中学、大学往后延续，像薄瓦片在水塘上飞出的波痕，一波波地减弱，却几乎波及了大半个水塘。

三十多岁后这类梦渐渐少了，前段时间因要参加一次计算机能力测试，再次被它绊了一跤。

这次最焦虑的还不是考试本身，而是早起。

早晨八点半就要开考，住处离考场的车程顺利的话要半个小时，但那个点道路多半稠得像糨糊，功率再大的汽车都使不上劲，又没有地铁到达，为此最晚七点要出发，六点要起床，生物钟完全陷入混乱。

花费了二十多年时间才摆脱的恐慌又趁乱潜了回来。

前半夜支离破碎，后半夜薄若蝉翼。然后梦见离开考还有二十分钟，赶紧开车赶路，汽车却在半途变形成自行车，公路也变成山间小路。那山还从本市飞到了我二十岁教书的县里，离考场有数百里之遥。

可能是久病成医对这种梦有了一些免疫力，梦中就觉得事情也没多了不起，这种考试的合格证对我并非必需品，一切说不定还是个梦。只是忽然想到手里还拿着一位朋友的准考证，我可以放弃人家年轻可耽误不起，然后拼命踩踏自行车。

第二天一早，我提前半小时到达考场，那位朋友开考后二十多分钟才赶到考场外，不紧不慢打电话叫我拿准考证去门口接人，说是昨夜玩得太晚了早晨起不来。

中年后的梦境，比过去多了人际交往的内容。

刚做了一个梦，白天一直犹豫着说不出口的拒绝的话，在梦中极其自然地说出了口，地点回到了朋友年轻时教书的中学，回到了我去做客并吃过饭的小瓦房，炭火还在炉子里红艳艳地燃着。朋友并未因我的不便帮忙而生气，一直陪着我在蛙声弥漫的山路上散步，因我穿着绒拖鞋，路过一处水洼时他还背了我一下。他个子比我小，这举动让我感动良久，抬眼望天，星斗亮得像是无数银钉。

他问我最近写了什么作品没有，我说不想写了，下半辈子准备画画，一辈子只干一件事太遗憾了。这确实是我近期时常想到的命题，只是并未对人谈起过。我一直爱绘画超过文字。

对我不友善的人也偶尔会梦见，梦中我们居然抱头痛哭，我掏心掏肺地表达善意和相互爱护的愿望，对方也用言辞响应，就像一些人醉酒后的表现。

四十岁后我体会到每个人在生存面前的卑微与艰难，也理解了各种迥异于自己的人生选择。我一年比一年宽容温厚，不愿以骄傲的观点伤害他人，甚至不愿自己的才华伤到他人。见别人难堪比自己遭遇难堪还难受。更不想与他人为敌，万一形成了我的存在对他人就是伤害的死局，也尽量通过行动释放诚意减低伤害的程度。

但我从不酗酒，更不可能和同性互抱肩膀流泪。梦中的场景把我自己都感动了，醒来仍心里暖暖的久久不能出戏。

异性偶尔也会梦见，不过从来不是陌生人，是现实交往中对我特别友善的好朋友，因这年头男女关系的俗套和不堪桥段太多，我特别珍惜那种清纯的关系，以至于彬彬有礼得近乎生分，生怕杂质会玷污交往的纯度，即便面对比自己小很多的异性朋友，我都尊重多于亲近，不乱开玩笑，不主动走进对方的私人空间，也不在交往中凸显过多的性别色彩。

我明知有些矫枉过正，让旁人觉得无趣和虚假。只有在梦境当中，对他人和自己的戒备才会完全消失，朋友有时会突然摇身一变成为亲人。

这些年重复频率最高的梦，都和母亲有关。

母亲离世后的这六七年，每年都会梦见她许多次。场景在我们共同生活过的多个地方不规则地切换，人物也多是家里的亲人。父亲，妹妹，弟弟，他们都会以配角的方式轮番出场。

她刚去世那一年梦得倒少，之后就频繁梦见。在我小时候住过的黑瓦平房、青年时住过的县中宿舍楼和中年后我自己的小家里。

在陌生地方见面的梦境并不多见，唯有一个场景历时四五年仍历历在目。

那次见她在国外一个阳光泛滥的热带小岛上，岛上的居民懒散惬意脸上都盛开着笑意，不像是靠拉网捕鱼谋生的土著，都像是去观光度假的游客，衣着鲜艳，气质新潮。我穿过人群找到她，她说在岛上很舒心，有好些朋友。

不知是她不愿意还是别的什么原因，她没跟我一起回来。

我傍晚时乘坐最后一班长途飞机飞回，庞大的喷气式客机居然是从松软的沙滩上滑行起飞的。飞机飞起来后，我望见那岛是弧形的，像是远在地球边际的一抹金色的地平线。

在其他的梦里，总有一个核心情节反复出现。她的面庞完全恢复了生病前的饱满。我每次见她都开心地叫：妈妈，你现在不是好起来了吗？脸上都有肉了。然后用目光向身边的妹妹等人求证。她们也都点头确认。

她手术后消瘦得太厉害，而她恢复体形的愿望太强烈，因为体重和健康指数呈正比关系。那些在现实中始终没有发生的事，在梦境中不断得以实现。虽然每次醒来都很懊丧失落，梦中的惊喜却依然让我眼湿。

在梦境里，我居然从未见过她病后的样子，她永远是病前的模样，生活也仍像从前那样和平美满，质地闪亮。

我能想象心理学家对这些梦境的各种解读，对此我并无了解的兴趣。

按照睡眠专家的检测，人类每个夜晚都会做二至六个梦，大多数发生在意识尚存的异相睡眠中，少数发生在睡意更浓的正相睡眠里。

人一生在睡梦中度过的和在现实中度过的时间其实是差不多的。

既然如此，为什么一定要把梦看作意识的衍生物而不把它也视作一种人生呢？我们在梦中付出的心跳和泪滴和白天并无什么不同。

如果再有点庄子的执念，凭什么不能把所谓的现实看作梦中那个自己做的梦呢？只是这个梦太遵循逻辑和现实主义创作手法罢了。

我更愿意这样认定，我们所谓的梦境，其实是我们的另一个风格更魔幻的人生。

2016年

带你去故乡

特别在意一个人时，我不仅会观察他（她）的现状：价值取向、怪癖嗜好、具有心理学意味的身体语言、内心隐秘的快乐和伤痛，也会关注他（她）的源头——童年和存放在童年的故乡。

源头这个比喻也许是形象的，因为人的一生确实很像河流，发源地不尽相同，流淌的方向却大抵相近，除少数中途蒸发干涸，大多数彼此依傍，然后渐次汇合，融入大河大江，最后归于同一片死亡之海。河与河之间，长度、宽度、深度、速度各不相同。大多数水道狭窄，少数宽广壮阔；大多数浑浊幽深，少数清浅透亮；大多数优柔迂回，少数跌宕汹涌……这种种差异形成的缘由，在下游和中游不易探测，必须带着仪器去遥远的上游。

我笃信一个判断，人在成年之后的种种执与迷，多半是在为童年还愿，你童年缺失什么，成年后就会追逐什么，童年受到了怎的扭曲，成年后就会加倍地反弹。不信你看看身边最富有最热衷理财的人，多半是小时候穷怕了的；自小家境殷实的，对钱的感情反倒没那么深。单亲家庭长大的孩子，要么抗拒婚姻，一旦结婚，比谁都看重家庭的维稳，视离婚为可耻的失败。

细节上的呼应更是无所不在。我定居后做的第一件事，是买了两只八哥来养，每天换水、喂食、遛鸟，教它们说"你好"，不厌其烦。

那时我正处于三十而立的节骨眼上，女儿也刚出生，工作和家务纠缠成一团乱麻，却冒出个退休老人的恶习。有人看不懂，我告诉他：小学时最想干成的事就是养八哥，不料每次都被父母偷着放跑了，怕影响我读书。后来心里就留下一个死扣。现在养八哥，不过是试图解开那个扣。

作为时间概念的童年是单行道，无法逆行抵达，但总有蛛丝马迹遗留在对应的空间里，那个空间就是某个叫作"故乡"的城市或乡村。

城市街区的变化基本是覆盖性的，新的要出来必然取代旧的，二十年、三十年的改造和开发足以让一座城市面目全非判若两城；相比而言，乡村的抗失忆功能强很多，地皮在农村不算稀有资源，造新屋总爱选新址，旧宅子也懒得拆除，留在原处任风雨和时间把玩。因此有人感叹，那些位于乡村的源头，才是具有标本价值的故乡。

曾惊讶于一位陕西作家总是在小说里用"心爱的××""亲爱的××"来称呼恋人，这样的书写在年轻作家看来，过时而肉麻，不过也正是这肉麻打动着我。一个人心里要淤积多浓多深的情，才会频繁使用如此肉麻的定语呢？

后来找机会去他陕北的老家走了一圈，那里的空间被一波一波的荒塬切割成一道一道的贫瘠深壑，人淹没在这样的沟里，不仅物质困顿，而且与世隔绝，两个村的人隔着十几米深的巨沟相望。"拉话话容易拉手手难。"在那样的寂寞里走了半天，我一下子就理解了这位作家的深情与肉麻。

和新朋友交往时，我最愿他（她）带我看的不是现在的家。这个家保存和展示的是当下的真实，且不全是他（她）个人的。只有老家是具有个人意义的。人也只有回到最初的出发点，才会摘除身份的伪饰展露出本真的性情。

如果回到故乡仍需靠装腔作势来维持自信，那就虚弱得可怜了。

一个人向朋友介绍他（她）的故土和故人时，往往是有点羞涩和话痨的，羞涩意味着精神业已裸体，话痨意味着很容易触发真情，裸体和动感情之后，交流就不再流于表面和客套了。

我三十岁之后才明白和体会到这些。

对我而言，故乡分两个层次，鄱阳县城是一层，因为父母住在那里，我的青少年时光也留在那里。更里的那层是外公外婆曾经生活、现在安息的村落祥环，我在那里度过了更早的童年，理所当然可算作源头的源头。以长江类比，县城是沱沱河，祥环则是各拉丹冬雪山。

我早年最好的朋友，基本都到过祥环。外婆外公健在时基本住在县城，祥环等着我的只是一幢长期锁着门的土库老宅。我从县城去那里玩，朋友没事就跟去了，坐客车或骑摩托车。从县城到祥环有一百多里路，路况也很差，到了连杯热茶也喝不到。愿意陪我跑那么远的路去看一幢空房子的人，不是脑子进了水，就是肚里装了太多的话。

近五六年来，也会邀请一些外地朋友去老家走走。

大部分止于县城这一层，和早年的哥们一起喝喝酒，叙叙旧，品呷一下当地的美食、美景、美女就回。这是一种刻度。

少数人，会跟我去一趟祥环。这是另一种刻度。

我自己去祥环是很寻常的事，每年至少三次，回了县城，多半就要去一次祥环。不过基本同家人一道；和朋友结伴，十分难得。

这取决于两个要素：一、对方是否真有心结？二、我是否真有情绪？两个要素完美重叠的概率，还是极其有限的。

我这么警惕赞美和客套的人，不会轻信人家的表白，也不会随便发出如此隆重的邀请，这毕竟是我招待朋友的最高礼遇，之后我就是黔之驴了。

后来发现国家元首之间的交往竟然也是如此，进入蜜月期，就会把会晤地点从总统府改为总统老家的农场，服装也改为便装，交谈由交锋转变为密谈，密谋由此产生。

的确有过外省的同道或读者，从文字里洞悉了我对故乡的缠绵，来江西后先不去那些著名的山岚和湖泊，一见面就表达想去我的发源地看看。

不管最后是否成行，这样的请求总是让我忍不住有点感动，他（她）至少懂得我的软肋在哪里，而且还表现出爱屋及乌的迷信。

实际上，那个名叫"祥环"的村落是普通而乏味的。离山有三华里路，离洗衣的水塘都有半华里。我记挂的那幢老房子，十多年间已漏顶、坍塌、被沙石掩埋，最后长满了构树和一年蓬。村里也没几个人还认识我。每次去那里，不过是去外公外婆的坟边站站，去废弃的旧水井边照照，去死了半边的老樟树下坐坐，去空无一人的老屋场走走。对于我，每次都能触发不同的回想，每次都有暗流在眼底波动。对于客人，难免有些走马观花，除了苍凉很难捕捉到更多东西。要吃饭还得去三四华里外的乡镇或回县城。有时还要被认生的狗欺负，嗷嗷叫地追出很远。

幸而，残垣上总开着各色各样的花，花瓣里总嗡鸣着各式各样的昆虫，竹篱后的树干上，总有松鼠探头探脑表示欢迎，我得以抱歉地自嘲：只是空气还可以哈。

那些发现风景不过尔尔而步履留恋的人，我视之为知己。

那些被犬吠惊出了一背冷汗而毫无悔意的人，我视之为挚友。

那些见了外公外婆坟头的照片，意识到这是我血缘的上游，情不自禁作揖致敬的人，我此生再不会忘记他（她）。

他们让我站在那一堆寂静的废墟上，无限感伤地想起一个浮华的词：衣锦还乡。

2012年4月15日

第四辑

足迹与田野

田野的深度

经历了十余年的户外游逛后，很难笼统地热爱一片葱茏了。

曾这样表达作为江西人的骄傲：江西的每一条地平线都是绿色的。无论冬夏，无论去哪个方向，公路两侧的田野都是绿汪汪的一片。江西的森林覆盖率已达63%以上，和多年排名全国第一的福建不相上下。

大概从2002年开始，我增加了田野漫步的频率，由一个月一次，到半个月一次，最近两年，几乎达到了一周一次，只要有时间，就往城外的高速公路和国道、省道跑。时间多就待三四天，时间少，住一两夜或当天赶回。

不攀岩也不探洞，除了一把防身（主要防人）用的军刀、一架望远镜和一只小手电，没有其他户外设备。也从不参加任何户外俱乐部的活动。现代户外活动的基础理念是通过征服自然来突破自我融洽团队，不过是把人类的室内游戏换到室外来玩罢了。大家戴着头盔，打着红旗，播放着壮胆的音乐，像鬼子扫荡一样成群结队行进，田野只是充当了道具，或者说，假想敌。

这同我的兴趣大相径庭。征服感是人类诸多可笑的幻觉之一，大道理不说，就比比寿命吧，你连一棵樟树都活不过，你还能征服什么呢？面对田野，我的心态不过是浪子还乡，并不想惊扰任何东西，很随意走走，看看，听听，嗅嗅，天气宜人就躺在草坡上让心跳舒缓入定，进入一种假想的同昆虫、草木共呼吸的状态。

那些有名的山川——庐山、井冈山、三清山、明月山、仙女湖、柘林湖、鄱阳湖等自然景区都去过多次，无名却有些姿色的野风景也发现若干。

最终，还是难免有些失望和厌倦。

就像同一个女人交往，一开始只留意脸蛋和身材，稍一深交，就开始注重对方的性情和内涵。

正是这个意思，即便在江西这种湿得发潮绿得发腻的省份，有深度的田野也还是比较少的。

我们的森林覆盖面积，大多得益于绿化的理念与行动，而非田野自然的发育和积淀。而这些人造的绿色，不管是在城市里还是野外，都难免显得生硬而浅薄。

"林相"是个比较专业的术语，有一次去景德镇瑶里一片森林参观，当地的向导指着峡谷两侧的山林说：右边的林相要比左边的好。左边的山坡上是飞播造林的成果，右边的则层层叠叠，各种乔木和灌木扭打成一团团，互相拉拽、簇拥、翻滚着朝向天空生长。很直观的印象，林相好的右边，树木的种类繁多：枫、樟、栲、檫、栎……更多的叫不上名字，林相差的左边，是一些疏朗的毛竹和马尾松。

我因此有了这样的定见：构成田野深度的第一项要素，就是植物品种的丰富程度。品种越丰富，则山林的面貌则越驳杂斑斓。

江西高速公路两边的山野，最多见到的树木就是马尾松、杨树、杉树和毛竹，看多了就觉得平面和单调。

动物资源也是与之紧密相关的指标，只是动物隐藏在植物繁密的枝叶后，无法靠目测直观地评估而已。

田野深度的第二要素，在于树木的年龄。一片速生杨树林和一片千年古樟林给人的深度感是绝对不同的。江西泰和县麻州的赣江边上有一片面积达200多亩的古樟林，树龄均在200年之上，超过800年的也不在少数，树干往往要五六个人才能合抱。我先后去过那里两次。第一次是暮春，印象深的是，林中的八哥以麻雀的规模漫天漫地繁殖，种群庞大，而且一只只身形矫健、歌声狂野，不时向地面投掷粉白的炸弹。另一次是夏末，林中蚊子和蠓虫横行，人在林中基本无法停驻，行走速度稍慢就要被叮上几十个包，痛痒难忍。

第二次去麻州，也深刻领会到田野深度的第三个要素——同人的距离。

第一次应该是2006年吧，那时麻州还养在深闺人未识，只附近农民和个别摄影家见识过。我初到时，确实有惊艳之感。林中古木参天，绿雾浮动，宛如步入俄国风景画家希什金的油画。后来这里挂牌变成了省里的摄影基地，开发商也很快逐腥而至了，用"爱我，就带我去麻州"这类煽情的句子引诱游客。2011年第二次到达时，最先听见的不是八哥的啸叫，几台推土机抖擞着身子在古樟林边发出坦克般蛮横果决的轰鸣。问领头的人他们在干什么，答曰：造度假村。又问：紧挨着林子造这么大的度假村，树林不就毁了？！他眼都不抬，像推土机那样轻蔑地把我的质疑推到一边：不会！又不是在树林里面。

初到麻州时，只在林子里望见几只放养的奶牛，时隔5年，就遇上不少拿着卡片相机的游客，他们的汽车歪着脖子栽倒在林中的树荫下躲避日晒。

这片樟树林的深度便被推土机和游客们的身影严重削弱了。

最初自驾游出行时，在高速公路上朝窗外望望就感觉在旅游。后来发现，田野的深度和道路的宽度是成反比的，就由高速而国道由国道而省道而县道、乡道了，乡道之下，是开不了机动车只能徒步的蛇形小路。

连蛇形小路都没有的地方是田野最深的深度，这样的去处现在其实也不多见了，即便在深得似乎到了世界边缘的山里，路在脚步不能翻越的山脊下断了，可假如你有可能在空中俯瞰，山那边就有道路和人烟，只是由于山脊的阻隔，两边都把彼此当作了尽头。

那些有深度的田野，往往保留着独立而完善的生态系统，植物以植物的脾性肆意蔓延，动物按照动物的食物链此消彼长，既彼此斗争又相互依存。唯一多余的物种是人类，不给人攀爬的坡度，也不腾出空间供你插足，甚至，你拿着望远镜都看不清它的深浅。或许也正因如此，它们的自足得以维持。在这样的田野面前，人类是不自信的，甚至，充满了敬畏和恐惧感。

我刚读小学时，还常被豺狼叼走小孩的传闻吓得睡不好觉。豺狼偷猪、狐狸和黄鼠狼偷鸡的事也常在身边发生。因为长期和人较量，豺都学会了人的心计与狡猾，它猎杀体重远超自身的肥猪时，并不使用暴力，夜间翻入猪圈，拱开门，嘴巴衔着猪耳朵，尾巴充当鞭子一下一下温柔地抽打着猪屁股，猪就像被催眠一样不声不响地跟着豺走了，如果刚好是只母的，脑子里或许还萦绕着只是被掳去当压寨夫人的幻想。等脱离人的视野进了村后的山林，豺才露出劫命不劫色的本性。

那时还听说过六旬老太走山路遇上豹子的新闻，老太太血肉模糊九死一生，最终还是凭着惊人的爆发力把豹子掐断气了。新闻的主角自然是人而非豹子，重点讨论人在危机时到底能激发出多大潜能。那时金钱豹和华南虎并不像现今，离人类远得像是一个传说。这种事若发生在今天，虎豹吃人就不再是悲剧，肯定作为喜讯来传颂，因为终于用人的鲜血证实了华南虎的存在！

再往前推二三十年，解放前后，在鄱阳湖边的丘陵地带，时有老虎伤人的事情发生。政府还悬赏号召猎户围捕为民除害。

一个朋友的父亲说，五十年代他在鄱阳皇港区政府工作时，常带队步行数十公里去县城开会，在山路上就亲眼看见过老虎，黄灿灿的皮毛在青翠的巴茅丛中格外耀眼。他被自己的心跳打乱方寸，慌乱之中胡乱放了两枪，老虎才极不情愿地大摇大摆地走了。

虎豹的存活需要冗长而复杂的生态链与食物链，没有上百公里纵深的密林是无法养活一只虎豹的。可以想见，那时的田野是何其深邃而神秘。

生态学家的研究表明，因为人口的膨胀和科技的帮凶，人类近几十年对于自然的挤占和损坏，比过去几千年还要厉害。

这也渐渐培养了我近年对古典诗文及小说的热情。

当然，这更像是一种绝望的怀旧。

中国古典诗歌最常用的手法是托物言志，古诗里的物，最多的就是诗人们信手拈来的自然意象。

现在的小学生读唐诗宋词已有些基于日常经验的隔膜了。他们不知什么是茅檐，什么是牧童，什么是井台，什么是茱萸，不知什么是寒食节；没听过雁叫、乌啼、檐雨和蛙鸣；没见过鹧鸪、白露、红豆、冰溜子、炊烟，甚至没有见过真正的月光，他们在每年的中秋夜望见的只是一个既没有月桂也没有嫦娥的月球。

相对于唐诗宋词，年代更久远的《诗经》的阅读障碍也更大一些，除了修辞习惯的差距，那些充斥于诗作者日常生活的风俗、传说和动植物，对离远了田野的现代人来讲实在太生疏了，有些植物我们连名字都没有听过，知道名字的，又没机会睹其形嗅其味。

我常在睡觉前翻阅《水浒传》催眠，不看情节，只看细节，以便跟着那些徒步旅行的游侠与囚徒梦游宋元时的田野。景阳冈、野猪林、蜈蚣岭、黄泥冈、快活林、飞云浦……这些耳熟能详的地名代表的是那个时期中原地区田野的深度。虽然不一定是北宋年间田野的真实写照，基于作者生活于元末明初，他写作时参照的现实摹本至少是明初的。

基于对写作内部规律的了解，我相信，通过虚构的北宋，可以看到真实的元朝和明朝。

那个时候，人类还没有完全成为自然的主宰，人和田野的较量，还维持着平局的态势。那时到处是可以窝藏猛兽和强人的深山野岭，到处可以从事杀人越货的勾当而不会被官府发现缉拿。

即便是村庄，也基本是绿荫环抱，生机勃勃。

史进所在的史家庄是离陕西延安府不远的一处普通小村庄，却也是"田园广野，一周遭青缕如烟，四下里绿茵似染。转屋角牛羊满地，打麦场鹅鸭成群……"这些描写似乎是虚的，量化起来却更令人震撼："（史家庄）周遭都是土墙，墙外二三百株大柳树。"

不说北方，现今就算在福建、江西一带，你也不可能找到一个村庄外会有二三百株大柳树，如果有，也早被包装成中国最生态的村庄卖门票赚钱了。

有时看美国西部片和欧洲文人电影，也能看到一些原生的田园广野。导演们似乎也总爱有意无意地游离剧情炫耀一把本国的壮阔河山。这直接造成了我对公路电影的痴迷。美国的田野在通往西部的公路两侧，要么是漠漠荒原，要么是无边麦浪。欧洲的田野则多在北方的山区，云杉麋集的原始森林间，时常露出百年古堡的沧桑身影，在那里，时间似乎自有一种节奏，它应和森林吐纳的规律行走，并不听命于急不可耐奔向现代化的人类。

对于田野最完美的想象和展示，还是来自艺术。电影《阿凡达》中的潘多拉星球上，树可以长到274米高，枝干可供数百人栖居；植物们到了夜间则散发出梦幻般的光泽。更主要的，在那里，人和动植物可以进行情感沟通，平等相处，共存共荣。

媒体报道有完美主义者看完电影后自杀而亡了，理由是：突然感觉地球太丑陋了。

我没那么激进，不过潘多拉的田野确实让我失语很久，不愿意正视影院之外灰秃的现实。我只有这样安慰自己：或许，在某个遥远得无从确认的历史时期，地球上的田野也曾接近过那样的境界吧。

相对而言，澳洲和欧洲一些国家的田野比中国还是幽深很多。几个移居欧洲的朋友都在来信中幸福地提到，在家门口很随便就可以看见松鼠等小型野生动物。

实事求是地说，近几年，中国人能看见松鼠的地方也逐渐多了起来，由于禁猎，有些乡村又重现了野猪泛滥的灾情，政府也允许有计划地猎杀。

不过中国人环保意识的觉醒说到底还是有些晚，或者说，觉醒得还不够深刻。因为绿地和人造林是容易补齐的，田野的深度却不是几年或十几年能够形成的，它的养成不仅需要漫长的时间，还要仰仗许多深入人心的传统，比如：对山川旷野的敬畏、对动植物真心实意的爱。

更不幸的是，从全球范围看，在气候和水土流失互相影响恶性循环的情形下，田野不用说恢复元气，就连迟滞衰亡的速度都已不易。

说到底，地球上最适合人类生活的生态早已崩盘。现在唯一能做的，就是尽力守住为数不多的残片。

有些人不解我为何不知疲倦地出门行走，还专找那些无名而艰险的所在。我开玩笑说：和旅游开发赛跑。现在水库都更名叫"湖泊"

了，有点树的地方就叫作"森林公园"。稍有深度的田野，基本都会被旅游公司盯上，那时它们离退化就不远了。现在再不去，以后看见的就不是真正野生的田野了。

也因此，我发现一些野风景后，并不愿写游记四处宣扬它。只是悄悄地爱过，然后拍了照片回来做永久的纪念。

萍乡的武功山，婺源的江岭、长溪水，资溪的马头山，赣南的杨岭，武宁的大王峰，鄱阳的莲花山都是能体现江西田野深度的所在。这些地方有的已在开发，不少还在黑名单之外。

去武功山是在2010年的阴历七月半，从高速下到省道、乡道时，天已断夜。按照路人的指引，想赶到山脚的农家旅社过夜，就抹黑在山道上探索。一开始还偶尔可见人家和车灯，半小时后，整个山谷只剩自己一辆车爬虫一样狐疑着前进。空气变得越来越潮湿阴凉，满月也升了上来，黄澄澄的足有脸盆大，半悬在空中照得草木泛出凛然的光辉，甚是骇人，似乎随时会有强人和妖孽横立道中。一小时后望见远处山坳的一豆灯火，紧悬着的心才倏忽落下，同时感觉到了脊背上冷汗的冰凉。

次日白天返程时，发现前夜经过的峡谷并没那么荒那么深，山道却比晚上的感觉更坎坷惊险，而那一个小时的夜行也成了难忘的深度体验，似乎穿越时空去了一趟北宋的蜈蚣岭。

类似的经历，在杨岭、婺源、莲花山等地也发生过。

莲花山的海拔和姿色均属一般，因此至今未被装扮成景点，加上山路有99道弯的麻烦，从县城到山里的乡政府开车要3个多小时，林相不错，雨后的山道上常有獐、麂、野猪、野兔的爪印。野鸡则不时导弹一样从汽车的挡风玻璃前轰地掠过，落在七八米开外的草窠里。第一次去那里是1995年，2002年后又数次驱车前往，先后住过两夜。还有一次专门去摘野生柿子，那里野板栗和野柿子树漫山遍野，无论怎么攀爬采摘都不算偷，运气好时还会有热心的山里人搬木梯和竹篙给你帮忙。

后果也还是有一些的，在莲花山饱餐了一顿清香爽口的野柿子后，再回到城里吃水果市场卖的柿子，简直味同嚼蜡。

除了山林，田野的深度也可以在平原和湖沼之间展示出来。

鄱阳的香油洲是我迄今见过的最丰美的草原。

曾见识过内蒙古鄂尔多斯草原，干燥而贫瘠，夏季时草也只有脚踝高。香油洲作为鄱阳湖一块面积达二三十平方公里的新鲜肺叶，夏季涨水时没入水下吸足水分，春、秋、冬三季浮出水面，成为水鸟和野生植物的伊甸园。它的得名，就形象地暗示了它的妖娆——草鲜嫩得像是抹了香油。

我在春秋两季去到那里，从县城出来，开车一个多小时到达圩堤上，然后搭几分钟渡船去洲上。那是个绝无游客的草原，只偶尔有当地渔民借道走过，去草原十几里深处一个叫"长山"的小岛。

过去，我总以为那十几里长的直径就是这片田野的深度。俯下身细细观察，却发现草原的深度还有另一种测量方式，它沿着苔草、紫云英、早熟禾、鼠曲、小蓟、黎蒿等等许多卑微的姓氏，向着春天的方向不断延伸……

2011年9月23日

野洲

一个人在近十年时间里都用脚板和一片野洲保持着亲密联系，这野洲在他心里会成为怎样的存在呢？

许多年前的春天——具体年份记不清了，我在饶河这边的圩堤上望着对岸出神，怎么彼岸花树那么繁密，像披红挂彩要去参加全国圩堤选美比赛似的，这边却只有单调的矮草呢？

诧异一闪而过，就随着河水漂走了——我正走在去约会的路上，脑子里惦念的是远处的城市。

那时我二十出头，在县城工作三年就去了别处。三年里也去过一次对岸，和女朋友一道。往西走得不远就被河沟拦住了。我们歪头关注着彼此的心情和态度，脚下有路或没路就显得一点不重要。回来后也写过一篇有关竹秸林的短文，但其实，写的仍是爱情。那时，再好的地方也不过是爱情的附庸和背景。竹秸林是什么样？文章里并未多记述，后来回想，只记得是一片疯长着野树的荒洲。

再次对河对岸发生兴趣是三十来岁的事，那时我已结婚生女，也利用出差之便在全国各地跑了一大圈，对人的世界的好奇减退，对野地兴趣渐浓。

每年春节回县城小住，应酬的频度和鞭炮的密度让身心焦躁，就想去户外躲清静。每天都有微型而重要的家庭外事活动，远山远水去不了，最合适的距离是饶河对岸。

懒汉渡

我居住的中学的坡下是年头久远的渔村馆驿前，村民傍河而居，村西草洲辽阔。古代设有由水路进城的重要驿站。至今仍有许多人家靠养鱼、贩鱼和生产鱼钩、鱼卡为生，几乎家家都建了楼房，也家家都保留着渔船。

与馆驿前隔河相望的对岸原本有个叫"角山"的行政村，九八年被洪水洗劫后，政府出于安全的考虑，把村民迁到了这边的镇上居住，安置了新住房，发放了生活补助。年轻人自然高兴，就势甩掉了农民身份。老年人却过不惯没有田地、每天还得去菜市场买菜的生活，觉得花这笔冤枉钱像从身上割肉。身体健旺的，每天步行三四里路到馆驿前坐船去对河的旧菜园种菜，朝去暮归，与从前的日子藕断丝连。

可能是为了满足这个群体的需求，馆驿前有个叫"耗子"（发音如此，字怎么写不知道）的中年人就每天划着桨在河上摆渡。

耗子懒模懒样，转个身要半分钟，说话也不肯完全张开嘴，一根烟斜叼在嘴角，口水把烟身浸湿了半截才唆一口，眼睛也像中午的猫一样半眯着。听他划桨像听催眠曲，上一声和下一声的间隔长得足以容纳一次瞌睡。

遇上轮船和快艇横着冲过来，他也不慌，扶着人字形双桨等在河中央，那神情就像人在斑马线上等红灯。快艇经过时，喇叭状的波浪剧烈地扩展到小半个河面，渡船被波浪颠得忽上忽下，不习惯的人会惊出一身冷汗，看看耗子心又定了，他悠闲地荡着桨保持着木船的平衡，一点都不着急。

　　他的慵懒是天性所致还是渡客太少纵容出来的呢？他把人送到对岸，要坐在船上等半天才能接到一个回头客，在这边也差不多。他干脆就去离水边不远的人家打一圈麻将，听到渡客"耗子！耗子！"地叫唤，才不紧不慢地顺着水泥斜坡下到水边的船上。过渡的基本都是熟人，也都知道去哪里找耗子。

　　他泊船的地方也不是什么正经码头，船身四周汇集着装冻鱼的白色塑料泡沫和从上游漂来的枯枝、菜叶之类，不过水质还是不错的，夏季灰绿，冬季深蓝，四季都有人蹲在岸边洗衣、洗菜。

　　可能是因这劳动太低效吧，他收费也极低，来去各一元钱，比街上的黄包车还便宜。我去对岸时问他钱是现在付还是回来时一起付，他含着烟嘟囔："随便。"

　　他收钱随便，爽约也随便，有时说好了几点准时返回，跑到水边却不见渡船，船像只狗被拴在对岸的斜坡边，人却久等不出来。这时离朋友或亲戚约的晚饭时间很近了，手机频频响起，我却被一两百米宽的河水隔在城外。

　　第一次被耗子放鸽子，我在南岸等到天黑都不见他的踪影。一个人在圩堤上下四处转悠，幸好在一处菜园里发现一个挎着竹篮摘菜的老妇，在她的指点下，朝东沿着河往上游走了两华里左右，终于在一座废瓦房背后找到另一渡口，过河就到县城最繁华的旧码头东门口，总算避免了露宿荒野的结局。

　　也是木渡船，划桨的人年过六旬，眼神和手脚却比耗子麻利许多，我把被耗子扔在野地的事告诉他，他表情暧昧地哼一下，轻声一句："队里给我们补贴了钱咯。"

　　问他角山的村子有多久历史，他答得也含糊："解放前我屋里就在那里。"

不过我家离馆驿前近，到对岸还是坐耗子的船方便，万一他打麻将忘了把我接回来，就去东门口对面坐老人的船，老人风雨无阻，船在人就在。

也向耗子要过电话号码，却基本找不到他，好不容易接通一次，里面一个小女孩不耐烦地大声喊叫："我爸爸去很远的地方喝喜酒了。"

像隔着门缝轰一个讨债的人。

野草莓

角山村的旧屋全建在堤坝边内侧，有的是颓败的黑瓦房，有的是建了一半的红砖楼，居民搬走后，全变成了灌木和藤蔓的乐园。青草拱破客厅中间的水泥地，从裂缝中冒出来长成一人高，野藤不仅覆满外墙，窗户也全被封锁，原先用作卧室的空间，被黄蜂和蚂蚁筑了巢，人行其间，每走一步都惊心动魄。惊心的是这里的安静，而不是鬼屋之类的联想——四周到处是活泼、旺盛的生命气息呢。

不时有白色的鸟影从窗前掠过，跟踪它们的身影望去，堤坝内侧水塘边的矮树上栖满鹭鸟，像一朵朵肥硕的雪白花朵。稍走近些，就能听见"嘎——嘎嘎——嘎"的对话声，草地和树叶上全是斑白的鸟粪。

它们不习惯人的脚步，受惊起飞时，空气里喷溅、播散出热烘烘的来自水鸟皮肤的膻味。

那道堤坝和饶河平行，过渡后往西走三四华里，与河面呈直角拐向南边无尽绵延，中途绿树密集处有几处破屋。前几年我一直不敢拐弯往南走，耗子和渡客说过，破屋那边住着十几条野狗。

我的活动范围一直止步于那个直角。

这一段圩堤上除了角山老村，中段还有一个两层楼的电排站，过去可能还作过生产队的办公点，墙上的标语依稀可辨："抓纲治国""一定要实现四个现代化"之类。两个老头住在那边看管鱼塘。堤坝内侧荒地一望无际，只有近处开挖了几口鱼塘。

他们养了狗和鸡。狗很温顺，见了生人也不叫一声。鸡很狂野，满天满地地奔跑、低翔，让人怀疑时间久了它们会返祖恢复飞行的能力。楼旁的矮屋可能还养了猪，一听见脚步声就哼哧哼哧地激动不已。

我在五月去过那边，堤坝上带刺的草棵里长满覆盆子，像凝结成团的小血泡，有人叫"野草莓"，我们那儿形象地叫它"泡子"。抛进嘴里，上下齿轻轻一合，又爽又鲜的汁液就溃了满嘴。采摘时如果不小心用力稍大，就破碎在指尖上。与之相比较，棚里种的草莓就像是塑料做的，又糙又寡。

有年五一节，我和家人特意过渡去那边采泡子，带了小塑料袋，沿着堤坝往前检索。每走几步就是一大丛。因为无人惊扰，草棵一长就是一米多高，泡子一团团一窝窝，低的坠到了地面，高的要踮着脚伸手去够。低处的我们不要，怕被蛇爬过，只挑高的和大的，一两丛就能采满一袋。袋子装不下，就把遮阳伞倒过来装。伞就成了一艘草莓船，我们托举着它小心地踏上归程，在街上引起路人围观，到家时，最底下的一层被压得血肉模糊，像在伞布上涂了一层浓血浆。

电排站附近还有片小内湖，水面波平如镜，蓝天和白云的倒影和它们在天空中的形象一模一样，一丝皱纹都没有。湖滩开阔柔软如少女的腹部，每逢春深，就缀满绛红的紫云英，蹲下去看像花的森林，站起来俯视像织工考究的丝织画，让人不忍踏足，只舍得远远地站着跟它合影。

母亲重病后在老家休养期间，因为体重减了二十多斤，形影单薄，不怎么愿出门见熟人，平日总在家里窝着。

我们不甘心她和春光隔绝。泡子最红的日子，我和爱人、妹妹、女儿强拉着她到对岸玩了一次。在那边遇上熟人的概率为零。

母亲身子虚弱，厚外套外还套了马甲，她无力多走，到了电排站就在门前的藤椅上坐着，左手反转手背撑着腰向远处张望，暮春的阳光被槐树的枝叶筛剪成细碎的光斑洒在她身上，温暖又凉爽。

守鱼塘的老头站在洗衣池边剖草鱼，可能是时间太富裕无处打发，动作迂缓得像制作工艺品。我们很随性地向他打问河这边的情况，母亲偶尔也插几句嘴。老头回答着，随手把鱼的红鳃和灰色的肚肠甩在泥地上，鸡和狗都围过来分食，但并不打斗。头顶枝头上的八哥也叫得激动。

这最家常的上午时光，在我看来就安宁得接近完美了。

湖滩边几丛刺花开得像爆炸，白的黄的簇拥成一团团，缀满锯齿的刺藤蔓把花托举得比人还高。我们轮流站在花前拍照，又拉着母亲过去拍照。她不满意自己病中的形象，可能也不习惯大张旗鼓地跟花合影。游说半天才动身，她斜撑着边缘镂花的遮阳伞，隔开了浓稠、晃眼的阳光，也挡住了一部分花影，但细腻的粉状花香一缕一缕地袭来，什么也挡不住。

我按快门的瞬间，看见母亲浮出了难为情的微笑。

野狗

第二年母亲就闻不见我们这个时空的花香了。我过河基本不在电排站逗留，每次路过就远远地绕开。

其实我也是多情，世事不仅在我家变幻，电排站也换了主人和面貌。一伙搞实验田的外地人租住在那里，门口停了好几辆高大的蓝色和红色的拖拉机头，没变的是住在猪圈旁的狗。

电排站门前的机耕道也修整一新，笔直地铲向沃野，像八〇年代宣传画上的景象。

我带着爱人和女儿顺着它走过一次，可能是十一长假吧，天气挺热，女儿累得腿发软也没走到头。路旁除了平地还是平地，有的已翻耕，有的板着脸孔等待翻耕。沿途没什么树林可遮阴，手上还挽着一件件脱下来的衣服，行动也不利索，只好中途返回。

我爱的正是这里的荒芜，每次一过河，心里就轻松安静下来，平日积压在心里的人物和事情都卸在河那边了。

我也很喜欢这种枯燥的行走，既修炼肢体，也修炼心性。在这样的天地里，自己不想说话没任何人会打搅你，在平常这点太难做到了，身边一直有人在说话，自己也常忍不住打开电脑和手机跟世界发生瓜葛。

你在枯燥里行走得久了，神经和血管就渐渐地放松，你在走进田野深处的同时也更深地走进了自己的内心。

春节时我单独去走了一次，一个多小时后被河沟拦住，远处的浅滩上白斑点点，细看在轻微地移动，用望远镜放大看，有的在滑翔着起飞，有的在衣袂飘飘地徐徐降落，是群天鹅和白鹤。

我冲着那边大喊，没有一只理我。

一米七八的身躯在如此阔大的天地里小得可以忽略不计。我的声音传出不远就被空气稀释了。

有年冬天，我决定一人沿着圩堤穿越那个被野狗霸占的地盘。只有顺着堤坝，才可能走得更远。

那些野狗的前辈据说也是家狗。村民迁走后，不少狗却赖在废墟里不肯离开，有的饿死、病死，强悍点的靠吃鸟蛋、田鼠和鱼为生，繁衍的后代野性更足，不仅攻击牛犊，有时见了人也会发起攻击。

但我想，总不能因为怕狗就放弃这片迷人的野地。

我背着双肩包，里面装着相机、饼干、牛肉干、冻米糖、巧克力、矿泉水和一把折叠军刀。手上拎着从地上捡的手肘粗的棍棒，顿时有了迈向景阳冈的豪气。武松连老虎都打得死，我还怕几条野狗不成。

拐过直角后，堤面上蒿草缠脚，连蛇形小路都找不到。一路上窸窸窣窣，走了数百米，望见树影下的破屋时，心跳猛烈敲打耳鼓，握棍棒的手也青筋暴起，随时准备爆发出千钧之力。

我保持着挥棒姿势一步步逼近破屋时，却没惊起一声犬吠，也没可疑的身影突然跃出。在原地站了半天，悬在高空快速舒张和收缩的心脏才缓缓降落。

返程过渡时听耗子说，那些野狗年前被人下药毒死了卖到菜市场去了。

"船舱都装满了哦，算发了一笔财啰。"说到这件一本万利的谋杀案，耗子的眼皮下才射出一丝兴奋的光来。

过了破屋，就基本看不见大树了，连缺枝少叶的苦楝树都没有。走了五六里远，圩堤外侧出现大河沟。

河宽足有七八十米，水很清，豆绿色，但波不平，不兴风也起微浪。却几乎望不见船影，不像饶河，不时就有运沙、运木材的大货轮轰隆、轰隆地驶过。

无船过河，跟着弧形圩堤持续右转，见一绿色的帆布帐篷搭在河边，正想靠近，两只黄土色的干瘦土狗杀到路中间。

我浑身皮肤一紧，收腿站住不动。

狗亦站住，只在原处试探性地提高嗓门。我作下蹲捡石块状，它们掉头就跑，跑个六七米又停下来拖着尾巴歪着脖子吠叫，如是者三。狗的发声由高亢转向含混，最后都有点呜咽的意思，似乎受了什么误解和委屈。

我心里有数了，它们肯定不是丧家的野狗。就丢了棍棒，大步径直前行。狗一直退让，我到达帐篷边时，它们退到河边的一个小沙洲上，我这时才看出来，其中一只还瘸着一条前腿。

如果我逼向沙洲，它们是不是会跳水而逃呢？

那样就太罪过了。唉，在这样的荒野，不伤害我的东西就是我朋友，我丢了几块牛肉干放在地上作为见面礼。它们在沙洲上纠结地打着转，等我稍稍离抛食点远些，就摇着尾巴扑了上去。

帐篷没门，门洞两侧却虔敬地贴着红红的春联，里外和四野都没有人。帐篷里煤气罐、煤气灶、床铺和柴油机一应俱全，横梁上还悬挂着几条油油的咸鱼。都积了薄薄的灰尘，水缸旁边的地上都长出了二三十厘米长的青草。

主人怕是回家过年去了，渔网窝成一大团堆在帐篷边上，一只旧木船系在岸边无聊地停着，没有桨，船身一荡一荡的，任由波浪调戏。

河对岸的荒野上有什么呢？我伸长了脖子也望不出多远。

上圩堤返回时，二狗保持距离尾随了我好一阵，我走出几百米时，仍望见它们站在路上目送。

遗址

过年时闷在家里促膝闲聊，谈到河对岸。父亲不屑地说："荒天野地的，有什么看头。到君子里去还差不多。"

外公上世纪60年代初曾到鄱阳湖边垦荒，他当时的身份是县直机关农场的场长，带着一伙职工住到了一个名叫"君子里"的荒洲上，外婆带着我母亲、舅舅等几个子女也住了过去。

舅舅来家里拜年，问及君子里，他说过了河还要走很远，要过两次渡。

我想起上次走到的帐篷处，在那边望见的对岸是不是君子里呢？

我跟舅舅说："下次带我去看看吧。"

舅舅答："除非搞得到船，现在那边没有人家，没船过不去。"

这年头搞车很容易，搞船却很麻烦。我以为这事只是笑谈，没想到父亲说："下次就租条船去看看。我记得你妈妈讲过在君子里住帐篷的事，有一次打风暴，风把帐篷掀翻吹跑了，你太外婆吓得躲到桌子底下。还有一次打雷，把桌子炸得焦黑。你妈妈和你大姨人都吓瘫了。"

母亲去世后，父亲对与她相关的一切遗迹都心向往之，不仅坚持每天去墓地，还动不动就要我开车送他去母亲的老家祥环，他自己的老家倒去得少了。

我以为父亲会等到我下次回县城时一起去，没多久就在电话里得知，他居然同舅舅、舅妈和两对姨妈、姨爹先去了。是在镇政府工作的妹妹帮着租的船，上岸后还遇上了野猪。姨爹、姨妈和舅妈不愿多走路，坐在岸边等，父亲和舅舅找到了当年外公扎帐篷的地方。按他描绘的方位，同我隔河眺望过的那片荒野很相似。

秋天回县城时，我们一家三口也到馆驿前花200块钱租了一条机动船去找君子里，父亲和妹妹一道跟去，他说是带路，却相机、水壶、背包装备齐全，蓄谋已久的样子。

船从竹秸林旁一条与饶河垂直的河沟切入对岸的草洲，深入草洲腹地七八公里后左拐进入一条大河道，顺着大河一直往东，几公里后，北岸越来越像我步行到过的堤坝尽头，南岸站出一排笔直的杨树，像列队迎宾的仪仗队，颜色深浅不一的金黄叶片在秋阳下金属片一样熠熠闪光，水中的倒影也对称如画，我站在颤动的木船上信手用相机按下快门，不经意间拍下的照片后来被《人民日报》等多家媒体发表。

　　登南岸路过一些砖石废墟，父亲说："这里就是君子里村旧址。村子也是九八年以后迁走的。"

　　君子里村自元代起就有人烟。居民都是从馆驿前一带搬去的。之所以得此雅名，据说还和朱元璋有关。朱元璋与陈友谅大战鄱阳湖时，有一次路过君子里进村讨水喝，听到一些茅草屋里传出幼童读书声，颇受震动，想不到如此蛮荒之地竟盛行读书之风，问及村名，村人说野村无名，这个未来的明朝皇帝就封它为"君子里"。

　　这个传说是妹妹从一个君子里籍的同事处听来的。我本能地怀疑它的真实性，鄱阳湖边的许多传说都与朱元璋有关，谁知道有几个是真实的呢？不过这个村名确实雅得离谱，不像是乡野村夫想出来的，应当和某个文人高士有关。这似乎说明数百年前君子里所在的这个孤岛常有舟楫路过。

　　外公开垦的机关农场距君子里村三四华里远。

　　父亲急着带我们去找外公扎帐篷的旧址，我们却被路上的大片荻花缠住。这可能是我见过的阵容最大的荻花，远远望去，白色的花絮弥漫成一带云烟，更惊艳的是，近景和中景都分布着叶片深红或金黄的梓树，火炬一样似乎要把荒野点燃。随便站在哪个角度取景，都是精彩绝伦的电脑桌面。

　　我们拖拖拉拉地一边走一边拍照，父亲用一声高过一声的吆喝鞭打我们。穿过一片比人还高的荻花丛时，在其中邂逅一群放养的水牛，足有四五十头，毛色黝黑闪亮，难怪一路上都是它们的粪便和蹄印。它们对我们视若无睹，一大团黑色静默地从荻花中穿过，就像默片时代的电影画面。

　　过了荻花丛，草洲就野得没边无际了，一直隐没到地平线的怀抱里，地平线的那头，是肉眼望不见的鄱阳湖。途中也纵横着一些沟壑和湖塘，却无法改变地势的平展和天空的高远。

父亲指着一块像蛋糕一样蓬松平整的苔原说："你舅舅上次说，外公一家当年就住在这里，你妈妈平常住在县中宿舍，周末就步行回这里。"他又指着远处，"外公带着人在那里种油菜、大豆和芝麻。一涨水就前功尽弃。就算是丰收，种一斤粮的成本比买一斤粮还高。事实证明，向鄱阳湖要粮是得不偿失，机关农场后来就撤销了，你外公去洗麻厂当了厂长，你妈妈也结束了住帐篷的苦日子。"

遗址上没有任何遗迹。鄱阳湖的水每过一些年就要涨到这里来席卷一次，东西再多也存留不住。

君子里除了轻微的风噪，只有云雀高高低低的鸣叫，嘹亮而单调，像是在播放录音。它们的身影时隐时现，在空中悬停时翅膀抖动得看不清轮廓，降落地面时灰麻的身子又被相近的草色淹没。

我环着鄱阳湖走了好几圈，没想到最美的草洲居然藏在老家的眼皮底下。站在君子里的土坡上往北眺望，县城的楼顶和玻璃反光白亮亮一片，直线距离应该不超过8公里，手机信号都是满格的。

我像跌入蜜罐的蜜蜂一样爱上了这片野洲，回南昌不到一个月，又特意跑回去看过一次。荻花深处，还有一片树林，梓树、柳树、杨树各尽其美，却无人出没。极像古装片里的手绘布景。

父亲又跟去了，捡了根木棍当手杖，走起路来比我还快，转着转着又往那片蛋糕状的苔原去了。

母亲健在时，父亲从不肯单独跟子女们出门，甚至彼此说话都要通过母亲中转。这是他年轻时过于看重自身权威的后果。母亲离世后，他不得不重新学习跟子女沟通。但他坚持一个人住在学校的宿舍区，怕母亲回家找不到人。妹妹每周去陪他吃一次饭，帮着打扫卫生。我过一两个月回去一次，带他出门散心。他固执地不肯在外过夜，只肯在本县范围内走动。

君子里是我和父亲最能达成共识的出游地。

母亲的突然缺席，不仅葬送了父亲的幸福，也彻底改写了我的心境。像一个演员突然失去最重要的观众，我很难再在日常生活中找到激情。性情变得更内倾，不像过去那么渴望荣誉，比过去更不能忍受人多的地方。生命的不确定性也令我不时陷入焦虑，同时，越来越注重恒久的事物，比如精神信仰，比如田野。尽管田野上的青草每年都是新的一茬生命，但它看上去总是那么青春永驻。

我热爱这种错觉。

春节回家，明知梓树的红叶和荻花的白絮都谢了，还是执意去了一次。反正父亲也支持。只是弄得妹妹挺为难，不好意思总找人租船，担心人家怀疑她哥哥搭错了神经。

君子里也不亏待我，我们在河边挖坑煨红薯时，派出一群白鹤排着队来问候我们。这种情况颇为罕见，候鸟发现人群一般会绕道而行。它们却打着旋一点点从远处靠近，先是听见喧哗，后来就渐渐地飞到我们头顶，盘旋一阵才飞走。

这情景让我觉得，对这片野洲并非单相思，它也很愿意接纳我呢。

油菜洲

去君子里，来回都要经过同竹秸林隔沟相望的一片野洲，这野洲虽离城很近，但我从未上去过。它三面环水，近在眼前却很难抵近。

不知是哪一年，洲上搭建了一座长方形的茅草屋，屋后支起了发电的风车，远远地还能望见鸡犬和人影在屋旁活动。

角山村的人都搬到城里了，怎么倒有一户人家住到这个被水围困的孤洲上呢？

　　去君子里路过这片野洲时，才明白这洲有多深，机动船开足马力都要跑一二十分钟，它的长度则无法目测，一直往西同鄱阳湖边的双港乡相连。

　　回来时望见了茅屋的正面，门口栽种着高大的杨树，杨树下停着几辆耕作机。妹妹说："那里也是角山管的，村民迁进城后，地就没人种了，都嫌路远麻烦。听说被一个安徽佬承包了，以前种芦苇造纸，现在种作物。"

　　船在河沟里，视点太低，望不见洲上种的是什么作物。正月住在鄱阳，每天在饶河这边的圩堤上跑步，气温渐高时，发现对岸浮出一抹淡淡的黄线，貌似油菜花的色泽，黄线随着河岸往西延伸，足有几公里长。

　　春节那次去君子里，我的主要目的地其实是饶河对岸的油菜洲——我四处打听都问不到它的确切名字，姑且这么叫它吧。

　　回城时我们让船在油菜洲停了一下，从陡峭的泥岸爬上去，所有人都呆住了——黄线变成黄毯，当然，这比喻一点也不恰当，因为普天下都没这么大的黄毯，规模至少在千亩以上，我们从抛锚地走到茅屋——黄毯的一个斜边，都耗费了近四十分钟。

　　花开得还不盛，但香气早被性急的蜜蜂们搅动了，随着暖风一波一波地涌来，让人轻微地头晕。鼠曲也长得满堤坝都是，嫩一点的叶片浅绿，老一点的开出米黄的小花，我们那儿叫它"水菊子"，清明时和米粉兑在一起做水菊粑和饺子，颜色青绿，口感也有植物的清香。

　　妹妹、弟媳蹲在地畔摘水菊，我端着相机四处侦探。父亲和舅舅被春阳晒得燥热，快步走到茅屋前脱了毛衣歇息。

　　一些狗围着不速之客转悠，却没有任何敌对的意思，你就是丢片橘子皮它们都围过来抢，一副饥不择食的样子。

茅屋的两个门都开着，一间住人一间放农具和种子，主人却不在。妹妹说："应该是回安徽过年去了。"难怪这些狗饿得如此没志气。

第二天就要回南昌上班了，我叮嘱妹妹，等油菜花全开时电话告诉一声。

元宵前两天，妹妹报信说安徽佬回来了，油菜花海也开了百分之八十。

这时女儿的学习已忙碌起来，周末也要外出补课，每天都要接送。我决定不负责任一回，给自己放一天假，早上回县城，晚上再赶回来。

妹妹带了与安徽佬相熟的同事陪我。

安徽佬从对岸开了铁壳船来接我们，以为是个老粗，跳上岸的却是个西服革履的时髦青年，黑衬衣上绣着暗花，如果不是皮肤有点黑门牙有点龅，几乎可以和"帅"这个字攀上亲戚啦。

这家伙本是安徽池州城里的发型总监，他父亲来这边租抛荒的旱地种芦苇，结果病死他乡。他若不子承父业，前期投入的几十万资金都要打水漂。"在我们那边哪里还有这么肥的闲地？边边角角都种了粮食。这里容易涨水不假，不过，涨水后泥沙垃圾淤积在上面，等于免费施了肥呢。"他呷巴着嘴巴说。

发型师抛下池州人民的头颅不管，留在鄱阳湖边打理草洲的新发型。春天留金黄的油菜头，夏天理浑圆的西瓜头，秋季留花白的芝麻头。头三年基本没收到钱，近两年赚了四五十万。

我说这片油菜怕有上千亩吧，他遗憾地摸摸微微隆起的肚子："才一千五百亩呢，本来还想多种的，前面荒地多得很，就是管理不过来，常有水牛泅水到洲上来偷吃。"

他老婆长得更"客气"（漂亮），只是不爱作声，提到水牛，瞪圆水汪汪的眼睛说："我们刚来那年，跟本地人不熟，有天晚上一夜就被吃掉了上百亩。现在好多了，我们也交了几个本地朋友。"

茅屋里住的是钱总监的叔叔，他和老婆晚上住县城，白天过河来洲上上班。平常也没多少事，农活请县城附近的农民过渡来做，他俩主要是环洲巡视，防止牛群糟蹋作物。

不用远离街市，每天能呼吸到没有灰霾的空气，钱也不比城里人赚得少，这样的日子真令我羡慕。

"要是我，就把茅屋翻修成瓦房，反正这边地势高不怕涨水。平时就住在洲上，早上和傍晚绕着油菜地跑一圈，既锻炼了身体，也完成了巡逻。一个星期进一次城采购、会朋友。"我说出自己的设想。

钱总监闻听笑得露出大门牙："你是抱新鲜，天天住这里会闷死的。"

我们谈笑时，那七八条狗也围在边上摇尾巴示好，问及来历，居然不是养的，都是从角山老村渡河过来投奔他们的。

"总不能把它们赶回到河里吧，反正这里地盘大，晚上还可以帮着守夜。"他老婆说。

钱总监看我设备齐全，可能把我当记者了，总想陪着我走，我就让父亲陪住他，自己沿着小路跑到菜花深处，用摄像机拍摄洲上的蜂鸣和寂静。

草洲滨水的岸边有条虬曲的黄泥路，在油菜丛中时隐时现，很像小时候在祥环常走的那种。我长久地张望它，看着看着眼睛就多情起来。

我跟随着它，背着相机、摄像机埋头往菜花尽头走。

走了一阵，铅灰的积雨云从四周往油菜洲上空聚拢过来，不一会，雨珠噼里啪啦地砸落到油菜的叶片上，我仍执意往前。

父亲在远处不住地高声喊我，怕淋坏了机器。

他的焦躁像一根缰绳，把我在任性的路上拉回。

我们坐船回到对岸时，春雨已把油菜洲浸润成明黄的一片云雾，像水彩画一样迷蒙而失真。

我知道我将很快抽空回到那里。

无论从君子里往南，还是油菜洲往西，都有望不透的纵深。还有多少不为人知的去处隐藏在这片野洲上呢？

野洲的深度和时光的长度一样深深地吸引着我。

而它离县城的距离，又是那么便于我亲近。

绝大多数住在县城的人都没到过河对岸，我拍的那些照片发表后，有人打听拍摄地，我很大方地说出君子里和油菜洲。没人相信它们就在县城对岸，也没什么人准备身临其境验明真伪。

圩堤那边除了野草和灰扑扑的泥土还能有什么呢？大家对身边的事物总这么武断和怠慢。

这也正是它的好处，好得隐蔽，好得清静，好得貌似一点也不好。

我想，在较长的一段时间里，这片乐土将成为我的个人隐私。

这让我对野洲的忠诚更深了一层。对于我，它也越来越像是一种精神的场，既可以盛放记忆，也可以用来倒空记忆。既可以远离许多东西，又不会陷入不知所终的虚无。

油菜结籽，泡子又红，微信上有朋友嚷嚷着邀伴去远方看景。那时我刚驱车三小时回到县城，正从渡船往洲上跳。

我关掉手机，背起相机、干粮和水，闷头向绿色深处寻去。

2015年3月29日

开门见樟

如果适当夸张一点，再稍稍矫情一点，我似乎可以这样说，春天的清晨，我是被樟树的甜香熏醒的。

在我醒来前的一两个小时，樟的呼吸从阳台外的树梢蒸腾起来，一波波地汇聚拥挤在阳台上，被一面巨大的咖啡色帐幔阻隔着，像水库内的水位越涨越高，随时要冲开帐幔一样。

香情如此紧迫，我醒来的第一个动作不是去卫生间，眼睛还未完全睁开就赤着脚去扯隔开卧室和阳台的帐幔。哗的一声，樟花亮灿灿的浓香就和晨光一起破空而入，决堤后的水瀑，瞬间将人淹没，不用吸气都会呛入口鼻，浸透肺腑后，在体内久久萦回不散。

这是我在这个没物管的小区坚守十年获得的唯一回报，楼前的小樟一年年地长高，从一楼到二楼三楼四楼，头顶快齐平我家阳台。

樟一直生活在周边，我对樟的倚重，却远迟于桃树和李树。我前些年才注意到樟树也会开米黄色的花，近几年才迷上樟的气味和隐秘身世。

外公的老家祥环，村东的路口有三株大樟树，村西的路口也有一株，腰围须三四个成人合抱，没人说得清树龄，至少在百岁之上，可能是建村伊始栽下的。

我对它们印象深刻原因有三：一是作为路标。幼时总以跟着大人走路为苦，枯燥没自由。去祥环的路上，每上一道坡就要抻脖子瞭望，等望见绿油油的色块里蘑菇云般高出的那一簇，就松了口气，接下来的路途有如雀跃。

二是作为休闲地。村中少年，热天可以群聚的地方除了水塘，就是老樟的浓密树影。正午大人都在屋内的竹床上打鼾，少年东倒西歪在老樟下的草地上，咔哧啃着刚从菜园里摘来的黄瓜，用狗尾巴草掏耳朵，议论村中美少妇和远山洞穴里的老蛇精。一条水牛被拴在树根上歇昼。樟的根大部分埋在土中，也有老根虬曲着身子挣出泥土，在地面弓成小独木桥，又从另一头扎入土中。中空的部分，正好系棕绳，打的却是活结。牛贪凉，或站或卧，压根没有逃的意愿。牛半阖着眼，刷牙般流着浓稠的白沫反刍早晨在田垄上吃进胃里的草根，身子被牛虻的吸管叮破时，才会睁眼神经质般闪动一下黑亮的牛皮，把蚊蝇从身子上甩开。

三是因为神秘。面对水塘背向菜园的那株，根部有座石神龛，一年四季，龛里的黄土都插着些残香，不知祭拜的是土地公公还是樟树，反正我们从不去那里打闹。立于土崖背靠山林的那株，被各种藤本植物纠缠拖累得身躯佝偻，极像面容阴沉的老婆婆，根部的泥壁被水牛蹭痒磨出一人高的泥洞，白天长期被水牛占着，晚上黑洞洞的挺吓人。从军多年的外公说，那里面藏着个国民党空降来的特务。特务天天躲在里面，那他吃什么呢？我问。吃泥巴。外公做出伸手抓大把泥巴入口的动作。我居然深信不疑，从没敢靠近那株老樟。

祥环附近的村落，村口大多也有老樟，起初我以为是巧合。成年后在南方乡间漫游，发现但凡有些资历的老村，村口基本都有古树，非樟即枫，以江西为例，多数为樟。然后知道一个说法——水口，这是风水学的概念，实指村头水流进出的地方，暗喻财运和村运。古樟一般伫立水口，是守护村庄的风水树。正因为如此，它们能躲过刀砍斧劈，得到世代的保护和敬重，最终与村庄同寿。

有段时间，常陪民俗专家去一些著名的古村看老建筑，研究古戏台、古祠堂和深宅大院。那些建筑雕梁画栋，多是几代人接力完成的，镂花的门楣与窗棂刻录着手工艺术的辉煌和十年磨一剑的匠心。我留恋老宅内时光的慢，却不太爱那些老房子。起初是因为阴气重。不管徽派瓦房还是客家围屋，结构上均不以采光为优先考虑的因素，思谋的重点是风水和防盗，空间昏晦低迷，抑制人的激情。加上久不使用，少了人气和烟火气的浸润，阴沉得像一座座废弃不用的电影布景。后来的不亲切，是发现那些能保留至今的老宅院，基本是官宦富贾的家产，作为文物，他们纪念的是豪门望族的生活情趣，并不能代表广大的平民。

平民家的土墙和茅舍无力穿越两三百年的风霜雨雪走到今天。专家在板壁上寻找刻法不一的九十九个寿字，或者查阅黄得发霉的族谱时，我就去村口的大樟树下等待。在樟树婆娑的绿影下眺望白亮的水田和冒烟的土路。或者，蹲下身跟一只躺在树荫里乘凉的土狗交换眼神。在我看来，古樟树比老房子更能代表村庄的精气神。老宅里的木头全是死的，樟树仍然活着。老房子讲述的是村中富人的发家史，老樟则记得每个生于斯、死于斯的村民。如果记性再好点，它应该还想得起每个从身下走过的客商、小货郎、乞丐，当然也记得星夜潜入村落的土匪和小偷。

有次去龙虎山一个号称"无蚊的村落"，考察了很久，果然没一只蚊子。究其缘由，说法各一，后来在村后发现许多樟树和桉树。有人就说，和桉树一样，樟树的香气可以驱蚊驱虫，樟脑丸的主要成分就是从樟树的枝叶中萃取的。大家还想起一桩旧事，当年在江西下放的上海知青，返城时带的最受欢迎的礼物就是樟木箱，不仅防蛀，驱霉隔潮，所放衣物还会散发出好闻的植物香。有的地方还有相关风俗，女孩出生时种下一株樟树，等她出嫁，就把樟树伐倒制成樟木箱子做陪嫁。

大约从九零年代开始，南昌的绿化树从法桐变成香樟，二十年过去，许多街道都撑起了绿色穹顶，四季不褪色也不凋败。这就是樟树的优越之处，到了冬天也不脱叶，对灰尘和空气中有害物质的吸附能力也强于法桐。因自身有异香，不易生虫，还省去了喷药养护的工序。唯一烦人的是冬天会落籽，那种乌黑浑圆的樟树籽，汁液饱满，砸在车顶，宛如一颗颗微型水弹，嘭的一声，黑汁四溅，涂在车顶和挡风玻璃上，干结后清洗颇为费劲。落在地上的，貌似打翻了几箩筐的黑豆，一眼望不到边，脚踏上去，噗嗤噗嗤地响，浓香就喷散出来，比樟叶、樟花香十倍，味道潮潮的沙沙的，浓烈程度快赶上刚锯开的樟木的横断面，隔着几米远就能看见香味在空气中散佚的弧线。刚学会走路的孩童把它们当气球踩，哪里樟树籽多往哪里走，用此起彼伏的爆裂声宣示着脚力和成长。乌鸫和斑鸠也特别爱吃樟树籽，在树影中低低地掠来掠去，三个一群两个一伙地抢食，人走到面前，歪头翻眼，瞥见你手里没带气枪就浑然不顾，真有种鸟为食亡的忘我。

城里的樟树大多是半路出家的，加上种植密度大，很难形成如伞如盖的气度。我只在省政府大院和郊外的农大及核研究所见过成片的樟树，几十株整齐地排列，遮天蔽日，雨不太大时穿行其下，都不怎么会湿身。阵容过于庞大和整齐，造成了营养上的互相掣肘，谁也很难高出一头，最大的胸径也不足一米。为了争抢阳光，一个个踮着脚尖往天空奔蹿，发育得瘦长笔直，无姿色也无风度。这让我时常想起乡间的野生老樟。每次在户外周游，都特别留意它们的身影。

这些年顺道或专程拜会过许多老樟，少则数百岁，多则千多岁。

印象深的有几处。

离南昌最近的一株是安义罗田古樟，直径三米多，树龄有一千二百年，相传是罗田村始祖黄克昌所栽。位置在古时安义到南昌必经的驿道旁。黄始祖逃难至此，在山坡上搭棚暂住，夜间梦见金狮入土，天亮后受梦的启示，从金狮入土处挖出宝贝三百斤，便栽下此树做纪念。村落里没有可信的编年史，宗谱连女系都可忽略，更不会为一棵树写传。这种传说，不知是哪一代人的附会。反正没人活得过那棵树，也就没人说得清它的身世。

人逾百岁成仙，树活千岁成神。古樟的枝丫上挂满了写着各种心愿的红绸带，低处用手系，高处的，是绑了石子甩上去的。微风拂来，庞大的树冠便发出沙沙的下雨般的声响，树叶通了电般飞快地抖动，红绸带也吉祥地飘展开来。有的游客双手合十，闭目绕树走三圈，口中念念有词，像草原上的人祭拜敖包。

最老的一株是婺源甲路乡的古樟，地处严田村，树龄一千五百年，腰围需十多人合抱，树冠冠幅达3亩，旁有溪涧古桥，是展现江南古村落水口文化的著名景点，也是最适合摄影构图的一处古樟树。树下有可供食宿的仿古庭院。远望无人干涉，走近须买门票。古樟的身份牌上写着：宋高宗赵构被金兵追杀时曾匿于树冠逃过一劫，后下旨封之为"神树"。当然，类似的情节在别处的名树履历里也时常看见，故事的主角要么是倒霉的朱元璋，要么是更倒霉的宋高宗。

面积最大的一片野生古樟林在泰和县的麻州，麻州位于泰和县城南面的塘洲镇朱家村赣江边，又称"金滩古林"，占地一百多亩，有古樟五百余株，树龄大多在四五百年以上。此处我先后去过多次，它的特异处不仅在于规模大，绿境幽深，更妙的是，随处可见巨树倒伏在林间小路上，被雷劈倒，或者寿限已到自然死亡，有着别处樟林罕有的原始性状和蛮荒感。可惜被开发商盯上后，最终也沦落为喧闹的景点。

暮春去永修县找桃林，有意走了一条傍河的小路。河千米宽，一两米深，既无舟楫，也无人挖沙，只有水鸟和软风在水面盘旋，名字自然无处打听。路亦无站牌和公里数之类标示，相向会车都困难，只谄媚地参照着河的身段曲意奉迎，串起一座又一座鸡鸭比人影更多的村庄。河流在正午的阳光下挺出肚皮，晾晒着浅白的沙滩。微风拂过，清浅的碧色水面上尽是细密的晶亮波纹，有时像鲫鱼的鳞片，有时像搓衣板上的横纹。

想找一处阴凉停车观赏河的惬意，恰好前面的路旁有棵老樟，两三百岁的模样，树冠却大，撑起大片的阴凉。把车停在荫中，门窗俱开，散热散废气。樟树洞里住着八哥，男八哥和女八哥正为即将出生的头窝八哥翻飞忙碌，嘎嘎叫个不休。樟树是八哥的首选楼盘。居住在樟树上的八哥不仅强壮，而且聪明，嗓门大，学人语也快。在花鸟市场，樟树八哥幼崽的售价远高于在屋檐下筑巢的八哥。

背对樟树的村落只两三户人家，最近的那家离樟树只五六米，樟的身影一半投在河床，一半荫庇着这户人家。庭院不仅临江，还有老樟作依靠。站在树下吃苹果吹凉风看河面的十几分钟里，我对这户人家嫉妒不已。心中暗自揣想，他挥霍了多少这样的十几分钟而浑然不觉啊。

那时对樟又有了新的想法。并不一定要多大多老，与那些已仙名远播的景点樟相比，这种村前屋后的无名老樟似乎更亲切更能撩起乡愁。它太像祥环的那几株樟，不仅涵养着村庄的风水，也教化着一代代的村人对山林保持亲情和敬畏。

近日去赣湘两省交界处的铜鼓县探寻尚未开发的天然温泉，在三都镇东浒村外遇见一株九百多岁的老樟，树龄比严田的那株小，体形却相当，树下草坪外的菜地都遮满浓荫。此树地处村前的开阔地，隔路相望的是一处砖色暗褐的老祠堂，身后的几处屋舍也是客家风格的黄泥土楼。视野中没有电线杆、洋楼等时代感明确的东西。当然更没有游客，沙石路上走过的都是本地农人，荷着锄，抽着旱烟，和古樟一样不慌不忙。如果不是偶有骑着红色电动车的村姑驮着塑料水桶经过，我真可以假定置身的就是数百年前的某个朝代。

因要留时间去山里的温泉，只在树下逗留了半个下午。从不同的方向拍照，古樟是完全不同的风貌。不拍照，坐在地上听树叶演奏的交响曲也挺有意思，两个多小时，它一次也不重复自己的旋律。还绕着树荫的边缘走了很多圈，弧线长得像个田径场的跑道，没有三百米也有两百米。更多的时间，我盯着它的躯干出神。

老樟树干粗大得可以在其上搭建树屋，从底下往上看，几乎望不到尽头。让人想起电影《阿凡达》中潘多拉星球里的巨树。它的树冠由多少树叶组成呢？怕是堪比地上的沙子和天上的星星吧。无论哪个时刻枝叶都在轻轻摇响，不是这边有风就是那边有风。即便外面的空气凝滞不动，它也会摇动枝丫兀自生风。难怪村里人给它立了个小神龛，逢年过节都来祭拜。

我不太懂风水，但体悟到了樟树涵养水源净化环境的神力，更感动于老樟的长寿和深邃。这年头，人们只热衷靠科技制造惊喜，不珍惜自然本身的奇迹。我们身边的房子、车子、日用品、园林，也包括时尚、制度，一切都是速成的，易碎的。历经劫难百年不变已属神奇，能屹立千年仍福佑一方就算不朽了吧。

在浓荫相伴的山间公路上蜿蜒而行时，我和小朋友有段对话。

我感叹，那树从宋朝、元朝、明朝、清朝、民国一直活到现在，不知见过多少美好和不美好的事。有多少人与事在它的注视下兴起又衰亡。

小朋友说，你真的相信树也有记忆和思维？

我说，一种可以活过千年的生物，是不能以人的局限去妄度的。如果放弃以人为中心和标准观测万物的立场，树肯定有自己的记忆和语言，只是，我们无法像转换电脑文件格式那样，用一个芯片把它翻译过来。

其实，我一点也不奢望翻译老樟的语言，世界之美，本不在于制式的统一和通用，甚至也不在于沟通，更多源于多元和各尽其美的和谐。在比海浪还动荡不居的尘世，人的许多痛苦都源于短暂和不确信，有些能见证我们的前世和来生的树神守护在侧，我们对不朽和永恒的信仰至少会多一份坚实的鼓励。

住在闹市的人最爱做的规划是，退休之后，回到乡下去如何如何。三十岁时我也这么说过，后来发现大家都爱这么表白，就发现这话背后的心态挺复杂。真诚和现实与否不说，等大家都退休回到乡下去，哪里还存在你预想中的乡村呢？你能搬到老樟的荫蔽下安享晚年吗？我的做法是，与其把宝押在不可知的未来，不如每月去乡间走一两遭，享用一天算一天，享用一处算一处。

每次从野外归来我都要颓败和失落很久，趴在电脑前翻来覆去地审视用相机记录的阳光下透明的绿。

我对每天的生活有很多不满意。好在早晨这一截时光还算不错，至少和大多数住在城里的人相比是如此。

我虽不能开门见山，至少也做到了开门见樟。

我想，过几年可能会更满意，因为楼下的小樟正越长越高，越长越靠近我的内心。

2014年5月11日

我闻不到苹果的香

起初我也以为有问题的不是苹果，是嗅苹果的人。接纳新事物的热情衰减后，就会染上怀旧的毛病，看什么都是今不如昔。

"现在的苹果怎么不如小时候吃的香啊？"我拿这个问题试探过不少同龄人，很少有谁否认这感觉的存在，对于原因的认定却各有说法——这只是一种错觉，纯主观感受；或者，那时水果贫乏，吃什么都觉得香。

我差点被说服，记忆常会美化一些东西，甚至会黑白颠倒地欺骗自己。我不再纠结这个虚无的疑点。管它香不香，每天还是会吃一两个苹果。我需要从它体内摄取有益健康的维生素，或者说，需要这种心理暗示——我每天都在进食天然维生素。

进入夏季，本地的一些瓜果也陆续上市，一板车一板车地摊在菜市场门口。我掂起淡黄色的梨瓜（学名"香瓜"）送到鼻子底下，却闻不到熟悉的浓香，也没苍蝇跟着飞舞。瓜贩赌咒发誓地说保证好吃，我还是丢了回去。

在南方，苹果属外来水果，小时候所见甚少。好梨瓜该是什么样，估计到七老八十我也能记得清清楚楚。顶部因自然成熟而崩开细细的裂纹，不用送到鼻子下，隔着一两米远，鼻子就会被它的甜香勾引，就像是被一根粗大的绳子牵着。

三十多年前梨瓜的香味，确实像绳索那么有形而有力。我们都不用仔细查看瓜体色泽，单凭气味和蜜蜂、苍蝇对它的兴趣就能判断出成熟度和含糖量。

有了梨瓜的提示，三十年前苹果的体香也逼真地浮现在鼻子前的空气里。比梨瓜的要淡，要柔和，也更细腻，清新并有着上扬的飘逸感，很容易转化成一种积极向上的迷幻感——对未来和甜蜜生活的殷殷期待。

也记起了那时吃苹果的流程。先捧在掌心把玩，不是玩几分钟，有时要玩一两天，睡觉时藏被窝里，上学时搁兜里，一有空就掏出来撅着唇嗅它的气味，也用这气味馋没苹果的人。把玩够了，才贴着胸口擦两下灰，送到嘴边连皮一起咬，咔哧一声，被果皮包裹的含着许多汁液的清香迸溅得满脸都是，却舍不得擦，脸笑得像只大红苹果。

我一根筋地追寻苹果的香味时，有专家在媒体上提醒，吃苹果一定要削皮，否则有蜡中毒的危险。苹果采摘后，出于长期保存和保鲜的考虑，会在果皮上涂上一层蜡，一般涂食用蜡——从螃蟹、贝壳等甲壳类动物中提取的壳聚糖物质，对人体基本无害；现今很多商贩为节约成本用的是工业蜡，含汞和铅，会危害健康。

在皮肤上裹一层厚厚的蜡，阻止水分从毛孔中流失，体香自然也就散发不出来吧。

想起某年在南戴河附近的乡间散步，路过大片的苹果园，想拍几幅祖国新貌风格的硕果累累的照片，却见每个苹果都被黄色纸袋包裹着，像是一群躲在绿叶间的蒙面小偷，很煞风景。

苹果套袋技术自上世纪九十年代从国外引进，先在胶东等地试用，后来逐渐推广，对预防病虫害、防止鸟类啄食果实以及减少农药污染有一定的作用。只是，果体长期密封在窄小的暗室里，是否也会抑制香味的合成和挥发呢？

关于现在的苹果不如从前的香，我的一位学生物的博士朋友还有更本质的分析。三十多年前市场经济还没大面积推广，瓜果基本是自然成熟，定时采摘。不像现在，为了产量更大，口感更甜，种植周期更短，利润更高，生长方式和周期都被打乱，加上膨大剂、甜蜜素等各种添加剂的使用，即便是同一品种，口感及气味都与过去不同了。

　　我正有此感，现在的瓜果，个头大了，糖分足了，就是香味不如过去浓郁。

　　问题是，香味对于瓜果而言真有我强调的那么重要吗？

　　科学实验的结论：苹果的气味主要由两种物质构成，一种是苹果进行无氧呼吸产生的乙醇；一种是苹果在成熟的情况下产生的乙烯。乙烯是一种无色稍有气味的气体，乙醇则有特殊香味。苹果的香味应该是以乙醇为主，其他酯类、醛类为辅。

　　博士朋友说，香气是苹果成熟的标志，还可以用来催熟其他水果。把一颗熟透的苹果放在一箱猕猴桃里，一夜之间，七成熟的猕猴桃就能变成十成熟。很多果贩子在利用这种技术，生的摘下来，上市前在运输途中催熟。

　　以前还听说医生给失眠的老人开处方——晚上睡觉前放几个苹果在床头柜，能有效改善睡眠。

　　和朋友们讨论苹果体香的问题时，不可避免扯到更多类似的事：现在的大米不如过去的香，鸡蛋不如过去的香，大棚蔬菜不如过去的香，鸡鸭鱼肉不如过去的香。某同事甚至说他一个亲戚常年吃素，原因仅仅在于他是养猪的，了解一头猪的成长过程要打多少抗生素，服用多少瘦肉精和催长素。"现在的猪肉不是香不香、好吃不好吃的问题，而是能不能吃的问题。"他表情绝望地说。

　　我所在的城市，有几家名称各异的特供猪肉店，价格是普通猪肉的三四倍，号称"绿色环保肉"。买回来烹制，蒸腾出熟悉的肉香，再细细品嚼，其实就是小时候吃的最普通的土猪肉。那时一头猪出栏一般要一年多时间，吃的也都是有机食料：剩饭剩菜、米糠、红薯藤之类。有的地方还实行放养，猪的食谱更丰富，肉质也就更加鲜美。

从苹果到猪肉，我们的不满似乎奔跑得有点远了。

见多识广的博士朋友把问题一分为二，在食品安全方面，中国确实还有很长的路要走；而食品生产的工业化，其实是个全球性现象。在一些法制健全的发达国家，人们也不一定能嗅到苹果的迷人体香。

"人口的增长和农耕土地的减少迫使人类不断提高食材生产的效率，如果瓜果都按照野生的状态低效地生长，人类早饿死了。"博士朋友的潜台词很明显，在产量和营养价值面前，对香味的偏执显得有点文艺化了。

她甚至并不反对转基因。在她看来，只要科学规范地使用，这和传统的杂交技术也没有太大区别。"你以为我们现在吃的稻米和春秋战国时期是一个品种吗？两千多年来，稻种不知改良换代了多少次，可能比朝代的更迭次数还多呢。"

我的文艺化的念旧情绪被她的科学论证瓦解了，同时也想起一个基于科学精神的命题。由不同食物分子喂养的人类还是不是同一种人类呢？

一个教了半辈子小学的朋友常抱怨："现在的孩子简直是玻璃做的，一碰就碎。上体育课跑步摔一跤，大腿骨折；课间和同学推搡时跌倒，手臂骨折……我们以前哪有这么脆弱，一天不摔几跤还算男孩子吗？被一伙人摁倒在地乱拳暴打，站起来拍拍灰照样去上课……"

这一茬玻璃身的产生，能说和食材的品质与食谱的结构没关系？一方水土养一方人，食物毕竟是水土的重要组成部分。

现在的读书人，看《红楼梦》里的人情世故还有点熟悉与亲切，读唐诗宋词的豪迈与悲切就觉得有点疏远，因此把那业已疏远的情志归结于文化的浪漫。至于《诗经》里的草木之美、民风之美和《楚辞》里的烈士情怀，就觉得有点夸张和云深不知处了。别的不说，单是"香草"意象的频频使用就令人一头雾水，用香草比喻美人尚可想象，香草和君子的操守之间有着怎样的款曲勾连，则是现代人颇难意会的——我们距香草之香和美德之香都太远了。

自古至今，汉族人文化基因的演变，是否和粮食基因的改写有着某种神秘的关联呢？

这肯定是一个值得研究的课题，但肯定没人愿埋下头来钻研，不仅仅因所跨学科门类太多、跨界幅度太大，还因为这种基因的改写还在加速进行。

一切早已发生，一切都不可阻挡，一切也难以预测。

我们很难站在某个点上判断一根线的走向，所以姑且放下对与错的判断。不管是否情愿，我们已然被带入这样的年代，仅靠对某种水果气味的印象，就能区分几代人。

博士朋友生于1985年，她有食物记忆时，苹果已渐渐不怎么香了。我想，她对于相关问题看法的客观，一方面源于科学的精神，一方面是因为缺少清晰的参照。

关于苹果不香的问题，我也叨扰过一些更年轻的朋友——九〇后和〇〇后，他们大多听不懂我的问题。"你说的香到底是指什么？你不咬苹果自己会散发出味道来？""我觉得现在的苹果挺好吃啊，好吃不就是香的吗？不好吃你买贵点的。"才仅仅隔了三四十年，许多事情就变得如此没有共识。

多么令人感慨呀，如果"我闻不到苹果的香"的句子里饱含的是怀旧之憾，那么"我不知道苹果的香"呢？

那会是怎样的一种崭新体验？

2014年9月21日

边城

在宋朝的城墙上拍照时，忽然想到你。砖缝里的青草正在阳光的炙烤下吱吱地生长，某个念头也尖叫着冒出脑袋，令我惊喜而惭愧，以前总说一起去哪里去哪里，为什么没想到这儿呢？

倒不是因为，你的身影镶嵌在旧城墙的苍凉中会更显柔媚，（虽然，你的身段和皮肤就是为了和颓败构成反差而预备的），更主要的原因是，这里才是你要寻的适合安恬小住的边城。

我曾悲观地以为，连凤凰这种蛮荒野地都开满了酒吧（这地方我时隔十年去过两次，第一次是初识，第二次就是诀别），中国境内已无值得一去的边城，没想到最后的边城就藏在本省的崇山峻岭间。

2005年到崇义的深山过夜时，只是绕城而过。

2008年冬来只身专程来此时，也未充分意识到这点，那时我的注意力在城南一百公里外的围屋上，我来看围屋的动机是想逃离精神的围城。那年的寒潮把我从赣北驱赶到500公里外的赣南，在围屋和客家酒堡猩红的灯笼下，我长久地保持仰望的姿势，从吉祥的红色中汲取了一点微弱的暖意。那时也在城墙上逛过一圈，阳光稀薄而硬冷，砖缝间的秋草枯死，叶片失水后变得轻而脆，涉江而来的朔风舌头一卷，就把它们全没收了，青砖上灰秃秃一片，我有了置身西安、北京或其他北方旧城墙的错觉。

那时已有当地人告诉我城墙是宋朝的，但入耳未入心，北京和西安的城墙都是明朝之后的，这里可能是宋朝的吗？我把这说法当作家乡情结发酵出的自大和自夸，我世故地推论，若是全国硕果仅存的宋城，怎么游客这么少呢？整个下午，城墙上的人比麻雀都少。麻雀三三两两地盘旋，为了草籽和繁衍权喳喳喳喳地缠斗，完全不把人放在眼里。

那次印象深的是蒋经国故居，朋友说，章亚若在桂林被毒死的消息传到这边时，蒋经国是一路哭着从行署回到住处的。在故居的板壁上，我看到他和苏联妻子的私人生活，也看到章亚若苹果形的面庞。在七十多年前的现实中，她是无法楔入他的家庭的，她能楔入的只是专员的闲情和自己的悲剧，现在，她却和他的正妻和睦并置在这个无法深入的房子里。

阔大的别墅似乎只我一个远客，我落寞地流连在一段落寞旧事中，使得旧事更显黯淡，悲剧更显悲凉。我倚在窗后留过一张照片，脸被光线劈成两半，一半覆盖着冬阳的微温，一半陷落在寒冷的阴影中，正如我那年的心境。

后来去章亚若老家永修县吴城镇拍候鸟，每次都想起这个故居，以及这座在冬日阳光下庸碌度日的古城。

在名声上，它真的是有点平庸的，江西人自然知道，它毕竟是全省最大的地级市。全国范围内，对它有耳闻的也不会太少吧，只是远未引起探究的兴致和寻访的冲动，它的内里和外貌都超过凤凰、平遥，知名度却远不及。以前我也向你提及过它，也只是阳光照耀诸城，也顺便照照这里的意思，并没有孤城力荐的笃定，只是说，如果到江西南部，这里还是值得一看的。

这似乎是它的不幸，却着实是我们的幸运。

前阵子它在网上被热炒的那回，也并不是因城墙，而是同水灾有关。

几场全国性的强降雨，把上海的街道淹掉，把北京地下车库淹掉，各地纷纷传来市民用脸盆当街捞鱼的喜讯，当然，也有人在街面淹死在私家车内。这里是南方，雨势自然更猛，但无一处街道被淹，没一人被雨水所伤。媒体探究缘由，才知这城市受益于建于北宋的地下排水系统福寿沟。

也就是从这时起，我相信了这座城市和宋朝的血缘关系，它的皮肤可能在后世整过容，但骨骼和肠道确实是宋朝的。有记者跟着环卫工人下到福寿沟，闻到了900年时光在背阴处淤积出的臭味，也找到了不少宋人留给今人的信物：砖石，还有年代确凿的铭文。

在干燥的北方，清朝之前的城墙都极少留得住，湿热易朽的南方，900年前的城池怎么维护得如此完整呢？

这次转悠了五天，忽然想到边城这个概念。

省会南昌同这座规模稍逊的古城的隔膜，一方面是空间造成的。在古代，乘船从这边到豫章故郡，一帆风顺的话也要两三天吧，即便有了铁路和高速公路，车程也在半天之上，比从南昌到武汉、长沙都更费时。文化上的距离似乎更远，这边95%的人口是从中原迁来的客家人，性格、饮食、风俗同赣地土著都相去甚远。

它下辖的龙南、全南、定南等县，在版图上已凸入粤北腹地，当地人周末娱乐的首先地也是广州而非南昌。

从南昌放眼四望，这里是全省最货真价实的边城，别处都没这边典型。它不仅南枕五岭，还东连八闽，西接潇湘。

僻远、异质、古朴、安宁，"边城"这个抒情性名词所打包的言内和言外之意，它都具备了。古城墙、护城河（这可不是人工开挖的水渠，而是源远流长的万顷碧波，来自大庾岭的章江和来自于都的贡江在八境台下结为夫妻，合二为一为江西的母亲河赣江，一路逶迤北行，生养出泰和、吉安、樟树、丰城、南昌等一干儿女，最后经鄱阳湖入长江归东海。这算得上全世界最牛叉的护城河吧。）、浮桥（我的宋朝老乡洪迈所建，由一百条船铺上木板搭建），它们的完好度和自然度，在我的见识里，亦无出其右者。

开篇我就提到，这座边城的城池是缀满荒草的，不仅墙体有，甬道的砖缝里也不时爆炸式地蹿出一蓬，有的构树已长大成人，根须紧紧抓住墙体深处的泥土和水分，和城墙血肉模糊地融为一体，红湿的花朵野草莓般溅落一地，踩上去，浓汁四溢。这情形是别的古城墙所罕见的。北方缺水，松软的泥土长植物都难，遑论坚硬的城墙。南京等南方城墙大多是翻修的，来不及长出这么茂密而自然的胡须。

宋城的管理者是聪明的，当然也可能仅仅是出于懒散。如果真是懒散，也正符合了边城应有的性情。

这座城市的呼吸是散漫的，节奏不会快于江水的流速，日出而作，日落而息。市区人口也近百万吧，但我盘桓数日从未遭遇过堵车，出租车也便宜得令人感动，几块钱就可以在旧城区兜一圈。行道树大多是站姿慵懒的榕树，它一点不急着长高和同类争夺阳光，而像一个个性情温和的胖子，缓慢地横向发展，不断扩展着绿荫的规模，把大街小巷都包容在自身的善意中。

老城区有个灶儿巷，曾是穿着皂衣的衙役聚居的地方，被老百姓谐音误传为今名，反倒更有烟火味了。这里算得上景点，但市井形态未遭破坏。我去那里逐户探查过，230米的长度内容纳了十数幢深宅院屋，里面居住着些举止迂缓的老人，在天井流泻下的光瀑中，他们摇着蒲扇，轻微划动纤尘飞舞的空气。这样的情形我在遥远的童年见过，你则只能想象了。

　　与灶儿巷相连的几条老街，房子多在百岁以内，保存的是民国以来各个年代的记忆。房檐与房檐之间拉扯着走势复杂的晾衣绳，被单、外套、汗衫、胸罩、内裤湿漉漉地飘着，好似给天空打了花花绿绿的补丁，穿行其下，即便走着从部队学来的S形，也难免不时脖颈或手臂一凉，只好嘻嘻笑着快步逃开。

　　老街上的居民，有烧煤气的，有烧煤球的，也有把黄泥炉子搬到门口烧柴劈的，乳白的烟妖娆地升到半空，把柴草的香味播撒到气流中四处扩散；你既能看见卖电器的小超市，也能遇到卖米酒、米酒酵母和竹器、木器的老作坊；既有时髦的时装店，也有脚踏缝纫机嘎嘎直响的旧裁缝铺，像是不同时代的电影在某一地点同时开拍。

　　我还从一个窗口窥见老式剃头，一位老师傅，用雪亮的剃刀在一副面颊上细细地刮了半天，被刮的部位掩埋在乳白蓬松的泡沫中，松垮而衰败，但刀锋一点也伤不着它。仰躺在旧式剃头椅上的老头睡着了一样阖眼享受着，时间在刀锋和皮肤剐蹭的脆响中一毫米一毫米地流逝。

　　离灶儿巷很近的城门洞，有老者背倚弧形砖壁坐在地上卖金黄的烟丝，用报纸把烟丝裹成墙砖状的若干包，只摊开一包让人品尝。这种买卖，似乎也只能到童年视界里去检索。我不吸烟多年了，但被烟丝的色泽引诱着，捻起一小撮嗅了嗅，有种卷烟所没有的干燥馥郁的植物香。一个买烟丝的七旬老人说，卷烟里有焦油，再贵的也抽不惯，他只抽这种廉价又纯正的土烟丝。

　　这边的客家菜和梅州颇不相同，都是你爱吃的，不咸不辣，但味道很浓。茄子、青椒是放在小钵子里煸制的，鱼也做得有特点。要让鄱阳人赞赏别处的淡水鱼很困难，不过平常在南昌吃饭时，我常点一道赣南小炒鱼，很平常的草鱼，不知用了什么调料，油煎加勾芡，口感就很特别，在这边就烹制得更地道了。还有一种浅黄的米粉，当地叫"鱼丝"，不知是不是真用鱼肉配米粉做的，与南昌、上饶等处的粉完全不同，从早餐到晚餐，我每顿都盯着它吃，每顿都撑得像青蛙一样抱着肚子喘息，下一顿仍无法自控重蹈覆辙。

这次过来，某些现实思考和古城的历史发生共鸣，这也是过去没想到的。

这里建城于汉朝，唐朝就成为"五岭之要冲，"、"粤闽之咽喉"，一千多年来，"商贾如云，货物如雨"，往来名士多于过江之鲫。张九龄、苏东坡、辛弃疾、文天祥、王阳明等人留下过诗篇和轶事，单是郁孤台就催生名篇若干。"郁孤台下清江水，中间多少行人泪。西北望长安，可怜无数山。青山遮不住，毕竟东流去。江晚正愁余，山深闻鹧鸪。"辛弃疾的这篇最出名，也是我最钟情的。"郁孤台下清江水"和"山深闻鹧鸪"是我最喜欢的句子，作者的本意是以景映心，却无意中存档了古城的生态环境。前句里有青江的水波，后句录播了南方人最亲切的鸟鸣，江南人把鹧鸪的叫声翻译成"行不得也哥哥"，十二个字就把边城的清秀和路途之难勾画毕现。

城里高寿的老人至今还在念叨蒋经国，认定他是本城历史上难得的清官和好官。对于这段历史，前几年我零零星星地做过一点了解，此番还弄到一本旧书《蒋经国自述》，对于他在此地的内心活动有了更深的洞察。

蒋经国主政此地时，刚从苏联回国，尚未沾染官场陋习，又正值而立之年，理想和激情俱在，加上"太子"的诸多特权撑腰，魄力和能力都令人激赏，禁毒、禁赌、禁娼，惩治奸商，改善民生，发展教育，让内陆小城春情荡漾，这个原本开化不够的古城俨然成了全国新生活示范城。

那段时期，应该也是他最难忘怀的人生段落吧，他在此遇上章亚若，在此第一次施展政治抱负，许多美好的第一次都发生在这里。

自述里记载，他每天早上四点起床，带着干部训练班的学员去城外拉练长跑，一跑就是十几里路，八境台、郁孤台、浮桥、马祖岩，那些著名景点他全用脚板叩问过。他常穿雪白的裤子打着赤膊和干部一起锻炼运动，笑容和阳光一样璀璨。这恐怕也是他一生中最新潮矫健的形象吧，难怪会招来章亚若飞蛾扑火般的爱情。

热闹从1939年持续到1945年，蒋经国一离开，古城再次从焦点回到边缘，继而，淡出大众的视野，因为，它的清明所依赖的只是某个好官，并没有完善的制度保障。说到底，仍是封建意味浓厚的清官政治。

相比而言，福寿沟的隐喻更接近现代社会的理想，只有着眼于长远，把制度设计好落实好，才能减少人事巨变带来的社会损耗。

福寿沟系北宋郡守刘彝所建，他本人数度出任水丞，是极专业的水利专家。此前本地也常生水患，他主政期间，依据城区西南高、东北低的特点，设计了两条地下排水线路，一线象形为"福"字，一线象形为"寿"字。福寿沟遵循并利用了地球的万有引力，完全不靠人力和机械实现了排涝。此后近千年来，官员换了无数届，沟却在看不见的地下默默发挥着效能，仅在明清时大规模疏浚修缮过一次。

一座平凡的江南古城，竟蕴藏着如此深远而实用的智慧，谁还敢小瞧它的平凡呢？

你可能注意到了，我把这城的今生和前世都翻挖出来，把筋骨和肌肉都描绘给你看，但我始终避免大声喊出它的名字。

你了解我养成这个习惯的心理，这些年我到处探寻残存着诗意的山水和旧城，却不愿以文字和挚爱为它们做广告。

我们都知道的，这个时代肆虐着一些可怕的悖论：出名便出事，保护即破坏。

这座边城最好的好处正在于，它比大多数古城都更古雅，也比大多数古城更籍籍无名。

至少，在眼下，它还没被黑心的开发商抹黑，也没被赶集般的游客踩沉。

这段时间边城也很热，不过一到夜晚还是很凉爽，尤其是建春门外的浮桥，每个船头都坐着一对情侣。山风贴着水面滑翔了几十里路，拂过桥面时，已沁凉如水了。城墙的垛口上，也或坐或躺着纳凉的人，中年人打着鼾，年轻人望着星空唱情歌，有种80年代初的纯情趣味。

石城的白莲花也开得正好，这次我也去了，不仅拍到了荷叶碧连天的画面，还品饮了最新鲜的莲子羹。

秋天来当然也好，我们一起去瑞金看向日葵，去上堡拍金色的梯田。我对边城四周的县份并不熟，这就意味着还有许多惊喜在山野中潜伏，等我们路过时猛然跳出来吓你一跳。我们所要做的，不过是信马由缰跟着小路走，深入山路的每一根毛细血管。

这边纬度和粤北相近，冬天比北方的城市日照充沛，也比南昌暖和很多。白天我们去梅关古驿道赏梅，晚上去酒堡中喝米酒。这里的米酒和别处不同，颜色米黄，很甜很稠，不知不觉就能把人灌醉，那样我正好可以享受你的搀扶，摇摇晃晃地从远山归来。

要是能在春天腾出时间来自然是最好的。

惊蛰之后还蛰伏在办公桌上是罪过的，我们劳动是为了和春天靠得更近，而不是一天天远离它。

你知道我有"小城之春"情结。比我还老几十年的老电影《小城之春》，复原的似乎是我前世的生活场景，静谧而有些颓废的小城，荒凉而蓬勃着爱欲的春天。我热爱这样的春天，天空饱蘸着花粉和酒精，我毛孔敞开，每天在旧城墙上翻书，远望，沉思，也不乏小石投水的意外之喜。你忽然出现在远处的田埂上，柳树喷吐着绿雾沿着河岸带路，桃树绽放出欢迎的礼花。你的穿着和风度是小城人从未见识过的，你的面容和嗓音是我从未品尝够的。

你背着旅行袋逆光对着我一笑，我就头晕目眩从城墙的豁口处滚落。

我们就不住宾馆了，去老街上租一套民房，用一个月或半年的租金租借一周，每天和老人们一起去买菜，做饭，坐在城墙上晒太阳，听他们反刍我们未见识过的无常世事。比老人们多出的精力，就做些老年人做不了的事。循着古诗的韵脚去郊外寻芳，和蜂蝶争宠，同自己的影子赛跑。如果遇上一处绣满紫云英的草毯，就躺下来听听心跳，用眼睑的皮肤感知暖阳痒酥酥的脚趾头。

这样的春天还未从容地到来过，这样的春天足以以一当十，以一当百，短短一周，便可笑慰一生。

一周之后，你从天空飞走，我数着钢轨返回。

边城，依然故我，在热门旅游线路之外，静候着每一个怜惜时光与爱的人。

2013年7月5日

星空下

　　写作的人会警惕情敌一样提防"星空"之类被抒情化的名词。但在北疆，我既无法抗拒星空的实体，也无法抗拒"星空"这个词。在被丘陵分割的南方，即便远离了城与村，也很难置身一大片完全不被灯光、烟雾和声音污染的星空下。

　　那么浩瀚，那么澄澈，那么寂静，对人的思想和体温都有着巨大的吸附力。这样的星空，我拐出借宿的可可托海干部学院大门不出五米就遇上了。像阿尔泰山山腰的云杉林，与荒芜的山体之间一点过渡的植被都没有，路灯乏力的地方，星光马上接管。

　　9月20日离中秋还有四天，月亮还不是很圆，星空下的细节还很模糊。我往寂静深处走时，右边不时浮出一两声羊叫，左边总能听见大型食草动物反刍时牙齿相互摩擦的动静。定睛细看，羊圈里的羊，有的侧卧，有的站起来打量我，似乎在揣测等待它的是夜宵还是刀子。牛则镇定得多，在泥墙边站着，要么像剪影一样浅睡，要么像钟表那样，把咀嚼的动作弄得均匀而枯燥。

　　牛粪、羊粪、马粪的气息暗自涌动，干爽的湿润的混在一起，新鲜和沤积了大半个月的混在一起，低空游走的臭味分子浓密得像头顶的星群。我被它们牵着鼻子走，把夜色里几排土坯房的大致格局摸清楚了，大多已废弃，有的从没有玻璃的窗口透出电灯光，我不好意思像个偷牛贼那样蹑手蹑脚地摸索了。这样的夜晚，最绅士的脚步声都可能让安睡的人心惊肉跳吧。

去爬屏风状护卫着小镇的石头山，从远处看它像刀刃一样锋利地朝向夜空，森冷，孤绝，爬上去发现并不陡峭，许多岩石还有浑圆的脊背便于牲畜和人驻留。只是岭外有岭，无法确认最高峰在何处。这里是阿尔泰山脉的一部分，近年曾有饿极的熊和狼闯到羊圈捕食的传闻。我不敢深入太远，坐在最近的一个山岭看可可托海镇，发现它其实就是电灯从黑暗里挖出的一把弧形镰刀，我的住所在镰尖的位置。镰刀之外，是幽暗的山岭和星空，锯齿形山峰重重叠叠无尽头，如同沙盘地图里的景象。星空则无涯得溢出沙盘。对面山脊上方的一些星星，低矮，晶亮，重量感很明显，像承受不住地心引力，滴水一样不断向地面坠落光泽。

瞬间回到童年时观测星象的感受，神秘，忧虑，但是着迷。个体的渺小和宇宙的无限形成的落差让人陷入醉酒般的晕眩感。像地球引力吸附星光一样，星空也吸附着人的思维与情感。占满大脑的许多人与事，思与念，被悉数聚集，然后像铁屑遇上磁石一样朝着夜空奔散而去。

第二天在额尔齐斯大峡谷，遇上叶片金黄与火红相间的白桦林、杨树、胡杨，还有从夏牧场向冬牧场转场的羊群、牛群、马群。前者像蔓延的山火，与岩石的铅灰色，额尔齐斯河的碧蓝色构成色彩浓烈的油画。坐在车上，端相机的手朝窗外乱按快门都是好片子，取景框都无须看。后者声势浩大，唯我独尊，穿越公路时无视任何交通规则，再凶悍的货车司机也要温顺地停下来行注目礼。所到之处烟尘滚滚，草木瑟瑟，让人想起古代的战争，以及某种生活方式的背影。

第三天，踏着鹅卵石涉溪翻铁丝网进入河湾内一片白桦林边的牧场，拍到一个戴着鸭舌皮帽在马背上刷微信的中年牛仔。为了在阳光下看清屏幕上的字，他以极限的弯曲幅度俯身到马颈上，这个奇怪的姿势持续了十来分钟，直到身边感受不到牛羊的热量才猛然惊觉，拍马去追云朵一样在干草地上飘远的羊群。

如同昼与夜的温差，阳光下的额尔齐斯峡谷有多灿烂，星光下的额尔齐斯峡谷就有多清冷，像是烧红的生铁浸过井水冷却下来的样子，搜刮吸收着周遭一切生命的热量。

第二个夜晚我想穿过学院后面的牛舍羊圈往旷野走。短短七八分钟里，皮肤感受到了两次温差，从小镇进入牛舍区气温下降了两三度。穿过牛舍区进入野地，气温又下降了三四度。中午时还穿着T恤，现在穿了厚冲锋衣还冻得肌肉紧缩。白天听当地朋友说过，冬天的可可托海是中国的寒极，最低温度可达零下60摄氏度。

第三夜，月亮圆了许多，我裹上旅行箱里全部长袖的上衣，却没往后山走太远。中午去山脚打探过一次，左边的小路通往远山的牧场，右边的大路连接的是牧民的公共墓地，远远看去，像是一座空无一人的灰色石头城，只是所有建筑比人的城镇按比例缩小了一半。

月光和星光共同照耀着牛羊的居所和两条通往秘境的山路。拖拉机的挡风玻璃和红色外壳闪闪发亮，桦树栅栏和牛的身躯涂在地面的阴影清晰可辨。黄牛奶牛们巨大的瞳仁里也倒映着一些星星。前一晚遇上一个赶牛的牧民，手里晃着手电。第三夜，我在村舍徘徊半夜，也遇上牧民给羊圈填饲料，但他没拿手电，照着月光把事情做得有条不紊。

更多的时间，我蹲在羊圈边闻着膻味，与对我不再感到警觉和好奇的牲畜交换心思。也拖着身影去山后阳界与阴界交界处徘徊许久，灰白色的土路浮在月色星光下，让人既惧怕又向往，似乎持续地走下去，就会进入外星生命的显微镜下，或者，不知不觉闯入另一个时空。

那三个夜晚我几乎走出了自己的身体和大脑，不仅遗忘了人群，也不想美学与情感，心境与平日的差别，比额尔齐斯河离赣江的空间距离还远，我在星空下也给江南的朋友打过电话，反复唠叨的一个意思是：我现在头顶的星空，是我见过的最干净最寂静的，干净得可以望见消失的童年，寂静得能听到血液冲刷血管壁的声响，连南方山野之夜最寻常的虫鸣声都被删除了。可这就是可可托海人的日常，在这样的日常里，他们的内心会有什么不同呢？

可可托海地下的矿种占全疆矿种的百分之六十七，白云母、铍储量居全国首位，城边上就有个世界闻名的功勋矿区，曾在上世纪六十年代为国家偿还大量外债，城区的宝石店比超市更多。各种宝石随手摆放，多得像天上的星星。不过店老板大多是不以物喜不以己悲的架势，一个表情可以定格很久，对顾客并无太多勾引的激情。这是过于漫长的冬季给当地人性情的馈赠吗？

在树比羊多、羊比马多、马比人多的一处峡谷里，我请视野里唯一一位放羊的哈萨克族小伙用我的相机帮我和羊群合个影，他捣鼓半天终于拍成了两张。然后比画着问我有没有烟，这是他唯一发音准确的汉语单词。可是我有十余年不碰香烟了，只能惭愧地摊摊手走开。

当时记起一个说法，牛仔和牧羊人经常一两个月见不到一个人，路上遇到同类，就会催马过来借个火，沉默着面对面抽完一支烟再分头赶路。烟是阿尔泰山区牧民搭讪的借口和无声的语言。

头一回觉得，不爱抽烟可能也是种性格缺陷。

从可可托海返回乌鲁木齐的飞机上，发现右脚右后跟干裂开了，前些年去新疆和西北其他地区，也发生过类似状况，但没有开裂到走路都痛的地步。可能这次在阿尔泰山区的干燥里裸露得太久了，白天在山上攀爬远眺，晚上走在平地上仰望星空。

　　回到南昌一周，干裂的伤口才缓慢松软滋润起来，它最后的合拢，像星空在记忆里的渐次关闭，包裹了许多语言无法描述的内容。

2018年10月9日

田野从不哀恸

我打算通过哀伤的气氛定位一个小村。

朋友的父亲从县检察院退休后，回到神山乡的老家过种菜栽花的生活，最终以84岁的高寿正寝于故园。

二十年前曾随朋友到过那里。二十年后的一个早晨，我从南昌到县城，由县城而洪门口，然后跟随通往神山的小路去给朋友的父亲送行。小路上没路牌，起初向路过的摩托车夫和弯腰插秧的农妇问路。快到目的地时，向空气和鸟鸣问路，没有哪个村子的空气是慌乱的，没有哪个地段的鸟鸣是悲伤的。一路上都有野花绽放，到处是披红挂绿的入夏景象。

邂逅一只未成年雉鸡，尾羽都没长齐，就兴冲冲地从灌木丛溜出来看世界，模样滑稽如没化妆就匆忙上台的演员。我停车观望它，它非但不躲还扭过头来看稀奇，我下车走过去问好，它才慌忙掉头连跑带飞，扑棱棱跃入三四米外的草丛。

一辆堆着豆泡、大蒜的卖菜三轮电瓶车停在路边交易，向司机求教，说村子就在前面，表情家常，也不揣度我的来意。

凝重的情绪就此松弛下来。

朋友的父亲是这个村出过的最大干部，也是这一带口碑极好的一位老者。我一直担心一路都是悲情的观感。

好几年了，我不愿参加追悼会告别会。受不了那种生离死别的哀恸，也受不了人们在生死问题上的执迷。那种歧视死亡恐惧死亡的气氛常让我陷入绝望和孤独。

朋友的父亲是我很熟悉的长辈，二十年前我浑身都是文艺青年的毛病，自大散漫，以忤逆为荣，和朋友在一起不是弹琴唱歌就是思谋背井离乡，这让他父亲的眼睛和心脏都很难受，他父亲其实也是一般人都不放在眼里的牛人，并因心性骄傲影响了仕途。但他认定我有才，一直宽容着，每次去他家，还好吃好喝好招待，喱了二两酒后才委婉地提示我工作和生活还是要认真点踏实点。

他住在县城时，我常去朋友家看他，回到乡下后，他常向朋友打听我的近况。

朋友说，每次去乡下看父亲，老人家都会提到我，去世前不久都是如此。

朋友电话告知我老父亲去世时，叮嘱我不必专程跑一趟送行，下次回县时按风俗去探望他母亲即可。

我纠结很久，确实不愿走近悲恸的中心，又抑制不住在头脑里放电影。

镜头之一是老人家和老伴一起搭长途班车送朋友去外地读大学，我也坐在那趟车上，那年我和朋友刚十八岁，他父亲五十多，说话有金属般的回音。秋天的暖阳随风从窗外一波波地扑到脸上，他咧嘴微笑着凝望车外的柏油路，那表情给我人生无限久远和美好的感觉。

其他的镜头大多和他在单位办公楼的房间有关，那时每个单位的住房都紧张，办公楼里也住人。那时他常和朋友因发生言辞冲突，每次看见我，就像老虎那样挤出艰难的笑。等场景切换到朋友的新家，他父亲已是头发花白、天气一冷就戴着皮耳套的老年人，虽然还有点愤世嫉俗，但开始注重养生，每天劳动锻炼，还教导我每天定量喝点酒活血，并强调，乡下酿的谷酒最好，每天一两，不多不少。

我答应了朋友说这次不去，第二天醒来，还是早早地收捡出发了。

我不想陷入情绪化的悲伤，又很想给老人家磕三个头送别。

村子就在前面，时间也还早，情绪松软下来后人就有点困倦。毕竟昨晚没有睡好，还一口气开了三个多小时车。

车停在两排年轻的白杨树的绿荫中，敞开窗户、放平座椅阖眼眯了几分钟。

本想多眯一会，一位扛锄头戴草帽的农民凑到窗户边来探视，突然出现的黝黑脸孔和诧异表情把我从朦胧中惊醒。

想起网上常有的新闻，某某农人在野外发现一辆车门敞开的小车，走近便发现了一起谋杀或自杀案的现场。

是啊，谁会没事把车停在路上午休呢？

我把座椅打直假装玩手机，再有人路过时，果然就不凑近来看了。

头顶的杨树五六米高，不算高大，但间距小，枝叶也繁茂，那些新长出的翠绿叶片相互簇拥，争相把身子挤出群体呼吸阳光和空气。每一阵微风经过，它们就像一群听到某个无聊笑话的小学一年级男生，激动地哗啦哗啦地喧嚷，久久不能平复，无数圆形的小身子像垂挂在盔甲上的鳞片耀眼地快闪。

这貌似单调的热闹我可以一直看下去，我小时候包括读高中时总爱望着窗外的杨树叶发呆，它们的舞蹈越欢快，我心里就越安静。五月初的杨树叶尤其迷人，有一种凉爽的生机勃勃的初夏气息。

前段日子雨水密集，路旁水沟和稻田水汪汪一片，还有着在城郊很少见到的清澈，也闻不到农药的刺鼻味道，秧苗绿莹莹的身子袅娜地站着，倒影清晰可见。

　　每块水田中都有几只身材高挑的白鹭，往前伸着僵直的白脖子站着，一动不动地静如剪纸，不知是在伏击水里的鱼虾，还是那种僵直的姿态就是它们自以为最美的Pose。

　　它们以文静为美，从不发出声响。

　　爱卖弄喉咙的是住在杉树林里的斑鸠，咕咕咕，咕咕咕，音色空灵而富有曲调，还不断变换场地和角度，形成立体环绕声的效果。江南一带的写作者常把它误认为布谷鸟。其实布谷鸟的歌声哪有这么好听呢？斑鸠一年四季都在为我们免费演出，布谷鸟哪有这么殷勤呢？

　　斑鸠饿了才落到马路上觅食，脖子一耸一耸跑着小碎步，对人类保持着适度的警觉，有脚步迫近就飞走。八哥可不是这样，一年四季成群结队地在马路边上寻找食物残渣，人走得很近才懒洋洋地盘旋着挪位，吃饱了就飞到天线杆上啸叫。八哥的嗓子清脆嘹亮，和斑鸠的中低音形成对照，像一个合唱队的两个重要的声部。

　　半个多小时里，我细细品鉴五月田野上的合唱，除了斑鸠和八哥这样的明星，还有许多叫不出名字的小配角，它们是一些和麻雀一般大的小鸟，声音也短促清脆，不时地穿插进来叽咕几声。

　　远处山脚的绿影后住着人家，不时传来一两声鸡啼，洪亮悠远，和斑鸠、八哥的声音叠加在一起，有很强的交响效果。

　　我把心跳继续调慢，也听到了水田边土蛙和一些昆虫的吟唱。

　　这些大多是求偶时的献歌，极少和悲伤有关。

　　其实田野上哪天没有丧葬呢？

　　即便在诞生远多于死亡的五月，我一路上都能看见刺花堆落在土崖边的白色碎瓣，一路上都能看见樟树的枯叶被新芽挤下树冠滚落尘土。树林里、水田边，每天都有成千上万的昆虫正常（同上帝有关）和非正常死亡（同白鹭、八哥和斑鸠们有关）。

田野从不哀恸，每天成千上万的诞生都是从田野出发，每天成千上万的死亡也不过是回归田野的怀抱，田野从不损失什么。

它自然不会因一个老人的回归改变声色，田野和田野上居住的人，比那些常在网络上夸张情绪的半吊子文化人更客观、更懂得土地的法则。

我调整好状态准备继续出发时，听见一个老妇人哼着自编的小曲慢慢走近。她用土话哼：爸爸妈妈，快买车车，买了车车，快回家家……一个口齿不清的稚嫩嗓音跟着学唱：爸爸妈妈，快买车车，买了车车，快回家家……

我直起身透过挡风玻璃看去，老妇五六十岁，戴着金耳环，穿着干净的碎花衬衣，手里牵的小娃眼大皮白满脸楚楚动人的可爱。

他们缓慢平和地行走在离丧事不远的乡间土路上，让我不断地扭头回望，他们消失的地方，我逝去的母亲和外婆出现。

四十年前，在外婆的老家，肯定有人目睹过类似的场景。那老妇是我外婆，牵在手里的小娃是曾像年画一样鲜嫩喜庆的我。

见到朋友时我基本保持了镇静，只在跪拜磕头时被朋友老母的哭声惹出两行热泪。

返回的行程中，脑子里反复想象外婆牵着我在树荫下走路的画面。

真实的场景无人能复原，但田野一定记得。

田野上每天都有老人消失踪影，田野上每天都有小娃长大成人。

2015年